U0526846

スタフ

葡萄球菌

[日] 道尾秀介 著

佟凡 译

青岛出版集团 | 青岛出版社

『スタフ staph』
STAPH by MICHIO Shusuke
Copyright © 2016 MICHIO Shusuke
All rights reserved.
Original Japanese edition published by Bungeishunju Ltd., in 2016.
Chinese (in simplified character only) translation rights in PRC reserved by QingDao Publishing House Co., Ltd., under the license granted by MICHIO Shusuke, Japan arranged with Bungeishunju Ltd., Japan through Hanhe International (HK) Co., Ltd.

山东省版权局著作权合同登记号　图字：15-2020-243

图书在版编目（CIP）数据

葡萄球菌 /（日）道尾秀介著；佟凡译. — 青岛：青岛出版社，2024.1
ISBN 978-7-5736-1804-7

Ⅰ.①葡… Ⅱ.①道… ②佟… Ⅲ.①长篇小说 – 日本 – 现代 Ⅳ.① I313.45

中国国家版本馆 CIP 数据核字（2023）第 251220 号

书　　名	PUTAO QIUJUN 葡萄球菌
著　　者	[日]道尾秀介
译　　者	佟　凡
出版发行	青岛出版社
社　　址	青岛市崂山区海尔路 182 号（266061）
本社网址	http://www.qdpub.com
邮购电话	0532-68068091
策　　划	杨成舜
责任编辑	刘　迅
封面设计	陈绮清
照　　排	青岛新华出版照排有限公司
印　　刷	青岛双星华信印刷有限公司
出版日期	2024 年 1 月第 1 版　2024 年 1 月第 1 次印刷
开　　本	32 开（880mm×1230mm）
印　　张	10.75
字　　数	200 千
印　　数	1-8000
书　　号	ISBN 978-7-5736-1804-7
定　　价	49.00 元

编校印装质量、盗版监督服务电话：4006532017　0532-68068050
本书建议陈列类别：外国文学　推理　畅销

スタフ staph

目　录

第一章 / 1

第二章 / 62

第三章 / 136

第四章 / 186

第五章 / 253

终章 / 303

第一章

一

"我要一份夏威夷汉堡饭。"
"七百日元。"
"我要一份辣味番茄酱通心粉。"
"七百日元,加七十日元送一份美肤沙拉,请问需要吗?"
"啊,那就加上吧!"
"一共七百七十日元。"
在两名穿着统一制服的女白领从钱包里掏钱时,挂川夏都在狭窄的空间里转了个身,打开了保温柜的门。她取出两个分别装着米饭和通心粉的泡沫托盘,放在厨房台面上。保温灯下面放着热乎乎的用来做夏威夷汉堡饭的汉堡肉和煎蛋。夏都麻利地把它们摆在米饭上,右手伸向盛着夏威夷汉堡饭酱料的锅,左手伸向盛着番茄酱的锅,同时抓起两把勺子。看到两种酱料被迅速浇在两份饭上,一滴都没有洒,两名女白领低声说了些什么,似乎很佩服夏都的手艺。

在这种时候,挂川夏都会稍稍开心一些,能够忘记所有烦心事。忘记九个月前刚刚和自己离婚的昭典,忘记导致他们离婚的那个女人,忘记那个女人前天还专门来她的餐车买了午餐。那个女人甚至没有夏都想象中漂亮,夏都原本不认识她,微笑着问她想要点什么,她却小声地说出了自己的身份,说想来道个歉。不要说回答了,夏都甚至动弹不得,吸进去的气迟迟吐不出来。那个女人点了魔芋沙拉之后,夏都几乎是下意识地从冰柜里取出沙拉,递给了她,同时说出固定的台词:"饮料在那边。"她接过那双小巧的手递过来的二百五十日元餐费,简直像是收下了赔偿费——啊,不行,根本忘不了!

夏都在酱料上撒了香芹末,然后在托盘的一角摆上一份心形圣女果。心形圣女果是用形状细长的圣女果做成的,只需要将圣女果用刀切开后,将一边的圣女果旋转一百八十度,然后将切面对齐,在旁边插一根牙签固定好就可以了。夏都每天早上会做好几十份心形圣女果并保存起来,只提供给女客人。她偶尔会将红色圣女果换成黄色圣女果,常客看到后就会开心地说:"啊,是黄色的!"给男客人提供的圣女果上只会简单地插一根牙签,尽管价格相同,但是夏都只为女客人多加一道工序,这是因为男人不会在意这些细节,就算她做了,他们恐怕也注意不到,而且他们看到心形的东西也许会不开心。

经营移动餐车的摊主,没办法亲眼见到客人吃自己卖出的食物的样子,只能在点餐和取餐的时候与客人接触,从来客的数量和回头客的数量判断客人是否满意。

快餐这一行竞争很激烈,移动餐车最强劲的竞争对手是便利店,而且,新宿有很多移动餐车。除此之外,白天,普通餐馆的服务员也会推着手推车来到人行道上售卖店里的餐食。中华料理店会拿出中餐便当,烤肉店会拿出烤肉便当……这些便当每盒只要五百日元,有时还会标出四百五十日元的价格廉价售卖,一不小心,客人就会被同行轻松地抢走。

夏都必须经常想办法揽生意。

"久等了,这一份是夏威夷汉堡饭,这一份是辣味番茄酱通心粉和美肤沙拉。"

夏都接过两个女白领的钱,放进收银台里的手提保险柜里。

"那边有一次性筷子、勺子和叉子,请随意取用,还有塑料袋。奶酪可以随便加。"

"可以随便加啊!"

"嗯,真好!"

两名女白领兴高采烈地走到餐车旁边,拿起奶酪罐。奶酪随便加也是招揽客人的方法之一,这个点子很有效。刚开始,夏都看到卖牛肉盖饭的店里有客人的碗里放着满满的红姜,还担心大家会不会像那样装满满一碗奶酪,不过她尝试后发现,奶酪的用量并没有想象中那么多。这大概是因为后面还有许多排队点餐的人,大家没办法加太多奶酪吧。无论客人出于什么样的心理,这都是一件值得庆幸的事!

"我每周的周一、周三和周五会在这里出摊,方便的话请再来!"夏都真诚地对女白领们说完,笑着对下一位客人说道,"让您久等了!"

"我要烤肉饭。"

只要夏都在这个停车场出摊,这个中年胖男人就一定会来。他好像喜欢吃辣,无论点的是什么,他都一定会在饭里放很多七味唐辛子[①]。看来,七味唐辛子有减肥效果的说法是假的。

"感谢您常来惠顾!"

夏都从保温柜中取出装着米饭的托盘,铺上满满一层刚出锅的热气腾腾的烤肉,浇上贴着"自制酱料"标签的酱料,撒上小葱末,放上圣女果,然后递给男人,男人递给她数量正好的零钱。

"罐子里装着很多七味唐辛子,请尽情加!"

夏都故意露出像共犯一样的笑容,男人把粗脖子缩进衬衫领子里,笑着走到旁边。在夏都接待下一位客人的时候,他在烤肉上撒了许多七味唐辛子,仿佛在炫耀自己勇敢的行为。去日本超市买过东西的人大概都知道,七味唐辛子的价格出奇地高。

---

① 七味唐辛子,日本料理中一种以辣椒为主材料的调味料,由辣椒和其他六种香辛料配制而成。

烤肉饭上面一片鲜红,男人盖上烤肉饭的盖子,从挂在餐车外面的磁吸挂钩上的一沓塑料袋中取下一个,然后朝着与来时相反的方向走去。那是通往新宿中央公园的方向,街上已经挂上了圣诞节的装饰,不过男人似乎还是打算在外面吃饭。夏都在公司里做了将近十年文员,很理解男人不想回办公室、不想进饭店,宁可忍受寒冷也要在公园吃午餐的心情。

中年胖男人的身影消失在建筑物背后。

夏都朝着排了七八个人的队伍喊了一声:

"抱歉,烤肉饭卖完了!"

"我帮你画个叉吧!"

"啊,好的,麻烦您了!"

一个中年女人离开队伍,走到柜台旁。她是夏都的常客。她站在挂在餐车外面的白板前,取下用磁铁吸在白板上的马克笔,稍稍探出身子,胳膊斜着动了两下。虽然夏都看不到,不过夏都知道,她在菜单上的"烤肉饭"的旁边打了个×。这本来是夏都必须做的工作,不过常客有时会帮她做。

"谢谢您!"

"没事!"

中年女人满意地笑了笑,回到队伍中。她笑起来时两只眼睛总是很用力,但绝对不会眯起来,可能是因为有人夸过她的眼睛漂亮吧。

"我要一个饭团。"

柜台外面站着一位新客。

"啊,你想要饭团吗?"夏都顿了一下说道,"要什么味道的饭团?"

"梅干味。"

那个男人的年龄在二十五岁到三十五岁之间,小个子,偏胖。他的头发贴着头皮,是自来卷,刘海儿的长度不到眉毛,脸上的皮肤像饺子皮一样光滑,他的长相没有什么奇怪的地方。他穿着牛仔裤和羽绒服,虽然不符合商务区的氛围,但并不稀奇。那么夏都为什么会迟疑呢?因为她记得就在刚才,大概就在五分钟之前,他来买过饭,那时,他买的就是梅干饭团!

"梅干饭团,谢谢惠顾!"

一个个用保鲜膜包好的饭团整齐地排列在方盘中。夏都一边从梅干味的一列中取出一个,一边暗想:客人从队伍的末尾排队,排到餐车前,大概刚好需要五分钟吧!这位客人是刚才买了一个梅干饭团后,直接回到队尾重新排队,现在又点了一个梅干饭团吗?夏都手里的饭团尺寸比较小,食欲旺盛的男客人一般会搭配其他餐品一起买,可是似乎从来没有人会特意重新排队分两次买,而且这位客人两次都买了梅干饭团!

夏都递出饭团的时候向外瞟了一眼。那位男客人空着手,没有拿包,羽绒服口袋里露出一张折成四折的传单的一角,因为看得多了,夏都马上看出那是自家移动餐车的传单。传单上介绍了每周的周一、周三和周五和每周的周二、周四和周六的出摊地点,还有部分菜单。那是单色印刷的便宜传单,营业时,她就用夹子将它们夹住,挂在餐车外,让客人自由拿取。

夏都回过神儿来,发现那个人一直盯着自己的脸。他的羽绒服的拉链一直拉到脖子处,看起来就像一颗头直接放在羽绒服上面。

"一共一百八十日元。"

男人的目光就连取零钱的时候都没有离开夏都的脸。

终于,男人转身离开了。他将饭团塞进羽绒服右边的口袋里,沿着人行道向右边走去,消失在建筑背后。

夏都心中升起一股隐约的担忧,就像做饭时掉了一块蔬菜,地板上却怎么也找不到。

"我要一份红焖牛肉盖浇饭外加美肤沙拉!"

站在柜台前的是一个穿着制服的女白领,长相青涩,像一名学生。

"红焖牛肉盖浇饭外加美肤沙拉,对吧?谢谢惠顾!"

夏都一边处理订单,一边看了看手表。谈恋爱时,昭典曾送给她一块古驰的手表。发现昭典出轨时,夏都马上把表用盒子收了起来,离婚后,立刻将它卖掉了。她现在戴的是杂货店里买的白色硅胶表带的运动手表。此时是十二点三十五分左右。手表的表盘上没有精确的刻度,她不知道现在的准确时间,不过夏都的生活不需要太准确的时间。大部分公司的午休时间是十二点到一点,可是上班族来买午餐的时间并不固定。

每周的周一、周三和周五,夏都会在西新宿外面的月租停车场卖午餐,每周的周二、周四和周六则在高田马场的一家私营补习班旁的停车场卖午餐。

对经营移动餐车的人来说,最辛苦的莫过于寻找停车位。首先,经营者个人无法办理道路使用许可证,如果无证经营,一旦被举报,就会受到刑事处罚,当事人有可能被处以三个月以下的有期徒刑和五万日元以下的罚款。九个月前准备经营移动餐车时,夏都就在商务区四处奔走,寻找可以停车营业的地方,可是无论怎么努力,都找不到合适的地方。最后实在没有办法,她只好像其他很多移动餐车的经营者那样,找到了专门介绍营业场所的中介,登记后排了大约一个月的队,总算拿到了有乐町车站附近美食街的营业许可证。那里有九辆移动餐车,中午,附近很多公司的职员会在那里买午餐,所以客流量和营业额都很可观,不过,如果在那里经营餐车,必须交给中介一些管理费,剩下的盈利减去生活费后所剩无几,因此,夏都连续好几个月都在亏本。

不过,就在两个多月以前,智弥帮夏都找到了现在这个地方。

上初中的智弥放学回到家,听到夏都抱怨餐车经营困难,便一脸不耐烦地打开笔记本电脑上网查信息,当天晚上就找到了这里。一家叫栋畠房地产公司的网站主页上有许多房屋信息,其中就有西新宿的停车场的车位招租信息,网站上还有"来商务区的停车场经营移动餐车吧"的宣传语。下面有一条网友评论说,这里不需要交场地使用费。

第二天,夏都马上来到这个停车场参观。停车场里有大约十个车位,左右两边各五个。网站主页上介绍的那个车位在左边最靠外的位置,夏都的移动餐车和其他许多移动餐车一样,柜台在左侧,车头朝前停好后就可以营业了。车头朝前停车,还可以在需要的时候打开车上的小窗,这简直是为移动餐车量身打造的车位!

夏都听别人说过,停车场很欢迎经营移动餐车的人去停餐车。许多停车场人烟稀少,常有小偷砸车、偷东西,而移动餐车可以吸引人流、减少犯罪。或许房地产公司就是出于这种考虑,才愿意免费将车位租给移动餐车的车主的。夏都当场拨打了房地产公司的联系电话,老板栋畠勋藏说到一半就挂断电话,专程来到停车场和夏都面谈。他独自住在附近的公寓里。他是一位身材丰满的老人,长得很像鼻子正常的茶水博士[①]。

老板说这个车位已经租给附近一家非营利性组织的干事了。

不过那位干事每周的周二、周四和周六出勤,所以其他几天车位都空着。于是夏都拜托老板让她在车位空着的几天里使用车位,栋畠上下打量了她一番,仿佛在看她的面相,然后笑眯眯

[①] 茶水博士,漫画《阿童木》中的人物,长着一个大鼻子。

地说:"好吧,你看起来挺值得信任的!"

夏都很感动,和昭典离婚以后,这是她第一次遇到心怀善意的人。

夏都郑重地道谢后,栋畠淡淡地笑着说:

"自从妻子死后,我就没有需要关心的人了,能帮助你,我很高兴!"

"我周五再来!"

刚才帮忙在菜单上画 × 的女客人炫耀似的露出笑容,她拿着夏都递来的夏威夷汉堡饭离开了。

"谢谢惠顾!"

折纸用风筝线串着,从柜台上垂下来,在冷风中摇曳。这里有纸折的圣诞老人、纸折的星星和纸折的圣诞树,这些折纸的折法都是智弥从网上查到的。

用应季的折纸体现出季节的特点、不时地更换店里的菜单,这些都是夏都为了不让客人感到腻烦而做出的努力。每周的特定时间段在相同的地点出摊可以招揽一批固定的客人,不过他们一旦感到腻烦,就会马上选择其他店。虽然夏都不知道自己的努力对招揽固定的客人有多大作用,可是若无法不断推陈出新,她就会十分不安。

这让她想起了一家她以前和昭典常去的酒吧。

那家店位于神乐坂①的尽头,名叫艾米特(EMIT)。酒吧的老板曾摸着有花白胡子的尖下巴说:

"这家店开了快三十年了。时间这么长了,总会有些多年不见的客人会再次光临吧。对这些人来说,如果这家店变了,他们大概会觉得遗憾吧!"

因此,酒吧老板说自己会努力保持酒吧的氛围不变。

"可是保持酒吧的氛围不变也需要花费不少精力啊!"酒吧老板当时突然露出一副疲惫的样子并说了这么一句话。

老实说,夏都当时不太懂他的话中之意,而现在的她深以为然。那家酒吧的客人不多,应该赚不了多少钱吧。要想在这种情况下保持酒吧的氛围不变,不靠新的东西吸引客人,酒吧老板的心里一定非常不安。

说起来,夏都已经很久没去过那家酒吧了,也许她再也不会去了,不是因为那是她和昭典一起去过的店,而是因为她现在身体和精神都处于紧绷状态,也没什么钱。说不定她以后再也没办法坐在吧台前慢条斯理地喝酒了。日子要过下去,她要支付公寓的房租和车贷,还要给智弥做饭。这些全都是她不得不做的事。

"没有烤肉饭了吗?"

"抱歉,没有了。"

---

① 神乐坂,东京日式店铺众多的商业街。

夏都吃了一惊。

"啊,老师!"夏都见站在她面前的是智弥补习班的老师菅沼,有些惊讶,"这是怎么回事?"

"什么怎么回事?"

"老师怎么会在这里?"

菅沼似乎不明白夏都在问什么,花白的刘海儿下是皱起的眉头。夏都不知道菅沼老师的年龄。他似乎比她大很多,大概有四十五六岁。菅沼老师看起来像衰老而疲惫的瓦力[①],很不显眼,仿佛会随时在人群中消失不见,他走起路来,别人甚至听不到他的脚步声。

"我来买午餐。"

菅沼穿着一件皱巴巴的夹克,夏都越过他的肩膀看到一辆熟悉的自行车靠在护栏边。那辆白色自行车经常停在补习班旁边的自行车停车场里,前车筐被设计成可爱的心形,仔细看的话,还能看到车架上点缀着奶油色的圆点。此前,夏都漫不经心地在家中的客厅里说了一句:"不知道为什么那个人会骑这么可爱的自行车。"智弥听到后,立刻在笔记本电脑上操作了一番,不一会儿就告诉她:"那辆自行车就放在二手商店的门边。"夏都不擅长操作电子产品,她很惊讶,电脑竟然连这种事都能查到!智弥却告诉她,自己只是发了一封邮件,问了菅沼一下而已。

[①] 瓦力,动画片《机器人总动员》中的人物。

菅沼所在的补习班名叫"马场学院"，在高田马场站附近的一栋旧商业办公楼的一层。虽然名字里有"学院"两个字，但是从外面看上去，其面积还没有初中教室大。马场学院租了几个车位，夏都每周的周二、周四和周六会将移动餐车停在那里的其中一个车位上售卖午餐。

提出在补习班的停车位售卖午餐的人也是智弥。两个月前，夏都接受了栋畠的好意，每周在西新宿的停车场售卖三天午餐。在她寻找其他日子的营业场所时，智弥告诉她有一个好地方，也可以售卖午餐。在智弥的帮助下，她找到了补习班在停车场的停车位。

"中午那段时间，补习班的停车位没有人停车，我想应该没问题！"

智弥发邮件问菅沼，能不能用补习班的停车位，第二天早上，他收到了同意的回复。夏都既高兴又惊讶，不过智弥告诉她，那个补习班全靠菅沼老师维持，所以老板什么事都听他的。

"我必须谢谢老板和菅沼老师！"

几天后，夏都来到百货商店的领带区，又去了男士配饰专卖区，最后在男装区的角落里买了一条手帕。她买了一条深蓝底白条的手帕，打算送给菅沼。在马场学院的停车位售卖午餐的第一天，夏都叫住路过的菅沼，把手帕送给了他。可是，她不知道他有没有使用那条手帕。智弥说，他从来没见过菅沼用手帕，无论是擦汗还是去洗手间，都没见他用过。

"可能只是时机的问题吧。"

菅沼是一个很受学生欢迎的老师,有的学生专门从其他城市赶过来听他的数学课。课程报名的竞争很激烈,学生需要通过抽签的方式赢得上他的课的机会,不过,对和菅沼只进行过日常交流的夏都来说,这是很难想象的。虽然有些不礼貌,但是夏都觉得菅沼老师是个头脑不太灵活的人。

"麻烦您特意跑一趟!"

菅沼租下了马场学院所在大楼的二楼的一个房间,将其作为住处。因此,他每周的周二、周四和周六偶尔会光顾夏都的餐车。不过,这是他第一次来西新宿。

"我有一件事想问问挂川小姐。"

夏都想,他大概是想问关于智弥的事吧。

"我本来想联系您,但是不知道您的邮箱地址。"

"啊,我好像给补习班留过电话。"

"我不习惯打电话。"

"啊……"

"我要两个饭团,日式金枪鱼的和西式金枪鱼的。"

"一共三百六十日元。"

夏都从方盘中取出两个饭团。菅沼说,他想问的是关于饭团的事。

"请问您平时是怎么捏饭团的?"

"怎么捏……是什么意思?"

"是不是直接用手捏？"

"没错。"

"果然如此！"

菅沼扶着眼镜，嘴角上扬，就像发现案件真相的侦探。

夏都不禁停下手上的工作，又抬头看了看菅沼的脸。她担心自己以前卖出的饭团里混入了什么脏东西。

"人的皮肤上一直附着有常居菌，乳酸菌就是其中的一种。乳酸菌是能利用可发酵碳水化合物产生大量乳酸的细菌的统称，不是正式的名称，不过，现在请让我使用乳酸菌这一名称。"

"好……"

"做饭的人直接用手捏饭团时，乳酸菌会附着在饭团的表面，大米中的淀粉和盐会促进乳酸发酵，一段时间后，使鲜味增加，让饭团更加美味。因此，有人认为，饭团是发酵食品。"

夏都睁大了双眼，不知道还能说些什么。菅沼从内侧口袋里取出钱包，拉开钱包的拉链，掏出零钱。

"您制作的饭团非常好吃！我觉得您一定是直接用手捏出来的，所以就来问问。我是新潟人，我的家乡盛产大米，您可以相信我对饭团味道的判断！"菅沼抬头看着夏都，"您做的饭团很好吃！"

夏都低头道谢。

"我向大学的学弟借来了实验室，打算下次认真做一做乳酸发酵的比较试验，完成后，我会认真向您汇报结果的！"

"不,不用……"

"三百日元?"

"三百六十日元。"

"我没有六十日元的零钱。"

菅沼递给夏都四枚一百日元的硬币。

"对了,挂川妈妈……"

"什么?"

"嗯?"

"您在叫我吗?"

"对。"

"不是的……"

"什么?"

"我不是智弥的母亲,我是他的小姨。智弥是我姐姐的孩子。"

菅沼睁大了眼睛。

离婚后,夏都恢复了旧姓挂川,因为一些原因,智弥也姓挂川,所以菅沼似乎误会了。

夏都一边从手提保险柜里取出四十日元找零,一边笑着说:

"这件事我也跟补习班那边说过了,那孩子进补习班时,我在提交的资料上写明了,我是他的小姨……"

"老师不看那些资料。"

"那孩子上初二,如果是我的孩子,他的年龄不是太大了吗?

我得在十八岁的时候就生孩子才行！虽然确实有人那么早就生孩子……"

"啊？你三十二岁？"

菅沼目瞪口呆地看着夏都的脸。

"对。"

从上大学的时候开始，夏都就经常被别人认为比实际年龄大。可是知道她的实际年龄后这么惊讶的人，菅沼是第一个。或许是因为姐姐把智弥交给夏都照顾，所以菅沼误以为智弥是夏都的儿子，以为她的年龄已经比较大了，不过，他也不用这么惊讶吧！夏都一个人经营移动餐车，平时非常忙碌，她化妆时总是敷衍了事，头发也只是随便地扎在脑后。在热气弥漫、空间狭小的车里忙活时，她的头发会越来越乱。

"我们一样大！"

菅沼指了指自己，这回轮到夏都惊讶了。

"我也三十二岁！"

"啊，是吗？"

夏都一直以为两个人的年龄相差十几岁。

"没错！饭团的事，我下次一定会告诉您结果！"

菅沼突然转身走了。

夏都看着菅沼的背影，脑子里一团乱。两个人同龄的事让她感到惊讶，可是菅沼需要那么吃惊吗？难道自己看起来真的很显老？当然也不是不存在菅沼以为夏都更年轻的可能。可是菅沼直到刚才还一直以为夏都是智弥的妈妈,所以这种可能性极低。夏都正想着,看到了菅沼离开后站在柜台前的客人,差点儿因惊讶而叫出声来。

"欢迎光临!"

"我要一个饭团。"

"请问你要什么味道的饭团?"

"梅干。"

又是那个男人!

二

没有客人了。夏都看了看表,已经快下午三点了。准备好的餐品基本卖完了,夏都开始做收摊前的整理工作。

她关掉被她当成换气扇来用的风扇,收拾好柜台的台面,又把整个柜台收起来。柜台是一块左右两边带着链条的长方形板子,向外放倒就能收起,需要使用时可以再拉起来,构造十分简单。算上改造费、厨房设备的购置费和车体的油漆费,将一辆旧车改造成移动餐车需要三百七十万日元。而车本身的价格已经超过了五百万日元,因此,夏都现在还有八成的贷款没有还清。夏都没想过只靠自己一个人工作是否能还清贷款。

她在餐车驾驶座背面的小水池里把手洗干净,感到疲惫渐渐扩散至全身。她心不在焉地想：菅沼那种关于乳酸菌的说法是不是真的呢？洗手这件事突然变得很奇妙，她既想比平时洗得更干净，又觉得把乳酸菌都洗掉很可惜。夏都盯着从百元店里买来的镜子，镜子用双面胶贴在驾驶座的头枕背面。她眨了眨眼睛，把脸转向右边，又转向左边。陌生人看到她时，究竟会认为她多大年纪呢？

"都怪他说了多余的话！他自己明明看起来也很显老！"

菅沼使夏都产生了一种莫名的焦躁情绪，她的嘴里冒出一句毫无意义的恶语，然后深深地吐出一口气，将那种焦躁从心里赶了出去。

她脱掉围裙，将其铺在装水的塑料桶的盖子上。不知从什么时候开始，这里成了放围裙的位置，夏都经常想：如果没有水池和塑料桶，那么车里的空间就会更大。既然只有洗手的时候才会用水，那么只要准备一条湿毛巾就够了，可是如果她不给餐车装自来水设备，保健所就不给她办移动餐车的经营许可证。

夏都来到餐车尾部，从车里打开后板，一股冷风吹了进来。两只在停车场里转来转去的鸽子看到有人，惊讶地拍拍翅膀，可是它们并没有飞走，依然一边观察地面，一边散步。

她吐出的哈气是白色的。这是夏都经营移动餐车后的第一个冬天。就算不开天窗，车里也不会闷热，更不用担心有苍蝇。夏都以前就曾模糊地想：经营移动餐车，果然是冬天比夏天更舒服！

她来到人行道上,将广告牌折好收起来,又摘下挂在车外挂钩上的白板,叠放在车里。白板上用透明胶带贴着餐品的彩色照片,打印这些照片的方法,她是跟智弥学的。每张照片下面都用黑色马克笔写着餐品的名称,如"夏威夷汉堡饭""烤肉饭""辣味番茄酱通心粉""蔬菜沙拉""美肤沙拉"等。现在,大部分餐品名称的旁边都被画上了×,只有"夏威夷汉堡饭"和"鲑鱼饭团"的旁边没有画×。尽管餐品基本卖完了,不过实际上她并没有赚到多少钱,只是在收支平衡的基础上稍有盈利罢了。

夏都在停车场旁边的自动售货机里买了一罐热奶茶,回头时,她看到了餐车上方大大的餐车名,那是手写粗体的"柳牛十兵卫"字样,这些字的周围包裹着鲜红的火焰图案。

夏都叹了一口气,在餐车的一角坐下。

她拉开热奶茶的易拉罐拉环,喝了一口奶茶,仿佛肉眼可见的温度和糖分,渗入了精疲力竭的身体。停车场前那左右各有两个车道的路上不时有车开过,引擎声、震动感、打在脸上的冬日寒风,都让夏都那在狭窄的车里忙碌的身体感到舒适。

其实在车里做饭的人原本不是夏都,站在那里做饭的人应该是昭典,原本的餐品也是符合"柳牛十兵卫"这个餐车名的——用新鲜牛肉做成的牛排饭、牛排三明治和烤牛肉串。夏都负责为餐车外面的客人点餐,接过昭典递过来的餐品,盖好盖子,绑上橡皮筋,装进塑料袋,从客人手里收钱、找零。周末的时候,她会微笑着给带孩子来买午餐的客人送上糖果。买这辆餐车、支付改造费用,都是为了这些本该出现的场景而做的努力。

"我想从事务所辞职!"在一个周五的深夜,夏都正躺在床上,昭典冷不防地说出了这句话。昭典口中的事务所,是他和夏都工作的设计师事务所。

昭典觉得,继续在设计师事务所里工作没有前途,可是凭自己的才能,他又无法做一个独立的设计师,因此,他想经营移动餐车,餐品就以新鲜牛肉为主。

昭典提出了这么一个莫名其妙的三段论,夏都立刻直起身子,问他是怎么从第二段得出第三段的结论的。于是昭典起身,来到书架前,他那布满汗水的身体闪着光。他从书架上拿了三本书给夏都看。其中两本是介绍如何经营移动餐车的,一本是东京的娱乐杂志。娱乐杂志的封面上写着"移动餐车热"几个红字。在那天之前,夏都完全没有注意到摆满了设计类书籍和杂志的书架上放着这样三本书。

"我想赌一把!"

接下来,昭典开始了一段热情洋溢的演说,他太激动,甚至没有意识到自己没有回答夏都的问题。现在想想,那天晚上昭典的身体也是炽热的,如今夏都才发现,自己之所以会被他说动,原因之一就在于那身体的热度。最近她发现,这和她接受求婚时的情况完全一样——重要的事,她总是在最后才发现。

柳牛十兵卫这个名字来自江户时代的剑豪柳生十兵卫①。柳生十兵卫是独眼，会用刀的护手挡住眼睛，曾是幕府密探的他，一直是许多小说和电影的主人公。可是昭典并没有读过或者看过那些作品，只是觉得柳生十兵卫这个名字听起来很帅气。在思考以牛排为招牌菜的移动餐车的名字时，昭典突然想到了他。

申请贷款的人是夏都，因为昭典早早地辞去了事务所的工作，忙着准备经营移动餐车，所以不能用他的名字申请贷款。夏都虽然已经向事务所提交了辞职申请，不过因为还在职，依然是正式员工，因此可以申请贷款。

昭典兴奋地说，等餐车准备好，他们就马上开始卖午餐。他要在十年内还清贷款……如果可以的话，他要在八年内还清贷款。可是，他却在开始做牛排饭和牛排三明治之前找到了新的女朋友。

在柳牛十兵卫号交车前，昭典对夏都说："我们俩说好要在一起，我想赌一把……"昭典还没说出"我和她的人生"，脑袋就从侧面挨了一拳。当天，他就被夏都赶出了家门。第二天早上，夏都发邮件命令他在离婚申请书上盖章，然后把申请书送过来。在收到离婚申请书当天，她便将其交给了民政局。

于是，留给夏都的是五百多万日元的贷款和一辆外形粗犷

---

① 柳生十兵卫（一六〇七至一六五〇），全名柳生十兵卫三严，是日本历史上有名的剑客。

的移动餐车。

当然，夏都没有义务独自一人经营移动餐车，可是她想全身心地投入到这件事中，而且被昭典说服后，两个人一起做了各种调查，去参观过许多移动餐车，吃过许多餐车售卖的餐品。在那段时间里，夏都强烈地感受到了移动餐车的魅力。昭典曾经提出他愿意负担一部分贷款，但是她果断拒绝了。她现在依然不后悔当时的选择。

赶走昭典，孤身一人的夏都在家里闭门不出整整两天。她喝光了所有昭典留下的酒，然后昏睡了一整天，当胃和酒瓶一样空空如也时，她决定自己一个人经营移动餐车。

她打算等自己有多余的资金时，把餐车上的大大的"柳牛十兵卫"的招牌去掉，换一个新的餐车名。毕竟这不是一辆主打牛肉餐品的餐车，甚至有客人以为餐车名写错了，指出正确的餐车名应该是"柳生十兵卫"。夏都觉得，只要这个招牌还在，自己的生活就还被昭典占据着。她希望像还贷款一样，用自己的努力，一点点地填补被他占据的部分。

夏都已经不再为自己的愚蠢而懊恼了。无论过去的她是否愚蠢，以后的她必须成功！九个月来，夏都为了保持这份决心拼命工作，餐车的客流量和销售额都在顺利增长。一开始，她还觉得和昭典的婚姻使她的人生彻底失败，然而，现在她觉得过去已经变成了一段单纯的回忆了，生活一定会越来越好的。她有很多伙伴：提出可以用补习班车位的智弥、停车场的老板栋亩、同意自己使用车位的补习班老板、帮她和补习班老板交涉的菅沼。今天,菅沼还特意从高田马场来到西新宿买午餐。仔细想想,她觉得现在这样真好!移动餐车的工作远比想象中辛苦,昭典那种人,攻坚克难不太行,向别人倾诉却很在行,他总是在别人面前大倒苦水,如果有他在,现在的情况恐怕会更糟糕!

因为一直站着工作而发热的身体在不知不觉中彻底凉了下来,夏都把一罐红茶夹在穿着牛仔裤的双腿之间,得到了一丝暖意。

猛地抬起头,她觉得在停车场的角落里,在大楼的阴影下,有一个身影一闪而过。

夏都盯着那里,那个买了三个梅干饭团的男人的脸在她的脑海中一闪而过。她已经记不清那个人的相貌了,只记得他的脸的模糊的轮廓。

不一会儿,栋畠从大楼的阴影里走了出来。

他先露出半张脸,似乎是因为夏都看到了他,所以放弃了隐藏,战战兢兢地走了过来。夏都打了声招呼,为他的行为感到疑惑。

"啊,你好!今天真冷啊!这里有穿堂风呢!"

栋畠穿着鼓鼓囊囊的深红色毛衣,用一只胖乎乎的手抓了抓头上的白发,移开了目光。他另一侧的胳膊下面夹着有赛马消息的报纸。

"您有什么事吗?"

"嗯？"

"啊，您好像……"

他的样子很奇怪。

栋畠就像放大版的帮助过白雪公主的小矮人。他的双手背在身后，茫然地环顾着整个停车场。他看了一眼夏都，却马上移开了目光，然后又看了她一眼。

他移开目光，突然说：

"这里不能用了！"

夏都全身的血仿佛要被抽干了，她甚至能听到自己血管中的血液被抽走的声音。

"这里……是指这个车位吗？"

"对，是这个车位！"

栋畠的视线移到了夏都身后，他看着柳生十兵卫号。

"和我签约的那个非营利性组织的干事好像要辞职了，他和我解约了，他以后不会再用这个车位了。我毕竟是个生意人，车位还是要租出去的，我已经把招租的信息发出去了，就在不久前……其实是上个月。"

夏都正襟危坐，准备接受打击。

"昨天，啊，应该是前天，有人要求租下它，我就把它租出去了。那是一个在附近公司上班的人，他打算一直在这里停车，哎呀，停车场本来就是停车的地方嘛，我不知道他什么时候用、什么时候不用，所以，就是说，你的店……"

25

"啊,是移动餐车!"

"这辆移动餐车不能再停在这里了!"

夏都几乎忘记了呼吸,觉得自己喘不过气来。她小心翼翼地吸气,避免动作太大。她吐出气后又深吸一口气,问道:

"到什么时候?"

"啊?"栋畠似乎想到了什么问题,又继续说道,"这个嘛,不知道他要租到什么时候,可能会一直租下去吧……"

"啊,不是,我是说我的餐车,它能在这里停到什么时候?"

栋畠移开目光,一边用手按着下巴,一边回答:

"到今天,那个人说,他希望可以从明天开始在这里停车。"

夏都垂下了头,栋畠身上那件毛衣的针孔看起来格外清楚,她还能看到,夹在他胳膊下面的有赛马消息的报纸,被人用红色铅笔画了几个圈。

"抱歉啊!"

夏都努力抬起头,栋畠耷拉着花白的眉毛,他的表情与其说是在道歉,更像是在同情夏都。

"那个……我有件事想问您……"

夏都想起栋畠刚开始让自己用这个车位时,说附近还有几个别的停车场也是他的。

"如果按月租的话,这附近的停车场车位的租金大概是多少呢?"

"单层车位?"

"对。"

"不是双层车位？"

"嗯。"

栋畠抱着胳膊低下头，脸上的肉堆在下巴上。他从宽松的裤子口袋里取出手机摆弄着，或许只是为了避免尴尬，或许是在查些什么信息。夏都第一次看到栋畠的手机，那是她在早间新闻节目穿插的广告里看到的某品牌最新款的手机。

"从五万日元到七万日元不等吧。还要付两个月的押金和一个月的手续费。"

夏都实在拿不出这笔钱，她连押金和手续费都凑不出来。餐车现在的盈利减去她的生活费，她每个月的收入都少得可怜！

"啊，虽然我现在不开车，但我也觉得很贵！不过行情就是这样，我也没办法啊！不过……"栋畠的语气突然变了，"那个……说不定还有别的办法！"

"有别的办法吗？"

"也许我可以和那个租客谈谈，让他用我手里的其他停车位。"

夏都觉得周围一下子变亮了，仿佛满天的乌云全都散开了。她急忙双手合十低下头说：

"拜托您了！"

"我也是因为妻子去世后觉得很寂寞啊！"栋畠说了一句莫名其妙的话，"哎呀，我不是跟你讲条件，不过，我毕竟给了你特殊优惠……"

夏都虽然不知道他的话是什么意思,不过听起来,他像是在等自己说些什么,于是夏都直接说出了自己想到的话:

"我非常感谢您,可是我现在的积蓄……不过我会做饭,如果合您的口味,我可以把饭给您送到家里……"

"不,不,不,"不知道为什么,栋畠害羞地摇了摇头,"你有的应该不仅仅是钱和饭菜吧!"

"嗯?"

"挂川小姐,你看,你是个美人……"

栋畠的圆脸上带着笑,移开目光。他又沉默了,似乎是在等着夏都说话。不,与其说他在等夏都说话,不如说他在等一个回答。夏都的心头一凉,眼前那张脸突然变成了某种不知名的诡异生物,栋畠好像又说了些"下次一起吃饭"之类的话,不过夏都完全没有听进去。

三

"这些是卖剩下的。"

夏都把装着夏威夷汉堡饭和鲑鱼饭团的塑料袋从门缝里塞进去,昭典像看到有大虫子靠近一样向后退去。他松开了握着门把的手,在门即将关上时,夏都伸出穿着运动鞋的脚抵住了门。昏暗的三合土①地板上只摆着昭典的凉鞋和皮鞋,窄窄的走廊深处被昭典身体的阴影挡住,看不清里面的样子,见夏都若无其事地歪了歪头,昭典移动身体,试图挡住她的视线。

"她不在吧?"

瞬间,昭典露出了疑惑的表情,似乎不知道这个问题是什么意思,夏都用锐利的双眼看着他,于是,他在压力下点了点头。

"你说过,她是女白领,对吧?这个时间,她应该还在工作!"

从西新宿回高层公寓前,夏都开车来到了昭典居住的公寓,为了以防万一,夏都留下了昭典现在的住址,不过这是她第一次来,她甚至没有想过自己会来,没想过自己会有来找昭典的理由,仿佛她已经抛下了曾刻意表现出的不在乎。

虽然这样说,其实她也不明白自己究竟要来做什么。

"我们……没有住在一起。"

"走婚?"

"也不是走婚。"

"她在哪里?"

听了夏都的问题,昭典的双眼中浮现出戒备的神色。

"不好意思,这种事……"

"不是,我是说公司,不是问她的住址。"

昭典的上半身猛地向后退去,仿佛害怕掉入她设下的陷阱。

---

① 三合土,一种建筑材料,由石灰、碎砖和细砂组成。

"你打听这些干什么?"

听到昭典的反问,夏都才想起自己来到这里的原因。

那个女人前天是从什么地方冒出来的?

她就在这附近上班,还是特意费了一番功夫,坐电车去找自己的?昭典知道她去夏都那里买午餐吗?

她是来问这些问题的。

从昭典的反应可以看出,他似乎不知道那个女人去找过夏都。

只要夏都不说出那个女人去买过午餐,昭典绝对不会说出那个女人在哪里上班,可是夏都不想告诉他。

"我只是想问问,"夏都再次将塑料袋递给他,"这个,拿着!"

昭典又退了一步,好像有一只更大的虫子在靠近他似的。夏都想起在高层公寓的厨房里唯一一次出现蟑螂时的情形。昭典很害怕虫子,他相信"屋里只要出现一只虫子,就会有十只虫子"的说法。他恳求夏都找到剩下的蟑螂,将其全部杀死。夏都一边随意做出寻找的样子,一边准备晚饭,结果真的有一只蟑螂从厨房的柜子下面钻出来,于是她马上用穿着拖鞋的脚踩死了蟑螂,然后在昭典发现前,用纸巾将其包好丢掉,假装刚才昭典看到的那只蟑螂不过是碰巧迷路才进了厨房而已。

听了夏都的话,昭典放下心来。

夏都往旁边看了一眼,只见黑色皮质钥匙收纳盘上放着一把没有任何装饰的钥匙。那应该是昭典的,看来他把钥匙放在收纳盘里并将收纳盘放在鞋盒上的习惯还是没变。离婚之后，这些小习惯还是会保留下来，这让夏都心里一热，不过仔细想想，自己在离婚前和离婚后的习惯也没有太大变化。

放着钥匙的托盘旁边有一只拇指大小的凯蒂猫①，它举起一只手，欢迎来客。夏都看了几秒钟后，视线回到昭典身上，昭典的表情像做了恶作剧被发现的孩子一样。

"品位不错！"夏都冲着凯蒂猫抬了抬下巴。昭典带着找借口时特有的表情想说些什么，轻轻地瘪了瘪嘴，看他的嘴型，他似乎想发出"年"的音。他并没有真的出声，但是只看到一个动作，夏都就知道他想说什么，这让她感到懊丧。

"因为她年轻？"

夏都说完，昭典轻轻地动了动脖子，不知道想点头还是摇头，这是他被说中时的动作。夏都刚才心中升起的热意迅速涌到了喉咙口。为了掩饰自己的情绪，夏都把装着夏威夷汉堡饭和鲑鱼饭团的塑料袋重重地放在凯蒂猫的旁边，这有一种近似于捏碎成熟水果的快感。意识到这种快感时，夏都想起了自己带着卖剩下的午餐来到这里的真正原因。

她想复仇！那个女人竟然到她的餐车去买午餐！

可是她要向谁复仇呢？是那个女人，是昭典，还是向他们两个人的关系？她明明能轻易猜到已经分手的丈夫想说什么，却

---

① 凯蒂猫（Hello Kitty），日本卡通人物。

不知道自己的想法。

"你找到工作了吗?"她尽量用漫不经心的语气问道。

昭典摇了摇头,反问道:

"你呢?"

"很顺利!"

在回答的瞬间,夏都明白了。她来就是为了说出这句话,她想说自己做得很成功,经营移动餐车很成功。

昭典的眼睛率真地亮了起来,嘴角上扬,露出愉快的表情。夏都不想承受他的目光,马上扭过脸。不对,她来不是为了说这种谎话的,就算把不顺利说成顺利也没有意义!

"我说,"夏都不耐烦地问道,"你知道我是来做什么的吗?"

昭典的上半身依然僵硬,微微地摇了摇头。

夏都想:果然是这样!

四

"他不知道,完全不知道原因!完全不知道!"夏都一边喝兑了朗姆酒的大麦茶,一边说道,"已经分手的丈夫想说什么,我全都知道!他只做出一个'年'字的口型,我就知道他想说'因为她年轻',一下子就明白了!可是我却不知道自己在想什么!"

智弥既没有回答,也没有抬头。他一直盯着笔记本电脑的屏幕，飞速敲击键盘，发出与炸天妇罗相似的声音。夏都看着智弥的侧脸，又喝了一口兑了朗姆酒的大麦茶。她并不喜欢朗姆酒，但是家里的酒精饮料只剩朗姆酒了。

朗姆酒的玻璃瓶上没有贴标签，直接印着产品商标和一串英文。纯朗姆酒、加冰朗姆酒都太烈，夏都本来是想用水兑朗姆酒的，可是不太好喝。冰箱里有智弥喝了一半的葡萄果汁，不过夏都不喜欢喝甜酒。她想要出去买碳酸水，又觉得碳酸水一定喝不完，会剩下。她不知道如何是好，便试着兑了些泡好后放在冰箱里的大麦茶，发现竟然很好喝，于是就坐在客厅的矮桌上，一边喝酒，一边对着智弥唠叨。夏都没有和智弥对话，而是自顾自地唠叨。

"我说啊……"

她总是这样。

夏都以前从来没有遇到过能在别人跟其说话时，长时间保持沉默的人，她觉得自己以后也不会遇到。不过，她这样就像对着墙壁说话，可以尽情说出想说的话来，这倒是比有人笨拙地附和她时更轻松。夏都还清楚记得和昭典住在一起时，自己在抱怨或者拉家常的时候，对方不停地附和，很碍事。没错，她还记得很清楚，或许正因为如此，她才觉得和智弥说话要轻松得多。在初中网球社时，夏都总在输了比赛后默默对着墙壁击球，现在的感觉和那时的感觉有几分相似，而且在想要回应时，现在这堵"墙"还能给她回应。

"你在听吗？"

这句话就是想要回应的信号。

这与其说是信号，不如说是讨要回应的技巧。

"不是每个行为都有理由，"智弥看着笔记本电脑的显示屏，动了动嘴唇，"尤其是女人的行为。"

"尤其是女人的行为！"

夏都故意抬起下巴，噘着嘴重复了一遍，智弥却不为所动。

她喝了一口酒，靠在沙发上。客厅里的矮桌边放了一张L型的木质沙发，可是夏都基本不会坐在沙发上。以前，夏都总是喜欢坐在地毯上，把沙发当成靠背，昭典不喜欢她这样做，可如果连放松的方式都要迁就别人，实在很难受，因此夏都一直保持这样的姿势。

"这话听起来就像在说男人都很单纯！"

"没错啊！"智弥平静地回答，显示屏在他的眼球上反射出白光，"至少和女人相比是这样的。"

"男女之间还有些其他东西的！"

"雌雄。"

夏都以为智弥要说些和性有关的话，稍稍直起了身子，结果马上意识到他说的是人类之外的生物。

"人类，特别是女人，是最麻烦的！因为她们的行为有多重理由。"

"你说得没错，我去那个公寓的理由不止一个……或许我刚才说的都是理由！"

夏都已经把自己在昭典公寓门口感受到的情绪全部告诉智弥了。

智弥重新看向显示屏，又开始迅速地在键盘上敲打些什么。夏都每次看到他打字都觉得吃惊，光是那么快地上下移动手指就很难了，还要让所有的指尖都落在准确的位置上。夏都觉得智弥似乎在写什么东西，想要若无其事地偷偷看一眼屏幕，可是她所在位置的角度不好，什么都看不到。

"不过，我觉得还有一个你自己都没有发现的理由！"

"什么啊？"

"我不知道你有没有发现，不过至少你刚才没有告诉我！"

"是什么啊？"

"夏都小姐……"

"嗯？"

"你去昭典的公寓时，在下车前有没有看餐车内的后视镜？"

这孩子究竟在说什么？

"车内后视镜，就是前挡风玻璃前面那面长长的镜子。"

"我知道啊！"

夏都回忆起自己见到昭典前的样子。她把柳牛十兵卫号餐车停在公寓旁边，拉了手刹，从副驾驶座拿起准备好的塑料袋，里面装着夏威夷汉堡饭和鲑鱼饭团——不，在那之前她看了看车内后视镜。

她确实看了,而且还理了理头发。

"我看了,怎么了?"

"那个去餐车买饭的女人,不算是个美人吧?"

"嗯,不算是吧!"

"所以,"智弥说道,"你才去了昭典的公寓,对吧?虽然理由有很多,但是我认为这就是根本原因!"

"为什么对方不是美人,我就要到前夫的公寓去呢?我完全不明白你的意思!"

"你看,你刚才用了'对方'这个词。夏都小姐,虽然表面上你一直对昭典和别的女人交往这件事持无所谓的态度,觉得那太无聊了,想想就麻烦,但其实你一直把那个女人当成敌人,不过这也是理所当然的!"

智弥动了动鼠标,不知道点了哪里。

"总之,你希望昭典再次确认一个事实,你比那个女人好看!"

夏都一时说不出话来,仿佛下巴被固定住了一样,但她还是勉强自己开口:

"再次确认……为什么呢?"

"为什么呢?"智弥依然用侧脸对着夏都,面无表情地回答道,"我可不知道啊!"

"你究竟想说什么?"

"我吗?我只是在回答你的问题而已,想说话的人是你吧!"

"我想说什么？"

"我不知道！不要什么事都问我啊！"他停顿了一下，"其实就算我不问，夏都小姐也已经知道了自己去昭典的公寓想做什么！"

你放过了一条大鱼！你想做的移动餐车，我一个人就做成功了！——夏都想让昭典看到这些，然后获得安心的感觉，原来她竟然如此不安！

那个轻易地看透夏都想法的初二少年，像往常一样用键盘打着字，他仿佛在用眼前的电脑分析夏都的心情，夏都不由自主地在矮桌下踢了一下外甥的腿。

"你在干什么？"

"什么？"智弥迅速转过脸来。

"你刚才在写什么？"

"只是邮件而已！"

智弥把笔记本电脑转过来，屏幕上显示的是一封英文邮件。

"你和别人聊天儿时怎么还在写邮件？而且还是英文的！"

"写邮件和用什么语言没关系吧！"

夏都的姐姐，即智弥的母亲冬花，曾经是东京一所综合医院的护士。她和比自己大十五岁的外科医生结了婚，生了孩子。离婚后，她辞职了，带着还是婴儿的智弥飞到了非洲加纳。她加入了一个叫日本国际协力机构的组织，作为派遣护士援助当地医疗机构。夏都的姐姐在加纳工作了六年，又被派到牙买加工作了三年多,所以智弥十岁前都是在国外度过的。加纳和牙买加都属于使用英语的国家,回到日本后,智弥依然在网上和夏都不认识的人聊些夏都不了解的内容,所以智弥会用英语写邮件。只是这个"会"仅限于读写,他的口语能力是个谜。既然他十岁前都在使用英语的国家生活,现在不可能完全不会说英语,不过夏都从来没见过智弥说英语。夏都问过冬花,她也只记得智弥四岁的时候,在加纳和当地的孩子们结结巴巴地用英语交流。智弥每次英语考试都是满分,所以他的英语应该不错。

夏都也问过智弥本人。当时,她笑着随口说了一句:

"说起来,我从来没见过你说英语啊!"

"我现在住在日本,没必要说英语吧!"

智弥的回答很冷淡,因此,夏都再也没有提过这件事。

"真是的,都是因为姐姐疏于管教,儿子才长成了这副模样,竟然在和别人说话的时候用电脑发邮件!"夏都哼了一声,喝了一小口兑了朗姆酒的大麦茶。

"夏都小姐,我以为你知道,"智弥又转过脸看着屏幕说道,"笔记本电脑在什么时候都能用!"

夏都无言以对。

以前昭典住的房间现在给了智弥,因此智弥有自己的房间,而且他会在里面待很久。在夏都做完当天的工作,准备好第二天的餐品,打算在客厅休息一下时,智弥总是会抱着笔记本电脑从房间里走出来。于是,夏都就开始靠在沙发上向智弥抱怨,唠唠叨叨地说些当天发生的事。在这段时间里,只要夏都不问他的意见,他就一声不吭,不过他也没有离开过。到今天为止,夏都对此始终没有产生任何疑问,可仔细想想,大多数初中二年级的孩子,在家里有人时,都会把自己关在房间里。至少夏都自己十几岁时就是这样的,以智弥的性格,他一定比她更喜欢独自待在房间里。

"抱歉!"夏都含糊地道歉。

"不,其实没什么!"

智弥没有看夏都。他从运动长裤左边的口袋里掏出了一样东西,解开上面的黑色数据线,将其插在笔记本电脑的外接接口上。那东西好像是游戏手柄。然后,他又从右边口袋里掏出耳机,戴在两只耳朵上,弯腰盯着显示器,开始"啪嗒、啪嗒"地按手柄。夏都不知道他是突然想打游戏了,还是不想再和自己说话了。

夏都等了一会儿,智弥一直在打游戏,五颜六色的画面在他的眼睛上反射出炫目的光彩。夏都偷偷地探出上半身,看了一眼屏幕,上面有五个人,有男有女,他们有的穿着西式铠甲,有的穿着日本和服,正在联合起来打一只怪物。怪物是一只举着斧头、用两条后腿直立行走的猪,每次被砍到,它的伤口处都会喷出鲜红的血液,像真正的猪一样。夏都看了一会儿,最后这只猪身上猛地喷出一股鲜血,留下一堆闪闪发光的金币和一团莫名其妙的绿色鬼火后消失了。

"那台笔记本电脑的电费……"夏都的嘴比脑子快,她脱口而出,"可不是你自己付的吧!"

她的声音并不大,智弥两只耳朵都戴着耳机,他应该根本听不见。

一阵快感掠过夏都的身体,跟她把夏威夷汉堡饭和鲑鱼饭团放在昭典公寓里的凯蒂猫旁边时的感觉相似。可是这种快感很快就消失了,她的心中只留下了空虚。就像被穿堂风吹过时的感觉一样,夏都心里升起一股冰冷的不安和悲哀。她想起了停车场里栋畠说不能再借用车位给她时的表情,比起道歉,那更像是在可怜她。那副表情也许是为了说出后面那番话而伪装出来的,也许是出自真心。栋畠可能真的认为夏都很可怜。

说不定智弥也是一样的,上初二的外甥和小姨住在一起,他会不会觉得小姨很可怜呢?因此他才总是像现在这样来客厅陪着她。

乌云遮住了太阳,地上的影子变淡,夏都和周围的界限变得模糊,夏都被这种感觉困住了,沉默让她感到害怕。

"不过姐姐每个月都会寄钱给我。"夏都用智弥听不见的音量喃喃自语,"那算什么?抚养费吗?那些钱只够付你学校的学费、补习班的学费和买文具的钱,她偶尔也会给基本餐费和给你买衣服的钱,没有多余的钱!钱不够啊,从今天开始就不够了,我之前经营移动餐车用的地方现在不能用了!不知道什么时候,我就连这里的房租都付不起了!从今天开始,我不知道该怎么办了!我以前也不知道,可是现在更不知道了!"

夏都抱着淡淡的期待,她觉得把这些话说出来,或许能减轻一些内心的不安和悲哀。可是她越说,期待越小,最终,她的声音不知消失在何方。智弥依然专心地看着屏幕,按着手柄。夏都刚说完,就直起上半身,伸出手,从他的两只耳朵里拔出耳机。

"啊……干什么?"智弥抿紧了嘴唇。

夏都将拔出的耳机插进自己耳朵里,却什么声音也听不到。

"我想这样你就会说出真心话!"智弥边说边转过头,再次看向电脑屏幕,"是啊,只要用笔记本电脑,就要花电费!"

"啊,不是,刚才那是……"

"没错吧?只要用笔记本电脑,就要花电费!"

"是没错,可我不是这个意思……"

智弥合上了笔记本电脑,把手柄和笔记本电脑一起夹在胳膊下面,站起身来,粗鲁地拔下插在墙上插座里的电源线,然后绕到沙发后面,准备离开客厅,仿佛要和夏都保持距离。

"喂!"

夏都刚起身,智弥便转过身来。

"我要把笔记本电脑卖了换钱!"

"啊,什么?不用卖,刚才的话是我瞎说的!"

智弥没有回答。他离开客厅,穿过厨房,消失在走廊的尽头。以前昭典在用、现在属于智弥的那个房间的门和平时一样安静地关上了。

为什么所有的事都这么难?

五

夏都将第十二个煮鸡蛋放在水龙头下面，打开水管，流进鸡蛋里的水冲破蛋壳，鸡蛋掉进了放在水池中的碗里。她事先在鸡蛋的上下两端剥开一点点蛋壳，然后迅速用水冲鸡蛋，这样就能剥出一个干净完整的鸡蛋。夏都打开微波炉，厨房纸上摆着大量又香又脆、切成细丝的培根。

"糟了！"夏都拿起放着培根的厨房纸向桌旁走去，她抬头看了看墙上的钟表。上午十点十五分，智弥已经去了学校。

"糟了……"她喃喃自语，不知道在跟谁说话。

吃早饭时，夏都找了各种各样的话题和智弥聊天儿，为昨天的事再次道歉，可智弥毫无反应。因为智弥平时就是那样一副毫无反应的样子，所以夏都不知道他有没有在意昨天的事，只能带着疑惑拿出书包，送他出门。

夏都坐在桌前叹了口气，比起主动呼出空气，这更像是身体在漏气。

锅发出"咕嘟、咕嘟"的声音。夏都正在烧水，准备煮通心粉。她拿起桌子上的盐罐，正准备往锅里加盐，突然听到有声音从门口传来。

那声音很轻，似乎是有人小心翼翼地关上了门，不想被任何人发现。

夏都竖起耳朵,只能听到锅里开水冒泡的声音。她上午出门买了一些东西,刚才回到家时,应该已经锁好了门。除了夏都之外,只有智弥有大门的钥匙,而他正在上学。夏都也想到了昭典,可是昭典已经把公寓的钥匙还给她了。

她想到了昨天看到的那个男人,那个买了三个梅干饭团、紧紧地盯着夏都的脸、穿着羽绒服的男人。

夏都转身朝着走廊尽头走去,她想起自己右手还拿着盐罐,于是把盐罐放在桌上。她本想轻轻地放下盐罐,结果清脆的碰撞声把她自己吓了一跳。

她故意咳嗽了一声,然后竖起耳朵仔细听。

"智弥?"她紧张地叫了一声,却没有得到任何回答。

夏都穿过走廊,站在门前。她握住门把手,将其轻轻地压了下去,然后从门缝里探出头看了看,外面没有人,什么都没有!

不,有一封信!

她跪在玄关口的脚垫上,那里有一个没有花纹的牛皮纸信封。夏都拿起信封,在看信封之前,她穿着袜子,踩在三合土地板上,推开了大门。左边的楼道在中途转向右边,那里有一部电梯,仔细看能看到电梯显示的楼层……

四……三……二……

夏都所在的位置是七楼,因此,刚才有人在门口发出了声音,又乘坐电梯下了楼!

楼道里的风吹在夏都身上,她打开信封看了看,看到了几张一万日元的纸币。

夏都关上大门,打开玄关的灯。

信封里有三张一万日元的纸币和四张一千日元的纸币,还有一张折起来的纸。

那是一张横格便笺,应该是用尺子之类的东西压着撕下来的。

"这是之前的电费,还有之后一段时间的电费。"

如果是不认识智弥的人,或许会认为便笺上的字是小学低年级的孩子写的汉字,其实那是智弥的字。

六

冬花从牙买加回到日本后再次离开,是在半年前。

夏都的姐姐一个人飞到了巴布亚新几内亚,帮当地医疗机构解决当地儿童医疗人手不足的问题。她本来想和之前一样带着智弥一起去,但是智弥说他不去,所以她便一个人走了。因和昭典离婚且移动餐车刚刚开业而正忙得不可开交的夏都把智弥接到了自己身边,现在他们两个人一起住在这间三室两厅的高层公寓里。

冬花本来想让住在长崎乡下的外祖父母——夏都和冬花的

父母照顾智弥,可是智弥坚决不同意。冬花问他原因,智弥说乡下没有光。冬花以为儿子对外祖父母居住的地方带有相当大的负面情绪,其实智弥说的是光纤网络。

"出大问题了……"夏都站在智弥房间的正中央。

这可能是她除了打扫卫生以外,第一次进入智弥的房间。

昭典的书桌已经换成了智弥的折叠桌,总是放在桌子中央的笔记本电脑不见了!

夏都看着空荡荡的桌子,鼻子深处突然一酸,泪水即将溢出眼眶。只犹豫了一瞬间,她就哭了出来,她的右手还拿着刚才放在玄关那里的信封。因为她要把信封和里面的钱一起还给智弥,所以她哭的时候,小心地拿着信封,避免弄湿它。

看到信封后,夏都趿拉着凉鞋坐上电梯下到一楼。她在高层公寓周围找了一圈,却没有看到智弥的身影。他应该是从学校跑出来的吧。一个上初二的学生是怎么把笔记本电脑换成钱的呢?她是不是应该给学校打个电话?不,还是应该先联系冬花!日本和巴布亚新几内亚的时差只有一个小时左右,夏都拨打了海那边的姐姐的手机,但是对方刚接起来又马上挂掉了。

她曾下定决心,绝对不会因为智弥的事主动联系姐姐。

冬花在人手不足、设备简陋的儿童医院里工作,自己不能让她担心——夏都并不是因为这个原因才下定那样的决心的,她只是因为不甘心。虽然冬花说了,有事随时联系,但是在此之前,夏都一次都没有联系过姐姐,尽管她明白这种什么事都想一个人扛的固执是自己的缺点。

最后,夏都还是不知道该如何是好,她一只手拿着信封,站在智弥的房间里。

智弥快过生日了。他的生日是一月八日,还有两周。到时候买一台新的笔记本电脑当生日礼物的想法划过夏都的脑海,可是那样做或许会伤智弥更深。不,那样做或许不会伤害他。在无法保持冷静、不知如何是好时,夏都总是无法理解别人的心情,她明白这一点,于是暂时把这个想法从脑海里赶了出去。

夏都抽了几张放在桌边的纸巾,按在眼睛上吸干了眼泪,然后用被眼泪沾湿的纸巾擤了擤鼻涕。感觉痛快一些后,夏都擦了擦鼻子,茫然地望着整个房间。

房间里没有什么值得一看的东西。架子床、蓝色被褥、放书的不锈钢架子、折叠桌、简易的笔袋,还有放在桌子下面、没有垃圾的垃圾箱。桌子旁边那个又长又薄的机器是什么?它的后面拖着一条电源线,前面亮着绿色的指示灯。

现在男孩子的房间都是这样的吗?

夏都不知道以前男孩子的房间是什么样子的。她家里只有姐妹二人。因为晚熟,上中学时,她只和女生一起玩,所以在智弥住进来之前,她从来没见过男孩子的房间。

她还记得智弥刚搬过来时,行李和家具特别少,她还为此感到惊讶。夏都以为智弥是因为顾及自己而处理了一些随身物品,但是他表示没有,那些就是他的全部家当。

对了,那个时候……

"基本上都在这里了!"智弥说着,拿起了笔记本电脑。

而现在智弥卖掉了那台笔记本电脑!

"糟了……"

夏都自言自语的声音里带着鼻音,她又想哭了。可是这次她因为嫌麻烦忍住了。她来到靠在房间一角的不锈钢架子前,架子上摆着很多和电脑有关的杂志,还有数学和物理方面的新书。看着看着,夏都发现最边上有一本书的书脊和其他书风格不同。这本书在最左边,被其他书挤压着,夹在了其他书和墙壁之间。因为那本书插得比较深,所以就像故意用其他书挡住一样。青少年在房间里偷偷藏起来的书是什么类型的书?夏都隐约有预感,但她还是弯下腰,将手伸向了那本书。她把手指放在书上往前拉了拉,只见书脊上写着:开移动餐车赚钱。

夏都眼前一片模糊。

"小姨我……被感动了!"这份悲伤太沉重,只能用玩笑的方式化解,"我得想想办法,让那个不可爱的小外甥原谅我!"

夏都用长款T恤的袖子擦了擦眼睛,正准备把书放回原处。她突然停下了手上的动作。

墙边有什么东西?

她以为这本书就插在最边上,其实在它与墙壁之间,还夹着一个薄薄的东西。

夏都轻轻地把那东西抽出来,是一个透明的文件夹。

她抽出了里面的东西，那看起来是从右侧那排电脑杂志里剪下来的内容，她只需要看一眼就知道他为什么将其剪下来。

每一张剪报上都有同一个女孩儿的照片。那个女孩儿非常可爱，其年龄和智弥相仿。她有大大的眼睛、细细的脖子、笔直的鼻梁，长相很符合当下年轻人的审美。女孩儿的头发有时是绿色的，有时是橙色的，有时是白色的，她的衣服有宇航服，有像外国人偶一样的蓬蓬裙，还有小猪玩偶服。女孩儿在各种各样的特辑中以各种各样的形象出现，有时会说些新游戏的试玩感想，有时会介绍用电脑加工视频的方法，有时会露出微笑。她的名字应该叫辉夜，可能是辉夜姬[①]的辉夜吧。夏都看着女孩儿的脸，想起了自己曾经在电视广告上见过她说话的样子。那是什么广告呢？她的音调很平稳，说话速度不是很快，她的声音像小树枝折断时发出的声音一样干脆清亮。

原来如此，智弥也是个普通的男孩子啊！

夏都把透明的文件夹插回原处，松了一口气。

七

"啊……老师？"

夏都在高田马场商业办公楼的停车场做营业准备时，看到

[①] 辉夜姬，日本文学作品《竹取物语》中的人物。

了菅沼的身影,于是从柜台后面探出头来,跟他打招呼。

菅沼正在自行车停车场停放那辆有圆点花纹的白色自行车。被叫住的一瞬间,有着花白头发、瓦力身体的他,愣了一下才转过身来。

"什么事?"

菅沼的态度让准备好问题的夏都变了语调。

"智弥联系过您吗?"

夏都觉得智弥能够卖掉笔记本电脑,一定是找了某个大人帮忙。

初二的学生就算想要卖掉电子产品,应该也没办法立刻拿到现金,孩子在二手店买卖电子产品,需要其父母的承诺书,若孩子自己填资料,智弥那孩子气的字体一定会让他暴露身份。

想到这里,夏都脑海中浮现出的第一个人就是菅沼。

"智弥吗?"

菅沼动作笨拙地拽了拽肩膀附近的外套布料,摆出立正的姿势。

夏都觉得他和智弥一定是共犯。

"对,昨天晚上或者今天早上,他找过您吗?"

"嗯,他给我发过邮件。"

"邮件?"夏都摆出一副侦探的样子说道,"我问的可不是邮件啊!"

"嗯。"

"我问的是他有没有直接找过您,不是用邮件联系您!"

菅沼微微张开嘴,在那度数似乎很高的眼镜片后面,他的目光在闪烁。他似乎想说些什么,深吸了一口气,然后又吐了出来,再吸了一口后才说:

"昨天……就像我说过的那样。"

"什么?"

"我不习惯打电话……没有告诉他我的电话号码,不只是他,我身边的大部分人都不知道。"

"这样啊……"

夏都大失所望。

从看到信封到现在,已经过去了一个多小时,她始终没有联系学校,冬花也没有回电话。

"老师,我有些事想问您!"

大概是以为夏都要责备自己不擅长打电话,菅沼握紧双手,缩了缩下巴,就像一个被责骂的孩子准备面对更严厉的追问。

"一个上初中的孩子想在二手店卖掉笔记本电脑之类的东西,可以轻易做到吗?"

菅沼的表情一下子亮了,抬起头说:

"应该不行!"

"是吗?"

"但如果那个孩子是智弥,或许有可能!"

"为什么?"

"因为他有很多帮手!"

"帮手?"

"您不知道吗?"

"不知道!"

"这样啊……"菅沼似乎感到意外,他重新看了看夏都的脸,"他有帮手。智弥把他们称为导师(mentor),我觉得这个名字相当不错!导师是提供建议和指导的人,我听说奥德修斯[①]曾经请孟托[②](Mentor)教育自己的孩子,于是孟托的名字就成了导师这个词的来源。"

"嗯,他们在什么地方呢?"

菅沼突然笑了,缓缓地摇了摇头。

"两个人都是神话中的人物,奥德修斯和孟托都是。"

"这个我知道,我问的是智弥的那些导师们!"

"啊,在全世界!"

"全世界?"夏都不由自主地重复了一遍。

"全世界都有为他提供建议的人,那些人在智弥面对自己解决不了的问题时,能比我更快地帮他找到解决方法。当然,日本也有他的帮手,在国内把笔记本电脑换成现金,或者用现金买到笔记本电脑应该很容易。我特别羡慕他有那么多可靠的帮手,

---

[①] 奥德修斯(Odysseus),又译"俄底修斯",是古希腊神话中的英雄。
[②] 孟托(Mentor),来源于荷马史诗《奥德赛》(Odyssey),孟托是奥德修斯(Odysseus)的忠实朋友,奥德赛出征时将其留下掌管家事。

他一定很擅长社交吧。"

"他擅长社交吗?"

"网络社交。"

"啊……"

虽然菅沼的解释很夸张,但是他的意思就是,只要在网上找到成年人帮忙,初中生也可以马上把笔记本电脑换成现金。智弥也会这样做吗?

"对了,智弥的小姨……"

"什么?"

夏都转过头,看到菅沼用手按住嘴角,好像说了什么不该说的话,但是她不知道究竟是什么。

"抱歉,小姨这个称呼真是失礼了,您明明和我同年,听起来却像我在叫更年长的女性!"[①]

"没什么!"

"可是您和挂川同姓,如果称呼您为挂川,会和我现在对智弥的称呼弄混。"

菅沼在夏都面前直呼智弥的名字,叫她挂川,应该是没问题的!

"啊,对了,我和智弥用同样的称呼或许是最简单的,我刚才怎么没有想到呢?以后我就叫您夏都小姐吧!"

---

① 日语中,小姨和大妈(日语罗马音 obasan)的发音相同。

"啊,其实叫什么都行!"

"对了,我要和您汇报上次那件事。直接用手捏饭团时,皮肤上的常居菌和盐发生反应后,可能会产生具有鲜味的化合物,这些化合物被食物吸收,在一定程度上能增加鲜味,这个假设已经被证明了,是正确的!"

"我能一边准备一边听您说吗?"

"没问题!"

夏都抱着用来写今日菜单的白板走到车外,把白板挂在柜台旁边,一边打开后备箱,取出塑料垃圾桶和广告牌,一边听菅沼说话。

"昨天晚上我做了实验,准备了十个隔着保鲜膜捏的饭团和十个直接用手捏的饭团,用铝箔包好,放置五小时后食用,直接用手捏的饭团果然比隔着保鲜膜捏的饭团好吃得多!"

"那么,乳酸菌什么的数量实际测量……"

"我不知道。"

"啊?"

"衡量食物的味道的标准太主观,只要觉得好吃,那就是美味的食物!这次实验只能证明直接用手捏的饭团是否更好吃,我觉得其结论已经足够了!这是我自己私下做的实验,不存在刻板印象。我的结论就是,直接用手捏的饭团更好吃!"

夏都以为菅沼还会继续说些什么,他却只是一脸得意地笑着看她,嘴巴都要咧到耳朵边儿了。夏都把放着叉子、勺子和一次性筷子的托盘摆在柜台上。

"你说,你昨天做了一个很夸张的实验,我还以为你数了乳酸菌的数量呢!你还说借了上学时的学弟的实验室,对吧?"

"借了!"

"啊,那果然是在实验室做的实验啊!"

"我可没有说!"

"不是吗?"

"是在猪排店!"菅沼扶了扶眼镜,又得意地笑着说道,"那是他家的家业!"

八

"原因难道不是想要吗?"

夏都手握着方向盘,眼睛却看向副驾驶座,她不知道这句话是什么意思。

在她旁边的智弥坐直了身子,眼镜片上反射着路灯的灯光。

"什么原因?"

"和你搭话的原因。"

"为什么?"

"绿灯亮了。"

夏都踩下油门发动汽车。

下午三点前,夏都把餐车收拾好,回到了高层公寓。她以为智弥会在家,结果他似乎回来后又出去了。虽然今天要上补习班,不过现在出门未免太早,智弥一定是不想见到她吧!等待智弥回家的那段时间里,夏都一直在叹气,叹过气后,她觉得身体似乎轻松了一些。于是夏都站起身来,走出高层公寓,开着柳生十兵卫号餐车,朝高田马场疾驰而去。

这是她第一次来补习班接智弥放学。

她还没有问智弥放在玄关的信封和笔记本电脑的事,也没有问他是不是逃课了。夏都只说了些"冬季天黑得早,晚上的风真冷"之类没有意义的话来打破沉默,然后,她又提到了菅沼。

"你是说他来和我搭话,说什么'直接用手捏的饭团更好吃'的原因吗?"

"而且这个话题还可以成为再次找你聊天儿的借口。他今天不就来找你说实验的事了吗?"

"他确实来了!"

"那就不会错!"

菅沼为什么要特意和自己聊天儿呢?夏都并没有思考过这个问题。

"这样啊……"

从初中开始,夏都就是一个招异性喜欢的女生。

夏都在女子高中时的好友朋香,就是因为这一点和她反目的。那次朋香要和上另一所学校的男朋友约会,让夏都陪她去会合地，于是两个人一起来到一家迷你岛超市①的门口。夏都已经不记得朋香的男朋友叫什么名字了，只记得那个拉松了领带、自以为很帅的男生看向自己的目光意味深长。当时的夏都感到一阵隐隐的难受，就像被人传染了感冒一样。朋香把夏都介绍给她的男朋友，加了一句"这么可爱的女生却没有男朋友"。大约两周之后，朋香开始躲着夏都，夏都抓住她一问才知道，她躲着自己是因为"小达喜欢上你了"。对了，那个男生叫小达。夏都完全不理解他怎么会喜欢上一个只见过两三分钟的人，如果他只是自作多情，那他为什么要告诉朋香呢？当时，夏都真希望朋香的男朋友从这个世界上消失！

"因为菅沼老师和你完全相反！"

"什么地方完全相反？"

"老师做任何事情都会事先计划好，然后按照计划进行。就算是和别人聊天儿，也要提前准备好话题。"

"抱歉，我就是个没有计划的人！"

"有利有弊吧！"智弥说道，"像老师那样的人，如果遇到了计划之外的事情就会感到困扰。你不是说了吗？你刚开始跟他打招呼的时候，他看起来慌慌张张的，那也是因为你在他计划之外跟他打招呼，他一定是吓了一跳！"

"学生的小姨和他打招呼是很意外的事情吗？"

---

① 迷你岛，日本的连锁超市。

"他大概对自己计划之外的事都没有应对的天赋吧！"

"那就不要做计划了嘛！"

她必须提到笔记本电脑和信封的事了，可是她已经拖了这么久，越来越难说出口了！

"他真的吃掉了自己捏的二十个饭团，只是为了比较那些饭团的味道吗？"

"老师不会在这种事情上说谎！"

"看来他是个老实人！"

"不，他才不老实呢！"

"为什么？"

"有很多事，他都是骗你的！"

"什么？"

"老师早就知道你是我小姨了！"

"啊？"

"他应该也知道你的年龄。"

"什么？"

"很早以前，我为了问上课的内容给他发过邮件，顺便提到了你的事，我在邮件中告诉他，你是我妈妈的妹妹，是我的小姨，还提到了你和他同龄。"

"他肯定是忘记了吧？"

"老师绝对不会忘记已经知道的事！"

"什么啊，那他不就是个……"夏都想要尽可能找出委婉的说法,却没有找到,"是个大骗子吗?"

"只是他说的谎很容易被拆穿而已——他没有封我的口,没有疏通好其他事情!"

车开到了夏都租下的月租停车场,从高层公寓走到这里只需要一分钟。

这是一个铺着小石子儿的露天停车场。高层公寓里的双层停车场对汽车的高度有限制,而且露天停车场更方便使用者装卸食物和行李,因此,夏都租下了这里。出门工作时和工作结束后回家时,夏都会推着一辆推车在停车场和高层公寓之间往返两趟,运送食物和水。

"智弥……"夏都拉下手刹,关掉引擎,终于下定了决心,"那台笔记本电脑……"

插在牛仔裤后面口袋里的手机在振动,夏都将手机掏出来一看,电话是冬花打来的。她要不要接呢?智弥就在旁边。可是一想到冬花也是在百忙之中抽出时间打来的,夏都还是按下了接听键。

"小夏,我看到我的手机上有你打来的未接来电,出什么事了?"

冬花明明在那么遥远的国家,声音却如此清晰,夏都一直觉得这种感觉很奇妙。

"啊,没事,嗯,抱歉,我一会儿再给你打过去,好吗?"

"今天真是够呛!医院来了一个被蚊子咬后得了疟疾的孩

子！医院今天还进了强盗！"

"是吗？我这边没什么事……"夏都说着看了一眼坐在副驾驶座上的智弥,瞬间不知道自己要说什么了。

智弥的膝盖上放着一台打开的笔记本电脑！

"我明天早上应该有空。强盗已经被抓住了！你要说的是智弥的事吗？"

"啊,抱歉姐姐,什么事都没有！"

"什么呀……"

"什么事都没有！实在抱歉,你好好工作吧！"

挂掉电话后,夏都转向智弥。

"为什么？"

智弥立刻转过脸来,他那被电脑屏幕照亮的脸上没什么特别的表情。

"嗯？"

"你不是把那个卖了吗？"

"你说这个吗？"

"那台笔记本电脑。"

智弥盯着笔记本电脑看了一会儿,又抬起头来。

"为什么？"

"你不是卖掉笔记本电脑换钱了吗？"

"啊,你是说放在玄关的钱,对吗？那是我卖装备赚的！"

"装备？"夏都重复了一遍。

"在电子游戏中使用的装备,武器、防护用具、戒指什么的。"

夏都在新闻上看到过,电子游戏中的物品可以在网上卖掉,换成现金。

"电子游戏里的装备能一下子卖那么多钱吗?"

"因为我卖的装备很多人想要,所以价格也很高。卖家用网上银行支付,买家可以马上收到钱。因为这次我收的是美元,需要兑换成日元,所以没有那么快。夏都小姐,你找我妈妈有什么事吗?"

"嗯?"

"电话……"

"啊……我玩手机的时候不小心按错了,打给了她,结果她看到了我的未接来电!"

"你以为我为了给你付电费,卖掉了笔记本电脑,你想和我妈妈商量,结果又不甘心依靠她来解决问题,所以在她接电话之前挂掉了电话,是吗?"

虽然有些生气,但是夏都什么都没有回答,只是笑了一声,不知道智弥是怎么想的,他也发出了一声轻笑。

"我才不会卖掉笔记本电脑呢!"

智弥"啪"的一声合上笔记本电脑,先下了车。

夏都也下了车,拉紧羽绒服外套。

"下个月,你要过生日了吧?"

这句话有一半是为了缓解尴尬。

"是啊。"

"你想要什么礼物?"

"没什么想要的。"

"去年姐姐送了什么给你?"

"不记得了!"

"这样啊。"

夜风吹在皮肤上,让人有一种既紧张又放松的感觉,这是年末特有的感觉。

"你今天逃学了吧?"

"逃了,"智弥一边向前走,一边平静地点了点头,"我得去银行,还要把钱放回公寓。"

"总是逃学会变成不良少年哦!"

"'不良少年'这个词太过时了!"

夏都想起自己忘记向智弥道歉了。

现在似乎是最适合道歉的时候,夏都加快脚步,追上了智弥。

第二章

一

　　两天后的周六,夏都在马场学院前面的停车场做营业准备时,看到菅沼从大楼里走了出来。他没有看夏都,径直走向自行车停车场,他的脸上仿佛写着他此刻的想法:请不要和我说话!

　　智弥有没有给他发邮件告诉他,他的谎言已经被识破了呢?夏都觉得这挺有趣,便在柳牛十兵卫号餐车里观察菅沼。

　　"啊,糟了!"菅沼突然大声说道,他的一只手按在额头上,"忘记拿自行车钥匙了!"

　　一秒。

　　两秒。

　　大约过了三秒,他转身朝夏都走来。

　　"啊,您好!"

"您好!"

"我刚才想出一趟门,结果把自行车钥匙忘在房间里了,这样一来,我就骑不了自行车了。马上就到中午了,我本来想出去买午餐的!"

看来他并不知道智弥已经揭穿了他的谎言!

"餐车还没开始营业,不过现在已经可以提供餐品了,请点餐吧!"

夏都猜到对方脑子里在想什么,便跳过了多余的寒暄,先将对方的目的说了出来,她想以此来展现自己的亲切。谁知,菅沼就像肚子被打了一拳一样,后退了一步。他摇摇晃晃,目光游移。

"我正打算把这个搬出去。"夏都拿着白板走到餐车外面,"这上面写着今天的菜单,请您看看吧!"

"好!"

大概是因为一切又回到了菅沼事先想好的计划中,他很快平静下来,走到白板前,推了推眼镜,盯着夏都怀里像画板一样的白板。令人惊讶的是,他站的位置在夏都的斜后方,菅沼身形瘦长,站在那里确实能看清白板上所有的字,但是和夏都之间的距离却近得不正常。夏都甚至能隔着运动服感觉到他的体温,却不觉得讨厌。这大概是因为菅沼的气场太弱吧。

"哦,有西红柿肉酱通心粉,有圆滚滚的鸡肉蛋包饭,有牛肉分量很足的牛排饭。对了,智弥好像没有卖掉笔记本电脑,那天,我看到他像往常一样在教室里使用那台笔记本电脑!"

"啊？我说过智弥要卖笔记本电脑吗？"

夏都转过身，发现营沼的脸离她很近，近得吓人，于是她退后半步，拉开了两个人之间的距离。

"你没有说，可是……"营沼撩了撩半白的头发，扬起瘦削的脸说道，"你似乎是这个意思。"

夏都回想起当时自己与营沼的对话，然后点了点头，或许真的是这样。

"算了，是我误会了，什么事都没发生！"

"这样啊！"

智弥给夏都的那个信封，就夹在厨房料理台上的菜谱和书立之间。夏都想还给智弥，可是他坚决不收，而夏都又不能真的用这笔钱交电费，犹豫一阵子之后，她还是把它夹在了那里。在厨房工作时，就算不想它，也能看到它。

夏都打算好好想一想怎么使用这些钱。在想到之前，她打算把信封夹在那里，激励自己好好工作。

不过，昨天夏都没在准备餐食上花太多时间，她的大部分时间都用来寻找代替西新宿停车场的营业场所了。再过一阵子，公司就会进入冬休期，就算继续在那个停车场经营餐车，餐车的客流量也会剧减。只要她能尽快找到新地点，就不会有太多经济上的损失。夏都成功转换了思路，心里轻松多了。可是，她很快又轻松不起来了。她开车绕了许多路，打了很多电话咨询，还借来智弥的笔记本电脑查过各种信息，直到半夜，都没能找到一个可以经营餐车的地方。

"我要饭团,明太子饭团和海带饭团各一个!"

"多谢惠顾,饭团很快就能做好!"夏都在餐车外挂好写着菜单的白板,准备回到餐车里。

"对了,说到饭团……"

"嗯?"

"就是之前那件事,饭团是发酵食品……"菅沼有些笨拙地说道,"其实有件事我要告诉您……"

"什么?"夏都边向餐车里走边问道。

结果菅沼说出了夏都完全没有想到的事情。

"保健所禁止直接用手捏饭团!"

"这样啊!"几秒后,夏都明白了他的意思。

"准确地说,是禁止所有直接用手接触食物的行为,《烹饪设施卫生管理手册》上明确指出了这一点。"

夏都根本没听说过……

夏都开始经营移动餐车前,为了取得食品卫生责任者资格证,听了半天的讲座,她当时应该学过所有必要的餐饮卫生知识和相关注意事项,听讲座的地点是保健所指定的交流中心。在二月最冷的时候,交流中心的暖气开得很大,让人觉得很舒服。因为温度让人觉得太舒服了,所以她在听讲座的过程中小睡了一会儿。菅沼说的这些内容,一定是当时的老师在她睡着的时候讲解过的。讲座结束后,那里的员工给了她很多资料,资料里

65

肯定也提到过相关的内容,可是资料实在太多,夏都只是草草地翻了一下,没想到里面竟然写着如此重要的内容!这种内容就应该用加粗的字标注清楚嘛!

"和其他食物相比,饭团与厨师的手接触得比较多,因此,厨师在制作饭团时必须戴上手套。如果厨师的手上有伤口,就有可能因为金黄色葡萄球菌繁殖而污染食物,使吃了被污染的饭团的食客食物中毒。金黄色葡萄球菌会形成菌群,在食物中不断繁殖,虽然冷藏保存饭团可以在一定程度上减缓其繁殖速度,但常温保存时非常危险!葡萄球菌本身并没有毒性,可是细菌繁殖过程中产生的肠毒素,会使吃下被葡萄球菌污染的食物的人中毒。这种毒素的生成是不可逆的过程,毒素一旦产生,就无法通过加热等手段去除其活性。也就是说,一旦细菌开始繁殖,食物就已经被污染了,若想保证食物是安全的,厨师就只能重新做饭团了!我去保健所的时候已经确认过这一点了!"

"你去保健所干什么?"

"调查直接用手接触食物究竟符不符合规定。"

他为什么要特地去调查这件事呢?

"现在,我知道这不符合规定,也知道了金黄色葡萄球菌的危险性!"

夏都不知道该不该道谢,老实说,她有点儿生气,可是生菅沼的气完全没有道理。

"这样啊!"

算了,既然有相关规定,那么下次她做饭团的时候还是戴上手套吧!虽然这样做会失去菅沼说的发酵效果,不过这种程度的味道差异应该不会影响客人的数量。为了防止手部皮肤因频繁接触冷水和食材而发生皲裂,夏都做饭时本来就戴着一次性手套,只是因为戴着手套捏饭团不方便,她才会在捏饭团的时候摘掉手套。

"我想这个应该能帮到你,所以今天把它拿来了!"

菅沼从外套口袋里拿出了一个神秘的小瓶子,它有大号指甲油瓶大小,没有贴任何标签。夏都问他里面的透明液体是什么,菅沼说是"乳酸菌生成物"。

"如名字所示,这是乳酸菌发酵时生成的物质和矿泉水的混合物,市面上有售,不过这一瓶是我拜托学生时代的学弟专门做的。戴着手套捏饭团时,你只要在手套表面稍微涂一点儿这种物质,就能使饭团有与徒手捏出的饭团相似的味道!"

夏都对他的话将信将疑,但是她并没有把自己的想法说出口,只是默默地低头看着菅沼手里的小瓶子。她怀疑的不是那瓶液体,而是拿出那瓶液体的菅沼。小瓶子里装的或许确实是菅沼所说的什么乳酸菌,可是就连不那么了解化学的夏都,都不认为这种东西能立刻做出来。既然这种东西市面上有售,说不定这一瓶乳酸菌就是菅沼买来成品之后倒进瓶子里的,他特意选择小瓶子,说不定是因为能很快用完,或他想营造出这东西很贵重的感觉。如果问问他那个学生时代的学弟在哪里工作,说不定答案会是猪排店。夏都甚至怀疑这个借地方给菅沼做饭团实验的学弟是否真的存在！

但是，她并不讨厌菅沼。

虽然夏都不知道菅沼对她的感情有多深，甚至不知道那是一种怎样的感情，但这份感情让她感到几分开心，也让她觉得自己很脆弱。

"谢谢！"

当然，夏都不会真的把这种东西涂抹在要卖给客人的食物上。

"明太子饭团和海带饭团，对吧？"

夏都将小瓶子装进了围裙口袋，回到车里，从方盘中取出两个饭团，越过柜台递给菅沼。菅沼伸出双手要接，可是夏都突然想到一件事情，又收回手，把饭团拉回自己身前。菅沼的脸上浮现出困惑的表情。夏都从围裙口袋里取出小瓶子，在饭团旁边摇了摇，尽可能用自然的声音问：

"要不要涂？"

她想捉弄一下这个笨拙的男人。

菅沼抱起胳膊，认真思考，几秒后摇了摇头。

"我想马上吃，等不到味道改变，还是算了吧！太浪费了！"

"这样啊……"

夏都把饭团递给他，心里有一丝失望。

菅沼从右边裤子口袋里取出三百六十日元递给夏都，然后从左边口袋里取出一张折成四折的便笺,看他的动作,似乎他做了某个重要的决定。

"如果你对乳酸菌生成物有疑问,可以联系我,这是我的联系方式。"

他把便笺放在夏都手里的零钱上,鞠了一躬,然后消失在楼梯口。

夏都看着他的背影茫然地想:原来人和食物一样,都有余味啊!她想起自己以前读过的一本教烹饪的书里写着,比起食物原本的味道,食物的余味更容易让人记住。

夏都把收到的零钱和便笺放进收银台一侧的手提保险箱里。她听到了脚步声,有人沿着小路向这边走来。

看到那个人的瞬间,夏都的心脏猛地一沉。

"你好!"

站在柜台前低声打招呼的正是那个男人!三天前的中午,他在西新宿停车场买了三次梅干饭团,当时他穿着短款羽绒外套,今天他穿着西装。

夏都努力地掩饰着不安,笑着说"欢迎光临"。

"不,我不是客人!"

男人似乎在有意压低声音。贴在额头上的自来卷刘海儿下面,是一双眨动着的眼睛,他就像一只快速眨眼的鸟。

"我是从保健所那边来的,不,不是保健所那边,我就是从保健所来的,我是保健所的人!"

"保健所……"

夏都条件反射地看了看自己的双手,立刻拿起旁边的毛巾擦了擦手心,当然这些动作完全没有意义。

"那个……有什么事吗?"

"卫生环境检查,准确地说,是对上次检查的确认。我要确认的不是你做得好的地方,而是你没做好的地方!"

"什么意思?"

"总之,请让我看看餐车里面!"

男人绕到餐车后面,抽掉挡板,自顾自地跳上车。他身材矮小,腿不算长,所以上车的时候必须跳起来,他这一跳,一下子跳到了夏都的面前,两个人之间的距离近得让他自己都觉得惊讶。他慌慌张张地向后退去。

"我们收到消息,"男人一边单手抚平领带的皱褶,一边环视车内,"这辆餐车的卫生不达标!"

他说的是饭团吗?

一定是这样!三天前,他排了三次队,买了三次饭团,就是为了确认某件事!可是他刚才说的"收到消息"究竟是怎么回事?有人举报了夏都吗?说不定是菅沼去保健所的时候不小心说出了移动餐车的名字,从时间上来看,这种可能性很大!啊,不对,在菅沼做饭团实验并去保健所调查之前,这个男人已经在夏都的店里买过三个梅干饭团了!不,说不定菅沼早就去过保健所。在夏都胡思乱想时,男人开始在车里四处检查,他打开锅盖,闻闻食物的味道,用手指戳一戳包着饭团的保鲜膜。

夏都还没有弄清楚情况,她在想自己应该怎么问这个男人。她的手搭在围裙的肩带上,看着男人来回走动,然后在妨碍到男人时,躲到一边去。就在这时,夏都发现了一件事,男人的左手上戴着的手表和西装实在不相称。虽然她只是从袖口瞄了一眼那块手表,看得不真切,不过她注意到了手表那明亮的绿色硅胶表带。夏都觉得那块手表可以成为理解这件突然发生的事情的线索,于是悄悄地歪着头想看清楚。

男人转过身问夏都:

"您可以坐到驾驶座去吗?我要调查餐车开动时的震动情况,看看它的晃动程度有多大!"

"我要开车吗?"

"没错!"

因为无法直接从厨房区进入驾驶区,所以夏都暂时走到了车外。她摘下刚挂好的白板,关上挡板,把刚抽出来的柜台收进车里,然后坐在驾驶座上。男人还站在餐车的厨房区。夏都正在疑惑,他就来到了夏都的斜后方。他的双手紧紧地将副驾驶座的头枕抱在胸前,这样做大概是为了稳住身体。

"那么,我现在该做什么?"

"总之,你先把车开到路上去吧!"

夏都将餐车停在了停车场出口。

"左边还是右边?"

男人没有立刻回答,夏都偷偷地回头看了一眼,只见男人在按手机。

"右边。"

夏都把方向盘向右打,尽可能小心地不让车摇晃,然后将餐车驶入了车道。

"我可以直接开到早稻田路上去吗?"

"好的,右转!"

"可是这里禁止右转!"

"那个,"男人慌张地说道,"啊,这是步行模式吗?麻烦稍等一下……要切换成驾车模式……嗯……哇……"

已经晚了,夏都已经开始怀疑他了。

"那个……您是要调查餐车的晃动程度,对吧?"

"对!"

"你是保健所的人吗?"

"对,啊,出来了,驾车模式!"

男人把脸靠近手机屏幕。

"好,左转,左转后请在第一个红绿灯路口右转!"

早稻田路很快就能到,现在信号灯是绿灯,夏都只好把方向盘向左打。早高峰已经结束,此时路上很空。

"请不要做奇怪的事情!"男人突然说道。

"啊?"

"否则你会后悔的!"

"后悔什么？"

"总之，请继续开！啊，红灯的时候当然可以停车，其实就算你打电话联系别人也没用！"

"这究竟是怎么回事？"

"好了，请按照我的指示开车，开到一个地方！"

"我不要！"

"你会后悔的！"

"为什么？"

"如果你不听我的话，我就从车里打开挡板！"

男人走远了。夏都看向车内后视镜，男人一边张开双手保持平衡，一边摇摇晃晃地走到餐车尾部。

"打开挡板，然后呢？"

"打开挡板，然后，怎么说来着，去米饭和通心粉那里！"

"保温柜？"

"保温柜，还有下面放着的，对了，是叫车载冰箱吧？我知道。我会把那些东西，还有我能拿到的其他东西都丢到路上去！"

"你这样做我会很为难的！"

"你不听我的话，我就会这么做！对了，请把手机给我！"

男人回到夏都身后，把手伸到她的面前，可是夏都没有动。她的下半身失去了知觉，似乎浮在空中，可是心脏却在肋骨内侧疯狂地跳动。男人收回手，又向引擎对面走去。夏都急忙看向车内后视镜，见男人蹲在挡板前面握住了拉杆，夏都大喊了一声。

二

　　一走进房间,夏都的目光就被坐在正对面的少女吸引住了。

　　房间里不只有少女一个人,还有其他三个人,但是她给人的冲击力太强,以至于夏都没能立刻意识到自己曾经在杂志和电视上见过她的脸。

　　"小渊①,谢谢你!"

　　少女看着把夏都带来的男人,灿烂地笑了。被称为小渊的男人发出介于"哈"和"嘿"之间的声音。他不好意思地笑了。

　　这个房间有六叠②大小,铺着木地板。房间里的遮光窗帘紧紧关着,只有天花板上的一盏发着白光的荧光灯为这个房间照明。房间的正中央放着一张木头矮桌,矮桌的右边有两个男人,左边有一个女人。每个人面前都放着一台不同款式的笔记本电脑,坐在左边的女人身边虽然没有人,不过也放了一台笔记本电脑。那个座位或许是刚才被称为小渊的男人的吧。夏都刚想到这里,小渊就离开她,在那台电脑前坐下。他把手搭在鼠标上随便动了动,大概是在解除屏幕保护。他似乎忘记了自己刚刚绑

---

① 渊,读音为 yuān,古同"渊",此处为日文人名。
② 叠,日本的房间面积单位,一叠相当于一点六二平方米。

架了一个女人！他看了一眼屏幕,发出一声很轻的惊叹声,然后开始操作键盘和鼠标,不知道在做什么。虽然夏都不知道他在做什么,不过从房间的氛围来看,那应该是不需要他立刻去做的事情。

除了小渕,房间里的所有人都看着站在门口的夏都。

小渕身边的那个女人看起来二十五岁左右。她穿着一件发灰的毛衣,颜色很难形容,她有一张圆圆的脸,梳着丸子头。她稍微有些胖,眼镜腿儿紧紧压在太阳穴上,不知道是因为眼镜的尺寸不合适,还是因为水肿。

坐在右边的那两个人一胖一瘦。两个人都比小渕和戴眼镜的女人年长一些,年纪看起来和夏都差不多大。瘦的那个长相有点儿像苏格兰牧羊犬,高个子,留着长发,看起来像是会弹吉他。这种事从他穿着的长袖T恤上也能隐约猜到。他穿的T恤的胸口处印着一个美少女,她笑容灿烂,比着剪刀手,那大概是某个漫画人物。坐在靠近门口位置上的另一个男人穿着宽松的网球衫,这可能是为了遮掩他那肥胖的身体。夏都觉得,大部分这种身材的人,要么留着寸头,要么留着一头乱蓬蓬的卷发,这个人却留着顺滑的直发,头发从头顶正中央自然分开,让夏都联想到即将张开翅膀的瓢虫。

这里是一座普通的高层公寓里的一个普通的房间。

开车时,她只顾着关心背后的男人,没有看周围的环境,所以不知道这是东京的什么地方。餐车过了饭田桥后,又走了一段路,这里大概是在御茶水附近。夏都开车时,小渕一直看着自己的手机指路,最后他让她把餐车停在了一个投币式停车场,他们坐直梯来到了停车场附近一座高层公寓的五楼。

"抱歉,我们做事有些粗鲁了！不过你看到我在这里,应该已经知道是什么事了吧？"坐在夏都对面的少女站起身,直直地盯着夏都的眼睛说道,"请删除邮件！"

少女的声音听起来十分清脆。她穿着一件有几分未来感的蓝色连衣裙,留着波波头,额前的刘海儿和眉毛齐平,头发是荧光绿色的。虽然夏都不知道她的年龄,不过她应该是个初中生,那头在灯光下闪闪发光的头发多半是假发。她的五官很端正,简直不像是用来看东西、闻气味或吃东西的器官,也许她一出生就是这副模样。

她所说的邮件到底是什么呢？夏都正打算反问,少女就命令头发顺滑的胖男人：

"大号小渕,把她的手机给我！"

胖男人立刻起身,不,应该说他想要立刻起身,却因为块头太大而做不到,于是他把重心前后移了几次,双手用力撑着地板,终于站了起来。

"手机在车里的时候已经给那个人了！"夏都用眼神示意带她来的小渕,声音有些颤抖。被称为大号小渕的人张了张嘴,似乎想说什么,嘴唇发出"啪"的一声,但最后还是沉默地坐了回去。他对面的小渕站起身来,从上衣的口袋里取出夏都的手机,动作殷勤地递给坐在里面的少女。少女用纤细的食指按了几下手机屏幕,很快抬起头来盯着夏都。

"手机的密码是什么?"

夏都的手机有锁屏密码。

由于嫌麻烦,夏都以前从来不锁手机的屏幕,但是和昭典闹矛盾的时候,她会给朋友发邮件抱怨昭典,因此,万一手机丢了,被陌生人看到她的抱怨,她会觉得很尴尬,便设置了锁屏密码。和这件事比起来……

"这究竟是怎么回事?"夏都终于问出了口,声音依然在颤抖,"你们为什么要把我带到这里来?"

少女瞪大眼睛,仿佛要将夏都整个吞下去:

"我说了,因为邮件!"

夏都盯着少女的脸,想努力看出这句话的意思。因为那张脸的视觉冲击力太强,所以房间里的景象和其他四个人的身影渐渐模糊,夏都觉得自己正盯着一棵浮在空中的荧光绿色蘑菇。

"请你删除我姐姐发的邮件,至于是哪一封……"少女呵呵一笑,"你应该知道吧!"

夏都老实地回答:

"我不知道啊!我不认识你姐姐,也没有收到过你所说的邮件!"

十只眼睛"唰"的一下全都转向夏都。

"装糊涂是没用的!"

一个尖厉的声音传来,坐在大号小渕身后那个瘦削的长发男人伸直了长长的胳膊指着夏都的脸说道。他微微侧过脸,但眼睛和一条胳膊始终朝着夏都。

"辉夜小姐把所有的事都告诉我们了!"

没错,她叫辉夜,智弥房里从杂志上剪下来的内页上是这样写的!

"所以我说,辉夜小姐的事情,我……"

"装傻是没用的!"

长发男人打断了夏都的话,指向她的手又使劲儿向前伸了伸,他的食指在微微地颤抖。

"好了,高见!谢谢你!"辉夜平静地说道,"她要装傻,我们也没办法!为了让她投降,我们只能把手里的牌全部翻开给她看了!"

她平时就是这样说话的吗?

"那个……你是名人吧?"夏都实在不想说出自己的外甥是她的粉丝,"你经常出现在电脑杂志和电视广告里,没错!"

夏都的语气很不客气,因为刚才她跟这个比自己年轻且给自己带来了莫名其妙的麻烦的人说话时的语气很客气,这让她觉得很不甘心!

"对,我是寺田桃李子的妹妹,辉夜!"

"啊!"

"竟然说'啊'……"坐在桌子左边,小渕对面的戴眼镜的女人偷偷笑着说道。

夏都最讨厌这种既不表达意见,又不传递信息,只是为了膈应人的话,但是她现在既疑惑又惊讶,已经顾不上说抱怨别人的话了。

寺田桃李子是一个很有名气的女演员,尽管没演过主角,但也在去年日本广播协会的长篇历史电视剧中扮演了重要的角色。现在她应该正在出演一部医疗题材的电视剧,不知道她扮演的是医生,是护士,还是药剂师,总之,在那部医疗题材的电视剧里,她穿着白大褂。夏都没有看过那部电视剧,不过,她看过几次那部电视剧的广告。潇洒地走进医院的寺田桃李子,与别人争论的寺田桃李子,她那带着医用口罩的脸被摄影师从下向上拍了特写,她手里拿着手术刀缓缓走向屏幕……对了,她饰演的角色应该是外科医生。说到寺田桃李子,夏都上次借智弥的笔记本电脑查商用意大利面的价格时,还看到了她要结婚的新闻。夏都不记得她的丈夫是谁了,好像是某家公司的老板。

"虽然我不想从头开始回顾整件事……但是算了,我会再说一遍。我不知道你是假装忘记了,还是真的忘记了,无论如何,我都会让你想起来!"

"辉夜小姐,我来吧!"刚才偷笑的女人看着辉夜说道,"不能让您受累!"

"谢谢你,小布!拜托你了!"

小布对辉夜点了点头,转头看向电脑屏幕,脸上完全没有表情。经常笑的人不笑的时候似乎也在微笑,总是生气的人平时也会眉头紧锁,而小布的面无表情仿佛渗入了皮肤深处。辉夜从矮桌下取出粉色耳机插进耳朵里,在自己的笔记本电脑上操作一番后,闭上了眼睛。她大概是在听音乐,不想听他们的对话吧!小布点了几下鼠标,电脑屏幕的光反射在她的眼睛上,她一口气说了下去。当然,她并不是一口气说完的,但确实给人中途没有换过气的感觉。

"你今年三十二岁,十一年前,你在牧田事务所工作时,辉夜小姐的亲姐姐寺田桃李子小姐和你在同一家事务所工作,你们组成了偶像组合'杏仁酒组合'。你们经常在商场里唱歌,你们有首歌被用作净水器的广告歌,你们还在电视上表演跳进热水中之类的节目。可是你们那个组合不温不火,在一年零十一个月后解散。组合成立一年后,出了一件事,寺田桃李子小姐说,那时你们两个人总是接不到工作,是你们最焦虑的时期。或许是知道了你们的焦虑,著名的奉优广告代理公司的业务员找到你们,让你们出演电视广告,你和寺田桃李子都非常开心!"

说到这里,小布挑衅地看着夏都,加了一句"这只是开始",然后像念咒语一样继续说下去。

"在开始具体工作前,奉优广告代理公司的负责人向你们提出建议,为了更了解你们,他希望你们和他们的老板山内一起吃饭。对方定了两个不同的日子,你和寺田桃李子分别与山内共进晚餐,先是你,然后是寺田桃李子小姐。你和山内吃完饭后,被带到了一家位于道玄坂①的酒吧里,离开那里之后,你接受对方的邀请,走进一家附近的酒店。几天后,轮到寺田桃李子小姐和山内吃饭了。你事先给她发了邮件,告诉她你已经和山内睡过了,让她也要和山内睡。我要借用一下寺田桃李子小姐的说法,这就是博取上位的潜规则。你和寺田桃李子发了好几封邮件交流,一番苦恼后,她最终下定决心,在和山内吃饭的那个晚上牺牲自己。"

"但是,"小布一字一顿地说着,用鼠标点了一下屏幕的某处,"这种牺牲换来的工作不过是深夜档的十五秒电视广告,而且播放期很短,现在在视频网站上已经找不到了。虽然你们觉得不划算,但你们并不是被对方强迫的,而且在广告代理商和女艺人中,这样的事屡见不鲜,所以你们忘记了和山内之间发生的事,继续努力唱歌跳舞,可是结果你很清楚!"

小布瞥了夏都一眼,确认她在认真听后继续说:

"后来,你对娱乐圈感到厌恶,辞去牧田事务所的工作,开始上烹饪学校,毕业后进入了综合餐饮公司'娱乐餐桌',在公司经营的荞麦店'花椿'、汉堡肉店'护身符'和咖喱专卖店'再加热'中当过厨师。而寺田桃李子小姐则继续留在事务所,你在餐饮业工作时,她逐渐在娱乐圈展现出她的天赋,她不断成长,完成许多大型电视剧的拍摄,名气越来越大,去年终于被选为长篇历

---

① 道玄坂,东京都涩谷区的地名。

史电视剧的女演员,现在是医疗题材电视剧《阿波罗的女儿》的主演之一。"

小布突然看向夏都,想趁她不备时观察她的表情,她大概是觉得自己的攻击没有获得想象中的效果,露出不甘心的表情,重新看向屏幕。

"两个月前,十月十二日,周五,寺田桃李子小姐给你打了电话。没错,那是结婚通知。就像前几天媒体报道的那样,她决定和打算进军医疗福利领域的暖心持股公司的老板时冈诚悟结婚。结婚典礼定在寺田桃李子小姐的生日当天,二月五日。"

除了辉夜,其余的几个人互相看了看,点了点头。

"除了通知你结婚的消息,寺田桃李子小姐还问了你一个问题:十年前的旧邮件怎么处理?你是这样回复她的:你删除了通讯录中的很多好友,而且在换手机的时候注册了新的邮箱,你现在用的手机——辉夜小姐手里的那部手机,里面还存着以前的邮件,包括寺田桃李子小姐的邮件。她听到后拜托你做一件事,如果你手里还留着十年前的邮件,请务必删除。她指的当然是十年前你们讨论和山内约会的那些邮件,包括你们事先商量的邮件,和事情发生后她发给你的邮件。这次她和时冈诚悟结婚,最担心的事就是当年的错误被曝光。就算山内不会泄露这件事,她也担心消息从你这里传出去。在人气上升期或恋爱结婚时,艺人的丑闻被曝光出来,一定会引起大众的关注。你也有在娱乐圈打拼的经历,应该明白这个道理,杂志会搜集各种信息写成报道。桃李子小姐对此也很清楚。正因为如此,她才联系你,希望你删掉当时的邮件。可是你……"小布突然停了下来,然后用颤抖的声音轻轻地说道,"你拒绝了她的请求!"

其他三个人都低下头、闭上双眼,仿佛在忍受肉体上的痛苦。

"被曾经的伙伴背叛,受伤且苦恼的桃李子小姐找到妹妹辉夜小姐商量,因为辉夜小姐是她在娱乐圈里唯一能信任的人。辉夜小姐为了把姐姐从绝境中拯救出来,集结了一群伙伴,没错,就是我们。我们今天把你带到了这里,我们不得不这样做!"

小布突然合上笔记本电脑,仿佛关上了装有可怕生物的盒子,然后紧紧盯着夏都,仿佛在说:"你应该明白吧!"其他几个坐在桌子边的人也向夏都投来了同样的目光。

可是,夏都完全不明白!

当然,他们把她带到这里的原因只有一个,可是这个原因太简单,正因如此,夏都才感到疑惑,她想要更复杂的原因。这群人给自己添了这么多麻烦,留下了如此可怕的记忆,他们的理由却如此荒唐!这让她怒不可遏,但是她没有胆量把这股怒火发泄在他们的身上。如果可以,夏都希望自己被突然带到这里的原因更复杂,更令人意想不到!

遗憾的是,她的愿望并没有实现。

"请你在这里删除邮件,你不能拒绝……"小布那锐利的目光从眼镜片后面射向夏都,"杏子小姐!"

三

"每个人都会犯错!"辉夜抬头看着天空,露出苦恼的表情,"我不认为姐姐完全没错,也明白一个错误可能对其他事产生影响。这个世界上所有的事都像化学方程式一样,有着复杂的关系,有些事的影响是无法避免的。但是我无法接受利用一个人的错误,为其他无关的人制造热点话题。通过炒作名人的某件事,提高自己的网络视频浏览量,以此来赚钱;在个人博客上擅自使用未授权的歌曲……这些做法一定会给被利用的一方带来损失!"

"什么是制造热点话题?"夏都和辉夜之间隔着矮桌,听了辉夜的话之后,夏都问坐在旁边的大号小渕。

"就是炒作!"

"炒作?"

"你不知道也没关系!"大号小渕小声回答,脸上鼓起的肉就像分量十足的牛排。

他的名字叫小渕泽,是把夏都带到这里来的小渕的亲哥哥。兄弟俩的长相和体型都不像,但是仔细看会发现,他们的耳朵长得一样。因为哥哥块头大,所以自称大号小渕。弟弟现在正坐在矮桌对面嚼着梅干饭团,他旁边的小布正在吃圆滚滚的蛋包饭和美肤沙拉。小布对面的高见正大口地吃着西红柿肉酱通心粉。

"我想在二月五日姐姐结婚的当天,送上一份庆祝她结婚最好的礼物!"

辉夜面前放着一个日式金枪鱼饭团,但是她还没有碰。

"虽说是礼物,但这不是实体的礼物,我要为姐姐送上一份永远的安心——把麻烦的邮件从这个世界上删除。我通过社交软件,从支持我的人中选出了四名精英来帮忙!"

摆在四名精英和辉夜面前的那些食物,是夏都从柳牛十兵卫号餐车上搬过来的,他们都付了钱。被卷入这种事,夏都已经做好今天没有收入的准备了,而现在她至少卖出了五份午餐。

夏都说他们认错人了,所有人一开始都表现出了"你以为这种荒唐的理由我们会相信吗"的态度。可是夏都给他们看了自己的驾照,他们终于明白夏都没有撒谎。"荒唐的理由"就是事实,知道找错了人之后,他们的反应各不相同:小渊的眼睛失去了焦点,盯着空无一物的地方;大号小渊抱着胳膊低下头,只有嘴像某种生物一样在动,小声地嘟囔着什么;高见把手搭在表情悲伤的脸上,闭着眼睛;小布刻意露出平静的表情,等待辉夜的下一个指令。

看着眼前这四个人的反应,夏都一下子放心了。

他们说,杏子当时的艺名是菱村杏子,现在改回了本名室井杏子。夏都本来很担心他们知道她不是杏子,也不放她回去。他们很可能会说:"既然你听到了我们说的话,就不能回去了!"

可是他们不仅让她离开,还让她随便进出,夏都去车里取他们点的餐品时,也没有人跟着她!

从知道自己找错了人到现在,只有辉夜的表情没怎么变,而且十分自然。其实她从夏都进入房间开始,表情就没怎么变过。夏都在智弥的房间里看到的照片上的她,也一直是这副表情,与其说她缺乏表情,不如说她的表情是固定在脸上的。脆弱的眼神,微笑的嘴角——她的微笑仿佛不是由表情肌控制的,而是与生俱来的。她眼中的脆弱和笑容里的从容是那样不和谐,那样危险,仿佛看她的人一移开目光,她的那些表情就会消失不见。

"我明白你的心情,你太想帮助你姐姐了!"面对这个年纪比自己小很多、一头荧光绿色头发的少女,夏都不知道该如何安慰她。

"但是,你为什么会把我当成室井杏子呢?"

"我来解释!"小布在旁边回答道,"室井杏子小姐离开牧田事务所后,寺田桃李子小姐依然偶尔与她联系,所以知道她在西新宿停车场经营移动餐车。于是,我们决定在她的餐车开始营业前或者营业结束后连车带人一起带走。因为小渊去踩点时发现客人太多,所以我们重新制订了计划。小渊去买饭团踩点时带回了传单,上面写了另一个营业地点——高田马场,我们决定在那里实施计划!"

原来如此!

"也就是说,你们从一开始就弄错了!室井杏子小姐在西新宿停车场经营移动餐车的事就是错的,因为在那里经营移动餐车的只有我一个人!"

"能听我说一句吗?"高见插嘴说道,"你每天都去那个停车场经营移动餐车吗?"

他指着夏都的脸发问,以为自己戳到了别人的痛处,其实夏都不痛不痒,她摇了摇头回答:

"只有每周的周一、周三和周五去,以后可能不会去了……前段时间——你叫小渕,对吧?小渕来的那天,是我在那里营业的最后一天,我已经不能在那里经营移动餐车了!"

"原来如此,那就只有一种可能了!"

高见用手撑着头,突然睁大原本眯着的眼睛。

"室井杏子会在你不去的日子里去那里经营移动餐车!"

这个人说话时态度恶劣,仿佛夏都是案件的嫌疑人,其实嫌疑人是他们自己!

"其他日子里,那里也没有移动餐车!我该怎么说呢?那里是某个组织的干事租下的车位,我会在他不用那个车位停车的日子里使用那个车位!"说完,夏都突然发现……不,与其说是发现,不如说是怀疑!说不定……

"请问……我可以打个电话吗?"

夏都从牛仔裤后面的口袋里拿出刚才他们还给她的手机。

"你要打给谁?"辉夜问道。

"一个朋友,他也许知道为什么会发生这种事!"

87

"只要你不说出我们的名字就行!"

"我不会说的!除了你之外,其他人用的都是外号吧?"

夏都虽然不想再听到那个人的声音,可是没有办法。

"哈哈……挂川小姐,怎么了?"

听到他那从容不迫的语气和有几分猥琐的笑声,夏都感到一种厌恶感涌上心头。她不想听到他的声音!那声音仿佛在说,他很清楚夏都为什么要给他打电话!

"栋畠先生,我有些事想问您!"

"好的。什么事?"

栋畠准备谈判,可是夏都接下来要说的话和他期待的内容完全不同。夏都闪过一个念头:不如让栋畠丢丢脸!但她马上打消了这个念头。

"是关于停车场的事情,您说从周四开始有新租客要用那个车位,对吧?"

"啊,对!没错!"

"请问那是一个什么样的人呢?"

"我不是说过吗?是停车场附近的公司的人……"

"对方多大年纪?"

"三十岁,不对,四十岁……"

夏都本想再拖延一会儿,但她实在忍不下去了。

"真的有新租客吗?"

栋畠沉默良久,才回了一句:

"什么？"

夏都举起食指让围在矮桌旁的人不要说话，然后按下了手机的免提键。

"有没有其他经营移动餐车的女人在其他时间借用那个车位呢？"

"这个嘛……"

原来如此，他果然是个惯犯！

恐怕就是这么回事吧！除了夏都，栋畠至少还在对另一个女人做同样的事，而那个女人就是室井杏子！他把车位借给经营移动餐车的女人一段时间，让她们招揽一些常客，然后假装要赶走她们。这时，他再提出，如果她们能回报他，他就可以让她们继续使用车位！

他在其他的时间里，把车位借给其他女人，这本身是不需要刻意隐瞒的。尽管如此，栋畠却含糊其词，证明他心里有鬼！

"没关系，我查一查就知道了！"

夏都刚说完，栋畠立刻像换了一个人一样，语气变得十分不耐烦，仿佛是他被无礼的人找了麻烦！

"这是我自己的事，和你没关系吧？"

"坏男人！"这个声音在夏都脑中响起，一想到自己就是因为栋畠才会被带到这种地方来的，她脑中的声音就变得更大了！

不过仔细想想，正是因为栋畠让她使用停车场，她的生意才能走上正轨。她受到了栋畠的照顾，现在她知道了真相，也没办法抱怨。或许栋畠正是因为知道会变成这样,才会如此肆无忌惮吧。想到这里,夏都更后悔了,那份悔意堵在喉咙里,让夏都没办法说出反驳的话来。

四

"姐姐自己没有留下任何照片和视频,大概是因为想要忘掉那时的事情吧!"

可能是因为拥有超凡脱俗的容貌和声音,尽管辉夜说的是和她自己息息相关的事,却好像在谈论别人的事。她仿佛正在从屏幕的另一端观察房间里的风景,不,或许只是因为刚才夏都听到的栋畠的声音还停留在她的脑海深处。

"因为当时杏仁酒组合一点儿也不红,所以现在网上也找不到当时的照片和视频……不对,杂志上曾经登过一张照片,不过那张照片的尺寸很小,画面很模糊。照片上的两个人都化着浓妆,根本看不清室井杏子小姐的长相。尽管如此,因为我们从姐姐那里得到了她在停车场经营移动餐车这条重要信息,所以没想过会找错人!"

"不过,你们就这样把我强行带到这里……"说到一半,夏都把脸转向小渕,"你就没想过确认一下我是不是室井杏子吗?"

"因为你就在室井杏子会出现的地方,而且你们年龄相仿,你的头发的长度也和照片里的室井杏子的一样!走近一看,虽然你的脸有些沧桑,但是确实有几分早期娱乐圈偶像的感觉!"

"我的脸才不沧桑呢!"夏都咬牙切齿地说道。

小渊缩了缩脖子。

"而且,"夏都继续说道,"你说我的头发长度和照片里的室井杏子的头发长度一样,你就没想过那是多少年前拍的照片吗?"

小渊抿着嘴唇,轻轻地吐了口气,两片嘴唇之间发出"噗"的一声。夏都还不了解他的性格,没办法判断他是不是在胡闹,只好端起矮桌上的茶杯,试图平复心情。茶杯里盛的是刚才大号小渊让小渊泡的红茶,用的是优质茶叶,味道和香气好得让夏都惊讶。

这里似乎是大号小渊和小渊的家。虽然这是属于两个男人的房子,却准备了如此美味的红茶和六只待客用的茶杯,可见这里经常有客人来。

"小渊三天前到我的餐车来,就是为了确认在那里经营移动餐车的室井杏子长什么样子,对吧?在我看来,那根本算不上是确认!"

"对……"

小渊耷拉着眉毛,头低得更低了。现在,他不用装成保健所的工作人员刻意压低声音了,他原本的声音又高又尖。

"你为什么要买梅干饭团?"

"难得去了……"

"还买了三次？"

"因为很好吃……"

"这家伙就是这样！"大号小渕闭上未被顺滑的黑发挡住的眼睛，得意地笑着说道，"玩游戏也是，同一款游戏，他总是要玩上好几周！"

"游戏怎么玩都行！你究竟在笑什么？"

夏都说完，重重地叹了一口气，她转过头，看到了堆在矮桌正中央的午餐厨余垃圾，突然，被遗忘的堆积如山的生活和经济方面的问题一起涌上心头，于是她又叹了一口气。

"如果一定要绑错人，我倒希望你们等我收摊之后再来绑架我。一整天只卖出了五份餐，这点儿营业额实在太少了！"

"不，不能太晚！"大号小渕端起杯子喝了一口红茶，发出难听的声音，"把你带到这里，还要跟你谈判，太晚的话，父母就要回来了！"

"父母要回来？"

"嗯。"

"这是你父母家？"

"对，"夏都不由自主地揉了揉太阳穴，"真是的，该怎么说啊……"

不知道出于什么心理，夏都感到有些丢人：

"你们这些人到底怎么回事啊！"

夏都依次看了看围在桌子旁边的五个人,大号小渕和小渕面面相觑,高见耸了耸皮包骨头的肩膀,小布盯着笔记本电脑的屏幕,辉夜安静地品尝着红茶。看着这群人,夏都心里升起一股莫名的怒意。

"接下来要怎么样?"

听她说完,所有人都疑惑地看着她。

夏都直直地盯着坐在正对面的辉夜。

"你们要怎么做?你姐姐遇到麻烦了,是吧?以前做偶像的伙伴不愿意删除会给你姐姐带来麻烦的邮件,她很困扰,是吧?好不容易要结婚了,她很怕被别人翻旧账,现在很不安,是吧?"

辉夜点了点头。

"你接下来打算怎么做?再去那个停车场找室井杏子,是吗?像这次一样,冒充保健所的人把她带到这里来,是吗?"

辉夜的眼神第一次发生了改变,她的眼里满是困惑。她大概不明白夏都为什么要说这些话——连夏都自己都不明白。夏都被困在模糊却浓稠的焦躁中,因看不到可以泄愤的对象而恼怒。她一肚子火气,就像刚吃了一个关东煮里的鸡蛋一样,似乎有什么东西快要从她的心里溢出来了!她的脑海中浮现出昭典的脸,他站在狭窄的公寓房间里,背后是走廊的灯光,她想起了放在鞋盒上的凯蒂猫。栋畠猥琐的声音和刚才电话中传出的声音混在一起。不仅她受到了他的邀请,室井杏子可能也受到了他的邀请。她曾经是偶像,一定是个大美人——自己在室井杏子之后出现,栋畠究竟是如何看待自己的呢?夏都探出上半身想再说些什么,身边的大号小渊举起了胖嘟嘟的手。

"这是我们的事!"

"大号桥渊先生!"

"我是大号小渊!"

"大号小渊先生,你先别说话!辉夜,你打算怎么做?"

辉夜看着夏都的脸,就像在看一幅抽象画。夏都也盯着辉夜,心中涌起的情感不自觉地将话语从喉咙里推了出来。

"做些什么啊?你打算那么做,对吧?"

五

"对了,之前的信息……"

"嗯?"

"是错的!"

"你说的事是真的吗?"

"是真的。保健所没有禁止直接用手捏寿司的规定,厚生劳动省的指导手册里只对大型烹饪设备的使用作了规定,移动餐车中没有那样的设备。保健所允许厨师在烹饪时直接用手,虽然他们鼓励厨师戴手套,不过那只是鼓励,具体要不要戴手套由厨师自己决定!对不起!"

菅沼跪坐在夏都面前,双手放在膝盖上鞠了一躬。夏都也鞠了一躬,怀疑这是不是菅沼假装笨拙的计划中的一环。昨天在补习班的停车场把那一小瓶乳酸菌生成物交给夏都时,他是不是已经知道了保健所没有禁止厨师直接用手捏寿司的规定,可是为了下一次搭话,故意保留了一个话题。因为夏都昨晚突然拜访菅沼位于马场学院二楼的公寓,所以菅沼失去了抛出话题的机会,他试图修正陷入混乱、出现问题的局面,只好匆匆忙忙、不合时宜地说出了这件事。

他实在太匆忙了,而且太不合时宜了!

"啊,抱歉,这是我们自己的事!"

夏都重新看向坐在矮桌旁的四个人。小渕、大号小渕、高见、小布。所有人都用看某种未知生物的眼神看着菅沼,每个人面前都放着一个托盘,上面是午餐,他们点的都是"酱汁芝士汉堡肉套餐"。

夏都和小渕他们约好下午两点见面。夏都和菅沼一起来到小渕和大号小渕的公寓。小渕他们四个人点好午餐并交过钱后,慌慌张张地拆下包装盒上的皮筋,时不时地瞄一眼菅沼。在他们拆一次性筷子时,沉默不语的菅沼突然开始说话。

夏都没有说过要带人来,其实她昨天离开时,并没有想过要带菅沼来,所以这四个人大概以为菅沼是来帮忙送餐的员工,会在送完餐之后离开,只留夏都一个人。可菅沼坐在了夏都旁边,还说了一些奇怪的话,这四个人一定觉得很奇怪。

"那个,"小渕说道,"这位是……"

"这位是我外甥所在的补习班的老师,昨天离开后,我和他说了很多事!"

所有人都僵住了,不知道为什么,夏都身边的菅沼也僵住了。

昨天晚上,夏都离开这里回到家,和智弥吃完晚餐后,留下一句"我出门了"就离开了公寓。她开车来到位于高田马场的菅沼的家。虽然他留下了住址,却没有留下电话和邮箱。

夏都想:上次找别人商量事情是什么时候的事呢?

赶走昭典、独自经营移动餐车时,夏都没有找任何人商量。她觉得,只要有完成某件事的信心和意愿就足够了,听太多其他人的意见反而麻烦。

可是昨天晚上,她特别渴望找人倾诉。

菅沼家里的榻榻米上放着被炉,被炉上面堆着书,书上散落着笔记,就像以前的考生的房间。墙边立着几块写字板,有白板,也有黑板,那些写字板都有两臂宽,上面写满了大大小小的数字和符号,但夏都不知道它们是做什么用的。写字板旁边的空盒子里堆满了纸巾盒、小扫帚、备用电池和荧光灯等物,空盒子上盖着一条夏都熟悉的手帕——一条深蓝底白条的手帕。那是夏都为了感谢菅沼把车位借给她时送的礼物——夏都尽量不看那里。菅沼像一个关节可以生硬地活动的机器人一样,在盘子上放了几根江米条,还给夏都泡了一杯咖啡。菅沼往咖啡里倒了许多热水,把咖啡冲得很淡,其颜色像大麦茶一样,他应该是怕夏都喝完浓咖啡之后,夜里睡不着觉。

夏都和菅沼隔着被炉面对面坐下,把自己白天被那些人从大楼停车场带走的事,以及后来看到的和听到的事情全部告诉了菅沼。

她为什么要做这种事?

昨天在公寓里听到那些人讲的故事后,不明所以的焦躁、悲伤、不甘心和想帮助他们的情绪在夏都的心里混成一团,她的心就像摄入过多盐分后浮肿了一样,没办法思考其他的事。她希望有人听自己说话,想倾诉看到和听到的事情。她为什么会变成这样?她只是被当成另一个人绑架了而已,她只是听到了一个和自己完全无关的故事而已!

不,那不是和她完全无关的故事!

离开菅沼家,开车回到公寓时,夏都意识到了这一点。

"你有的应该不仅仅是钱和饭菜吧!"

栋畠提出的无理要求还没有解决,他猥琐的声音还在她的耳边回荡。

"你看,你是个美人……"

就算夏都拒绝了他的邀请,她受到邀请的事实依然不会改变。只要这个事实存在,夏都就觉得被对方偷走了什么,觉得自己做错了什么。她还意识到,凭她一个人的力量没办法好好做生意,这让她十分不甘心,十分悲伤。可是至少她没有接受邀请,正因为如此,她对接受邀请的那两个女人产生了反感,哪怕那已经是十年前的事了。她觉得自己想要独自一人做出一番事业的努力失去了意义。可是另一方面,她对寺田桃李子和室井杏子有着强烈的同情,她似乎能理解她们的心情!

夏都之所以选择菅沼作为倾诉的对象,或许也有这方面的原因。心情轻松一些之后,她一边开着车往家走,一边想着女人的尊严。出卖尊严、事业成功、野心……或许有些不礼貌,但是在夏都看来,菅沼看起来是一个和这些东西都扯不上关系的人。虽然他骗了她,但是她现在想起那些没有意义的荒唐谎言,却不禁对他产生了一丝好感!

除此之外,夏都觉得菅沼欠自己些什么。

其实仔细想想,菅沼不仅不欠她什么,还经常来买午餐,告诉她饭团是发酵食品,并且送来了一小瓶奇怪的乳酸菌生成物。她是受他照顾的人,可菅沼身上就是有一种让别人觉得他对自己有亏欠的感觉!

"我先说好了!你们对我做了那么过分的事,没有资格抱怨!你们突然从停车场绑架了我,让我留下了可怕的记忆,而且只卖出了五份午餐!辉夜和我外甥年纪相仿,她还是个孩子啊!你们把她也牵扯进来,这是很危险的,让我很担心!你们好像很懂电脑和互联网,我不太懂,不过你们也不是靠得住的成年人吧!虽然我并不想指责你们具体哪里做得不对,但是你们自己也应该明白吧!"

"虽然我也算不上是靠得住的成年人,但是……"

夏都打断了菅沼的话:

"你们明明要绑架,却连绑架的人是谁都不知道!你们做了那么过分的事情,昨天在我去车里做午餐的时候,竟然没有人跟着我。你们让我知道了那么重要的事情,你们就不担心吗?如果我把信息卖给别人,你们打算怎么办?事情不就更麻烦了吗?昨天你们为什么不跟着我呢?这简直令人难以置信!说到底,你们只是想删除那些邮件,没必要用绑架这种手段吧!没必要!"

这时,门口传来了脚步声。

夏都不再说话,只是看着小渊,他像受到威胁了一样,怯生生地回答:

"是辉夜小姐!她完成了工作,过来了!"

"要上学,又要工作,她也很不容易啊!"夏都放缓了语调,开始反省自己,她刚才的语气似乎太严厉了!

"从今天开始,学校就放寒假了吧?我外甥的学校昨天举行了结业典礼,辉夜的学校也一样吧?"

小布摇了摇头:

"这种隐私,我们可不知道!"

她的语气就像在指责夏都犯了错误,夏都后悔自己刚才放缓了语调。她用其他人听不见的声音咂了一下嘴——或许他们能听见吧!

"算了,无所谓,还有,说到我究竟想做什么,就像我昨天说的那样,我想帮助你们!原因有些复杂,很难说明白,总之,我想帮助你们,但是我一个人还是心里没底,所以就请来了菅沼老师!"

"原来如此!"菅沼认真地点了点头,"直到刚才,我还不明白自己为什么被你带到这里来呢!原来如此,是因为你心里没底啊!"

"这不是很正常的吗?突然被他们绑架到这里来,被这样一群完全不认识的人因为完全不记得的事情指责,就算我再怎么想帮助这群人,心里也会觉得没底吧!"

"辉夜小姐怎么不进来?她在做什么呢?"

大号小渕好像完全没有听夏都刚才的那番话,他拖着长音说完自己心里的疑问,侧过胖胖的上半身朝门口看去。

"小渕,你去看看吧!"

小渕起身,打开了夏都背后的门。然后,众人就什么都听不见了,没有说话声。

小布转向门口,微微张开嘴巴。大号小渕也看向同一个方向,然后身体也转向了门口。高见也看向门口,双手举到一半就僵住了。菅沼转过头,轻快地"啊"了一声。

"你来了啊!"

夏都转过身,看到站在门口的人竟然是智弥!

"我刚才在门外都听见了!我就觉得你昨天晚上的样子有

些奇怪,原来是被绑架了啊!"

夏都猛地转了个身:

"你……怎么在这里?"

"不是你带我来的吗?"

"啊,没错!"

正在放寒假的智弥在家里,夏都开着车将他和菅沼带到了这里,为了某个目的……但是那个目的现在还没有达到。

"我不是说让你留在车里等我叫你吗?你怎么知道我们进了这个房间?"

"因为我从车窗里能看到走廊啊!我看到你和老师走进了这个房间。不过,夏都,既然你要到绑架团伙的据点来,为什么要带上我?"

"他们不是绑架团伙——也算是绑架团伙吧!我是想为之前的事情向你道歉!"

没办法,夏都只能老实地回答。

"你不是把游戏里的装备卖掉了吗?为了道歉,我想让你见一个人,是一个你想见的人!"

夏都想让智弥见一见辉夜本人。老实说,除了想让智弥开心,她也想通过这件事,在今后和智弥的关系中获得主动权。

"你刚才说的游戏是那个游戏吗?"接着,大号小渕突然说出了一个像游戏名字一样的词。智弥点点头,大号小渕又开始问他究竟卖了什么装备,卖了多少钱。夏都见他要一直问下去,于是打断了他。

"这件事一会儿再说吧！智弥，我先给你介绍一下，他是大号小渕先生！"

"奥布拉吉先生！"

"不对，他是大号小渕先生。在他旁边的是高见先生，这位是大号小渕先生的弟弟小渕先生。"

夏都为智弥一一介绍，不知道为什么竟渐渐得意起来。智弥眨了几下眼睛，依次看着四个人，露出抱歉的表情。

"我并不觉得自己想见到他们之中的某个人！"

"我想让你见的不是这些人，是另外一个人，她一会儿就来，你再等等！小渕先生，没问题吧？"

夏都之所以问小渕，是因为他就是昨天绑架她的人。

"那……好吧！"

小渕看了看其他三个人的脸色，点点头，向后撤了一步，用一只手示意智弥坐在自己的座位上。智弥放下斜挎包，跪坐在座位上，取出笔记本电脑，然后把它打开。

"现金交易？嗯，汇率怎么样？工会抽几成？"

大号小渕问了些夏都不太懂的问题，应该是关于刚才那个游戏的话题，智弥一边操作自己的电脑，一边冷冷地回答，他的话里还夹杂着一些夏都听不懂的专业名词。

又有人进门了，这次真的传来了辉夜的声音。

"抱歉，我来晚了！"

她的四个铁杆粉丝立刻端正了坐姿。

"这次那些工作人员让我穿着玩偶服倒挂在钢筋脚手架上,我试了一下,没想到……"

辉夜自顾自地说着,在入口停住脚步。她低头看了看菅沼,慢慢地眨了眨眼睛。接着,她望向夏都,微微地点了点头。最后,她看到了智弥。智弥也看到了辉夜。

"这几位是……"

听了辉夜的问题,桌边四个人的视线集中在了夏都身上,眼神里带着恳求。

"啊,我来介绍一下!这位是菅沼,我外甥所在的补习班的老师,这是我的外甥……咦?"

智弥又看向了笔记本电脑的屏幕,手指摆弄着其代替鼠标的长方形的部分——夏都不知道那里叫什么。智弥是不是害羞了呢?

不,不对,智弥的情绪一直很难读懂,不过,夏都毕竟和他一起生活了半年,大概能够猜出他的想法。用一句话形容智弥现在的心情,那就是不关心。

"智弥,看,这是辉夜!"

"我知道!"

智弥盯着屏幕回答,飞速敲击着键盘,看都不看她一眼。夏都露出刻意的笑容,故作轻松地用力拍了拍智弥的肩膀。

"智弥,怎么了?那可是你……"

"你翻过我的房间,是吧?"

大意了!

夏都自己都觉得不可思议:她为什么连这种事情都没有注意到?没错,智弥从来没有和夏都说过自己是辉夜的粉丝!这件事确实能说明她翻过智弥房间里的书架!

"打扫的时候……就是……稍稍看了一下!"

"骗人!"

"对不起!其实我是看到了书架上有介绍移动餐车的杂志,拿下来后……就在左边……有那个……"

"不用说'那个',就是她的照片和报道的剪报!"

说到"她"的时候,智弥用右手拇指粗鲁地指向辉夜。辉夜的四名铁杆粉丝的表情一下子僵住了。

"原来如此!你也是我们的伙伴啊!"高见用手撑着侧脸点了点头,一副理解的样子,然后毫无意义地强调了一遍他的名字,"智弥!"

"对,我是辉夜的粉丝!"

"不要直呼辉夜小姐的名字!"小布迅速转向智弥,智弥则不可思议地看着她。

"但是我和辉夜……"

"你看,又来了!"

"我和辉夜应该是同龄人!她的生日没有公开,我不知道我和她谁年龄大——我的生日在一月,应该比她先出生。我们都在上初二,直呼其名应该也没问题吧?"

"但是,你现在是辉夜小姐的粉丝……"

"我是偶像辉夜的粉丝,又不是真人辉夜的粉丝,我甚至不知道她的真名叫什么!"

"这是机密!"

"我也没兴趣知道!"

六

两天后的下午,夏都远远地看着室井杏子。

她留着黑色短发,身材苗条。因为夏都和她之间隔着一条马路,所以夏都看不清她的长相。她的餐车叫"钻石哈姆雷特",现在是十二点四十分,餐车前的队伍已经很短了。

夏都平时不会在这么远的地方看停车场,所以没有注意过,停车场被夹在两座大楼中间,看上去就像一个舞台。杏子正站在夏都曾经站过的地方忙碌地工作。她在卖什么呢?夏都只能看到她递给客人的托盘有一定的深度,却看不清里面装着什么食物。

高峰时,排在"钻石哈姆雷特"前面的队伍比"柳牛十兵卫"前面的队伍更长,队伍里有两张熟悉的面孔——那个总是在饭里放很多七味唐辛子的中年男人,以及那个帮忙在白板上的售馨餐品旁画×的女人。看到那两个人的时候,夏都产生了一种被背叛的感觉,可是对他们来说,没理由受到这种无端的责难!

冬日的天空阴云密布,乌云下的景象在夏都眼里多了一层灰暗,而且在这幅景象左侧,又出现了另一抹灰色。

"老师,这里很窄,别太使劲儿……"

"啊,抱歉!"

从副驾驶座越过夏都的肩膀探出身子的菅沼急忙缩回了头。他耳朵后面的头发翘了起来,原来白发也会翘起来啊!

车里很冷,因为夏都关掉了引擎,把烹饪区的推拉门开了一条缝。

"很冷啊!能把门关上吗?"夏都回头冲身后的人说道。

四颗头像图腾柱一样竖着排成一列,从上到下分别是高见、大号小渕、小布、小渕,他们都在从推拉门的门缝向外看。

"我会从这里看着,不需要所有人一起观察!"

那四个人面面相觑,谁都没有动,依然看着车外。他们大概不打算听除辉夜之外任何人的指挥。

他们旁边的保温柜上,堆着大家刚吃完的"蔬菜猪肉汉堡午餐"的托盘,一共八份——夏都的、菅沼的和正在看着外面的四个人的,还有智弥的和辉夜的。智弥说,他想把菅沼送给夏都的乳酸菌生成物浇在自己的午餐上,夏都已经忘记了那个小瓶子。她从围裙的口袋里取出一直放在那里的小瓶子,递给智弥。菅沼发现里面的液体没有减少,悄悄地看了夏都一眼,夏都装作没有看到。尝试过添加了乳酸菌生成物的午餐后,智弥的感想是和没添加的"没什么区别"。因为夏都觉得对不起菅沼,所以在听过智弥的感想后露出惊讶的表情。她故意露出感到有些遗憾的笑容,可仔细想了想,又觉得自己没必要做这种事。

"智弥,今天的事不要告诉姐姐!"

"我不会说的!"

智弥盘腿坐在向外张望的四个人身后的地板上,手里握着游戏手柄,头也不抬地回答。在智弥旁边,穿着蓬松的喇叭裙的辉夜盘腿坐在地板上,盯着笔记本电脑的屏幕,她的脸几乎要和智弥的脸贴在一起了!因为车里空间太小,他们两个人几乎是紧紧贴着向外张望的四个人的屁股和后背!

"我本来就不会经常和妈妈联系,妈妈也没时间问我的事!她必须在落后的国家帮助那些像天使一样的孩子!"

"虽然和母亲分开住,但是智弥很坚强啊!"菅沼挠了挠眉心,小声说道。眉心这种地方为什么会痒呢?

"菅沼老师是害怕寂寞的人吗?"智弥问道,因为菅沼的语气听起来和他很有共鸣。

"我吗?怎么会呢?"菅沼露出目瞪口呆的表情,笑着耸了耸肩,动作很夸张。

"但是您刚才的语气……"

"我有个学弟和你一样!"

"猪排店的那个?"

"正是！"

智弥还没等菅沼说完，就继续说道：

"而且要是我告诉妈妈我在陪你们做这种事，她一定会觉得我很闲！"

小布回过头来小声说：

"这种事？"

智弥解释说：

"你们不就是要请她删除十年前的邮件吗？你们这么做的原因竟然是邮件里写了辉夜的姐姐当时交往的男人的名字，这太荒唐了！"

夏都和小布对视了一眼后问智弥：

"那你为什么要跟来？"

"因为辉夜让我教她怎么增加噩梦指环！"

"那是什么？"

"一种指环的名字。"

"啊，这里也会出现北海巨妖女王啊！"辉夜用指头撑着下巴重新看向屏幕。

"偶尔会有，不过用召唤兽很快就能解决……啊，不行，现在没有网络信号！"

"没办法使用狂暴技能啊！"

"不知道能不能使用皇冠召唤同伴！"

"你们俩一直打游戏的话，就没办法和别人正常交流了哦！"

夏都不再听无法理解的对话,转过身看了看他们,在座位上坐直了身子。

"这辆车有电源插口,能插笔记本电脑的电源线,真好!"

智弥故意岔开话题,这句话不知道是对夏都说的,还是对辉夜说的。

夏都刚好能从车内后视镜里看到智弥和辉夜。智弥一边操作游戏手柄,一边贴在辉夜耳边小声说着什么,辉夜小声回答他,两人就像一对关系很好的兄妹。说起来,这或许是夏都第一次看到智弥和年龄相仿的朋友说话。除了上补习班,课余时间里,智弥总把自己关在房间里,和新朋友一起打游戏,对他来说,或许也是一件划时代的事。想着想着,已经逐渐远去的现实感突然从夏都的意识中冒了出来。从几天前开始,现实感就总是忽远忽近。

"究竟在做什么啊……"

"谁?"

夏都没有回答菅沼的问题,只是摇了摇头。

真是的,她自己究竟在做什么啊?今天明明是可以在高田马场停车场经营餐车的日子!

夏都现在本该在那里卖午餐,应该也会有食客专门去那个停车场找她的移动餐车吧!可是她却把车停在这种地方,远远地看着别人的移动餐车和排队的客人!

不过,夏都的净收入并不是零。辉夜和她的铁杆粉丝们,以及菅沼，都买了午餐，六个人每人八百日元，所以夏都有四千八百日元的收入，不过这些钱相对于夏都的生活来说，简直是杯水车薪，三室两厅的高层公寓的房租是很贵的！

"太大了吧……"

"什么？"

夏都又摇了摇头。

自己为什么要继续住在那间房子里呢？夏都第一次思考这个问题。有时间思考时，她就会想些没用的事情。那间高层公寓里的房子是她和昭典一起租的，她为什么不搬出去呢？那本来就是刚结婚时，昭典出于虚荣勉强租来的大房子。夏都一开始就说不需要那么多房间，租一间小一点儿的房子，把节省下来的房租存起来比较好，可是昭典不听。现在昭典离开了，她完全可以搬走，也应该搬走。虽然六个月前智弥来和她一起住，但人数和公寓的使用面积依然不匹配。夏都本来就不太看重住处，房子是生活的地方，就算面积和移动餐车一样小也没关系！

夏都回忆起少女时代和姐姐畅聊未来和梦想时的情景。那时，夏都应该是上小学四年级，冬花应该是上小学六年级——不对，姐姐上小学六年级时和她喜欢的同班男生进行了人生中的第一次约会。那次约会后的冬天，她几乎没有和夏都说过话，所以，她们谈心的那次，应该是前一年，夏都上三年级，而姐姐上五年级的时候。

当时，冬花很喜欢烹饪。

说是烹饪,其实不过是冬花用一个平底锅、一个炒锅和一个案板完成的简餐,比如西蓝花面包脆皮烙菜、日式蘑菇大葱意大利面、蛋黄酱拌青花鱼罐头之类。每道菜都很好吃,夏都甚至觉得冬花做的菜比妈妈做的菜还要好吃。现在想想,那只是因为酱油和蛋黄酱的味道比较合小孩子的口味罢了。

夏都经常在厨房里给姐姐打下手,按照姐姐的吩咐洗菜、切菜,两个人激动地聊着,说以后要一起开餐厅。两个人商量得很具体,冬花当厨师,夏都当服务员,客人太多来不及做饭的时候,就把大厅交给来打工的服务员,夏都也到厨房里帮忙。

那时的夏都很重视那个梦想。有时候躺在被子里,夏都还会想象这样的画面:已经长大成人的自己和冬花一边用别人听不懂的暗号交流,一边站在厨房里做饭。她越想越激动,脸都红了。虽然后来她再也没有和姐姐提过开餐厅的事,但是直到小学毕业,这个梦想依然没有褪色,随着她逐渐长大,到了可以实现梦想的年龄,梦想的颜色比以前更加鲜艳。从餐饮店前经过时,夏都还会研究橱窗里的菜单和菜品价格。夏都站在书店里看杂志时,曾经看到一本封面上写着"餐厅特辑"的杂志,杂志里出现了她非常喜欢的意大利面餐厅的照片,直到现在,她还记得那张照片上的餐厅窗户的形状、屋顶的颜色以及窗外云彩的样子。

上初中一年级的那年春天,夏都从附近一家西餐厅前路过时,掀开百叶窗,偷看到了店里的景象。尽管桌椅还摆在原处,但是桌子上的调料瓶、墙壁和架子上的小饰品全都不见了。回家后,夏都把这件事告诉了冬花,她兴奋地说,如果她们以后要开店时,刚好有一家关门的餐厅,她们就可以翻新店面,把它变成一家全新的餐厅!

冬花茫然地看着喋喋不休的夏都,眼神有些疑惑。夏都觉得自己兴奋过头了,便停止了想象,笑着看着姐姐。然而,姐姐好像根本不知道她在说什么。夏都等了几秒钟,想等姐姐回忆起她们的梦想,可是姐姐没有想起来,于是夏都只好自己说出了两个人几年前的梦想。

冬花已经彻底将那件事忘记了。

就算听了夏都的话,她也没想起来,只说了一句:

"说起来,我最近都没怎么做饭啊!"

最后姐姐只是一笑而过,夏都却非常难过,她的心仿佛被冷风吹得冰凉。同时,她很羡慕姐姐。冬花总是能像这样轻易忘记许多的事,夏都却做不到。且不说开餐厅的事,被父母责骂,在班上出丑,在车里听到其他学校的男生在背后偷偷地笑,夏都会觉得他们在嘲笑自己,这些事情都会一直憋在她的心里,就像纸上的折痕一样永远不会消失。这些情绪不断累积,让那时的她觉得自己非常渺小,周围的景色也被灰色的薄雾笼罩,就连现在回想起当时的事,也要透过那一层灰色的薄雾。

"没有客人了!"小布用紧张的声音汇报道。

"辉夜小姐,机会来了!"

"上吧！高见先生,带上准备好的东西！"

辉夜站起来,高见毕恭毕敬地递上一个手提纸袋。她从里面拿出一个像黑色毛团一样的东西,不对,那就是一个黑色毛团！

"要戴着假发去吗？"

辉夜已经戴上了假发。

"我的头发太显眼了,在外面的时候,我总会戴上假发！"

她把现在戴着的那顶假发取下来不是更快吗？

"小渊先生,请打开后门！"

听到辉夜的命令,小渊立刻打开餐车的后挡板。冷风吹进餐车里。辉夜迎着寒风,跳到了柏油马路上。

七

吧台表面好多地方都有褪色的痕迹,那些地方的木纹已经发白。安在天花板角落的旧音箱上积了一层薄薄的灰尘,广播里播放着慢吞吞的爵士乐,夏都眼前是一个方形的玻璃烟灰缸。烟灰缸里放着印有店铺标志的火柴。

这是昭典常来的店。

因为夏都和昭典都不抽烟,所以他们用不到火柴和烟灰缸,不过夏都看到它们就会产生抽一根试试的念头。和店里的杯子与家具一样,就连火柴和烟灰缸这样的细节都没有变。

夏都把以前老板说过的话告诉了坐在旁边高脚凳上的菅沼。

菅沼没有回答。夏都随意地看着店里的景象,喝了一小口加冰的威士忌。她故意点了和昭典一起来的时候,两个人常喝的苏格兰威士忌,因为夏都不希望老板觉得当时的自己是在迎合昭典的喜好。其实,老板恐怕已经不记得他们两个人当时喝的是什么酒了,就算记得,也不会有任何想法。

"人为抑制熵增当然要耗费能量,当然,人们是不可能完全抑制它的。"菅沼急急忙忙地回答道,就像要说完好不容易想起的台词。

因为菅沼用两只脚的脚尖踩着凳子下方的圆管脚蹬,所以从侧面看,他的屁股有些向后突出。

"我不是这个意思!"

"失礼了!"

"我是说这家店没变。"

"你经常来?"

"不是,最近没来过。"

"这样啊。"

菅沼像机器人一样,只动了动肩关节,把用水稀释后的冰咖啡端到嘴边。菅沼好不容易说出了"以后请让我叫你夏都小姐",却一次都没叫过。

夏都上次来这家艾米特酒吧还是在一年半以前,不过老板还记得她,她刚进门,他就满面笑容地说了句"好久不见"。老板是不是也记得昭典呢?

　　老板在吧台后面抚摸着长满花白胡子的尖下巴,抬头看着摆在架子上的酒瓶。穿着白衬衫的他似乎比以前胖了一些。

　　"不过,我很惊讶。"夏都用老板听不见的音量说道,"没想到栋畠的名字会以那种方式出现!"

　　辉夜下车后,夏都和其他人也都向室井杏子走去——不,智弥留在餐车上,继续打电子游戏,他说游戏暂时不能退出。夏都本来就打算在他们去找室井杏子的时候,找个理由让智弥留在餐车里等待,因此,智弥的话反而让她放下心来。但是仔细想想,她会因为把一个初二学生独自留在车里而感到放心,却要因为担心一群大人而不得不跟他们一起走,也是一件奇怪的事!虽然辉夜还是一名少女,但夏都担心的并不是她,而是那些对她言听计从的铁杆粉丝!

　　他们穿过人行横道线,走近室井杏子的移动餐车。小渕、大号小渕、高见、小布四个人护着戴着黑色假发的辉夜,摆成骰子上五点的队形向前走,夏都和菅沼则跟在他们身后。

　　杏子的移动餐车的上半部分用粉色和黄色印着可爱的餐车名"钻石哈姆雷特"。夏都知道《哈姆雷特》是莎士比亚的一部戏剧,不过不知道它的内容。餐车前立着贴有餐品照片的广告

115

牌,夏都看到之后才知道杏子的餐车卖的是什么。咖喱乌冬面、番茄乌冬面、海鲜罗勒乌冬面、肉丸乌冬面、中华乌冬面……这些都是些可以用"奇怪"这个词来形容的乌冬面。如果这些乌冬面味道好,食客或许确实不会吃腻,因为这些乌冬面看起来制作很简单,所以食客从点餐到取餐的时间应该也很短吧。如果夏都自己是在附近工作的女白领,或许也会来这里买午餐。广告牌上面用图钉钉着一个透明的文件夹,里面放着可以更换的彩色海报,上面用可爱的字体写着"每周的周二、周四和周六在这里营业"。夏都的餐车的营业时间是每周的周一、周三和周五,杏子的餐车的营业时间是每周的周二、周四和周六。虽然已经知道了一切,可夏都还是觉得厌恶,她觉得自己和杏子仿佛是被栋畠的手细细分开后装进了不同的袋子里的物品。

室井杏子正在看着食材,在笔记上记些什么,她用圆珠笔挠着头转过身来,发现了正在靠近的夏都等人。她以为他们是客人,便露出了笑容。那笑容比夏都想象中的更讨人喜欢、更坦诚。

有一瞬间,夏都有机会赶在辉夜的四名铁杆粉丝之前走到室井杏子面前,但她最终还是任由辉夜站在柜台前,她的铁杆粉丝们呈半圆形围住了杏子。

"欢迎光临!"

"我不是来买午餐的!"

室井杏子睁大眼睛,用手托着腮,露出纳闷儿的表情。因为她的动作是成年人面对小孩子才会做出来的,所以站在柜台前面的辉夜看起来突然变小了,不,或许应该说看起来和她的年龄相符了。

"对了,我这个样子你可能认不出我是谁——变装本来就是为了不让别人认出来!"

辉夜露出一个意味深长的微笑,然后将黑色假发拉开了一条缝,让室井杏子看到了她荧光绿色的头发。

"这样你就明白了吧!"她自信满满地说道。

可是室井杏子只是皱起了眉头,表情有些惊讶。哪怕被这么多人一齐盯着,她也没有露出慌张的样子。这大概是因为她以前的工作经历或者因为她相貌出众才这么自信吧!她似乎已经习惯了承受别人的目光。餐车旁边有几只鸽子在地面上一蹦一跳地走着,它们是不是夏都经营移动餐车时会飞来的那几只鸽子呢?

"你应该能想到电视上的广告或者娱乐杂志上的报道吧!"小布就像在一旁偷偷地提示被老师点名的同桌。

"我不怎么看电视和娱乐杂志……"

室井杏子眨着眼睛看着面前的这几张脸。

虽然夏都当时没有注意到,不过事后想一想,似乎能理解她为什么不看电视和娱乐杂志了。如果夏都自己现在的生意失败,大概以后也不想在城市里看到移动餐车吧!夏都把车停在路边,透过车窗看着室井杏子的车前排队的客人时,周围的景色似乎蒙上了一层灰色的雾气。若那层灰色的雾气再浓几倍,她的眼前就会一片漆黑。她能理解曾梦想在娱乐圈大红大紫却最终失败的杏子,能理解杏子那种不想看到如今活跃在娱乐圈里的明星的心情。

"装傻是没用的!"

高见伸出食指指向杏子,夏都好像在哪里见过他的这个动作。

"辉夜小姐都告诉我们了!"

"没事的,高见先生!"

辉夜接下来这句台词,夏都觉得自己都能和她一起说出来。

"她要装傻,我们也没办法!为了让她投降,我们只能把手里的牌全部翻开给她看了!"

辉夜猛地抬起头,盯着柜台对面的室井杏子。

"我是寺田桃李子的妹妹辉夜!"

室井杏子的脸色瞬间变了。她迅速环顾四周,立刻打断了辉夜的话,仿佛不想让对方继续说下去。

"这里不太方便……那个,我们换个地方再说吧!"

他们去了附近一家麦当劳的二楼。

午餐时间已过,店里空荡荡的,最里面的桌子上有两个人挨在一起,其余的人围在她们身边,不,更准确地说是围着室井杏子。

"关于邮件,我真的很抱歉!"

室井杏子竟然坦率地道了歉,这让夏都很吃惊。

"桃李子让我删掉邮件后,又发邮件找过我几次,她希望我务必删掉那些邮件。"

"尽管如此,你还是没有删掉那些邮件吗?"

听了辉夜的话,室井杏子缩了缩脖子,没有说话。靠近看的话,能看到她右眼下方的泪痣,那颗小小的痣长在恰到好处的地方,它散发出的女人味包裹着她的脸。

"杏子小姐,我知道你在想什么!娱乐杂志应该会出高价买那些邮件!"

辉夜说得很快。

"当然,邮件里牵连的人有没有热度,也会影响到娱乐杂志的出价,我听说,有时候,这种邮件甚至能卖到三十万日元到四十万日元的高价!我姐姐现在正处于热度最高的时期,毕竟她是即将结婚的著名女演员!"

"但是这样不行!"

辉夜一边说,一边伸出一只手。

"请把手机拿出来,现在立刻删掉邮件!"

室井杏子绷着瘦弱的肩膀,抿紧嘴唇,低下了头。从她的态度和动作来看,她毫无疑问是在害怕,这种弱不禁风的样子和她在移动餐车的柜台后面露出的坦率笑容一样,都和夏都想象中的不一样。夏都心中涌起一股莫名的不满,仿佛应该和自己对决的敌人消失不见了。当然,夏都并非一定要与某个人为敌,但是在这件事里,如果没有人来当坏人,她就无法释然。

119

于是,"敌人"立刻登场了。

"已经删掉了……桃李子第一次跟我说完这件事,我马上就删掉了邮件!我说没删是骗她的!"

好几个人无声地叹了口气,大家的脸都靠近室井杏子,只有营沼是在看到大家凑过去之后才动,所以慢了一点儿。

辉夜盯着杏子看了一会儿,似乎在谨慎地算计着什么,过了一会儿,她终于坐直了身子。

"是真的吗?"

"是的!"

"那你为什么要对姐姐说谎?"

室井杏子再次陷入沉默,这次的沉默时间更长。夏都看着她的侧脸,感觉到她心中的犹豫并不能被称为算计,于是果断开口。

"那个……能听我说一句吗?"

她有意识地露出和工作时一样灿烂的笑容。

"其实我也在做和你一样的工作,我也有一辆移动餐车。一开始,我丈夫,确切地说是前夫,他想经营移动餐车,我们才一起准备餐车的,结果在餐车即将开业之际出了一些问题,啊,其实就是他出轨了,我就把他从家里赶了出去。现在我只能自己一个人经营移动餐车了。"

夏都觉得只要自己敞开心扉,对方应该就会做出回应。

"我们的年纪应该一样大吧?我今年三十二岁。"

"是的，我的生日在三月。"

和刚才不同，室井杏子的眼睛里出现了神采。这个人或许会对自己说出内心的想法。在夏都生出期待的瞬间，坐在左边的菅沼突然开口——他似乎认为大家要按照顺时针方向作自我介绍。

"我是一名补习班老师。我最初的理想是成为一名数学家，就是研究数学的人，可是后来出了些问题——人际关系的问题，于是我放弃了成为数学研究者，变成了现在的样子。"

虽然他的措辞和夏都十分相似，但是看起来他并不是在开玩笑。

"我的年龄是三十二岁。"

他说完这句话的瞬间，辉夜的四名铁杆粉丝都吃了一惊，似乎觉得他的年龄应该更大一些，不过菅沼似乎并没有注意到他们的反应，他示意坐在自己左侧的小渕轮到他了。小渕本打算顺势开始介绍自己，结果室井杏子在他开口前问夏都。

"你经营移动餐车的地方就在这附近吗？"

"啊，现在是在别的地方，在池袋那边。"夏都敷衍地回答道。

室井杏子继续问：

"你觉得做生意怎么样？很辛苦吧？"

这是生活不顺的人特有的提问方式，认为对方也不容易，在听到回答前就充满了同情。因为夏都确实很辛苦，所以她坦率地点了点头。

121

"是啊……很辛苦!"

"是啊!"

说完这句话后,室井杏子又沉默了,过了一会儿,她重新看向辉夜,出人意料地坦白了。

"就算我删掉了邮件,别的地方还有。就算我删掉了也没有意义!"

她这句话来得太突然,就连辉夜都向后靠了靠,辉夜再次看着她的脸,一双大眼睛眨了好几下。

"别的地方是指哪里?"

"除了我之外,还有其他人存了那些邮件的照片!"

接着,室井杏子把一切和盘托出。

她说到一半就开始哽咽,夏都递了几张纸巾给她,她一边擦着眼睛一边继续说着。夏都本来想把手帕借给她,可是她的手帕放在手提包里,而手提包留在车上了。

"其实,那个车位不是我租的!"

坐在杏子正对面的不是夏都,不过,她的这句话应该是对夏都说的。

"那个车位是一个非营利组织的干事租下来的,他每周的周二、周四和周六不用,老板才让我在这几天里把移动餐车停在那里卖午餐。那个老板说这样做是可以的。"

"你也是在房地产公司的网站主页上看到信息的吧?"夏都不由自主地问出了口。

"也？"

室井杏子抬起湿润的眼睛，满脸疑惑。

"啊，不是，我以前也遇到过这种情况，在池袋那边！"

她点了点头，说了句"没错"，又点了点头。

"对，招租信息是我在网上查到的。移动餐车、营业场所、市内，我用这些关键词搜索后，查到了栋畠先生的信息……那个停车场的老板是栋畠先生，房地产公司的网站主页上写着'来商务区的停车场经营移动餐车吧'之类的招租信息。"

原来如此！她找到那个停车场的信息的方法，和智弥帮夏都找营业场所的方法如出一辙。

"我打电话咨询时，老板问我是不是一个人经营移动餐车，我当时觉得因为要租车位，对方问这些事情并不奇怪。最后，老板把那个车位借给了我，让我卖午餐，可是……"

接下来，室井杏子讲述了自己的经历，那些经历和夏都前几天经历过的事情完全相同。虽然时间比夏都早两个月，但是令人吃惊的是，其他部分就连细节也一模一样。某一天营业结束后，栋畠告诉杏子不能再用车位了，附近公司的人租下了这里，明天开始，对方就要把车停在这里了，不过他们可以谈一谈，可能还有别的办法。

"当时，栋畠先生对我……嗯，说了些不好的话。就是'妻子去世后觉得很寂寞'啊，'给了你特殊优惠'什么的。"

他对杏子用的手段和对夏都用的手段简直是一模一样！

"桃李子的邮件的事情,我想大家都知道了,我以前有过类似的失败经历……我现在觉得那时的自己太丢人了,我特别后悔,所以我不想再做同样的事情了!我根本没有这个念头——当时没有!"

听栋畠说出那番话时,她心里充满了不甘和悲伤,什么都没有说。

"我没说话,栋畠就说要请我吃饭。"

夏都想起来,栋畠找她的时候,好像也说了吃饭的事情!

"几天后,我和栋畠约好去吃饭。我想好好和他谈一谈,拜托他,用其他办法解决问题,我还带着一丝期待,也许可以和那位租客谈一谈,总会有办法的!然而,栋畠带我去的竟然是非常高级的法式餐厅,到那里的瞬间,我突然想:他是不是有什么企图?"

和她预想的一样,栋畠固执地暗示杏子,如果她愿意让他占便宜,他就能提供车位给她做生意。但是他没有把这些直接说出来,只是拐弯抹角地暗示她。

"我很伤心,很不甘心……只是因为有人对我说了这些,我就觉得有什么东西被偷走了……可是我却说不出'既然如此,我要放弃那个车位'这样的话,我真的很讨厌这样的自己,太丢人了!"

听着室井杏子的话,夏都的心中生出了一丝自豪感。

"他还说,只要能帮他排解寂寞,那个车位,我想用到什么时候都行！我越来越生气,可是我喝了酒,顺势就……"

杏子说,她因为酒醉意识不清,就把过去做过的事都告诉了栋畠。

"当然,我没有说具体的情况,只说了我年轻时在娱乐圈工作过一段时间,当时为了得到工作,做了荒唐事,所以不会再做同样的荒唐事了。"

杏子为什么要特意告诉栋畠自己过去做过的事呢?在麦当劳的二楼听她说起这些事的夏都,对此感到有些不解。

可是现在,她觉得自己大概懂了。杏子大概是想让对方知道,自己不是一个普通女人,她想告诉他,自己曾经在奢华的世界里生活过。

夏都之所以能想到这一点,是因为她明白了杏子的移动餐车名"钻石哈姆雷特"的含义。钻石是菱形的。夏都回到车上后,智弥告诉她,哈姆雷特也是莎士比亚笔下一个悲剧主人公的名字,它在英文里是小村庄的意思。菱形和小村庄,菱村——杏子在娱乐圈时的艺名是菱村杏子!

虽然算不上红,但她一定无法忘记那一段生活在光彩夺目的世界中的日子——不,恐怕是她不想忘记。她还想告诉别人,或许有客人会询问为什么要起那样的餐车名,这时杏子就会告诉他们那是她以前的名字,然后进行一番这样的对话。

"我在娱乐圈工作过一阵子!"

"啊,是这样啊!"

125

"不过,因为那样的生活不适合我,所以放弃了!"

"太可惜了!"

"但是我不后悔,因为现在很幸福!"

想到这些,夏都觉得自己也能理解杏子将长发剪成波波头的心情了。虽然波波头看起来比长发利落,其实打理起来挺麻烦的。留长发的话,做午餐和卖午餐的时候,只要把头发扎起来就可以了,但是波波头不行。比起实用性,杏子似乎更注重保持自己"麻利能干的女人"的形象,她也许是想通过发型来维持自尊。她离开了那样一个光彩夺目的世界,选择了现在这条路,而此时的她留波波头,是不是为了证明自己的决心呢?

当然,可能是夏都想太多了,这些都是没有根据的猜测。可是通过揣度杏子的想法,夏都觉得自己明白了杏子为什么要特意告诉栋畠自己的过去,也明白了她后来连具体细节都要说出来的原因。不,应该说,如果夏都不这样想,便无法接受现实。

"我说完之后,栋畠的态度立刻变了……他的眼神变得充满了同情,完全不是出于兴趣,而是像感同身受一样听我讲话。于是,我不小心就……"

杏子说,她不小心就说出了一些细节。

"他当时的表情很自然,动作很熟练,不仅是眼神和表情,还有附和我的方式,往杯子里倒酒的时机……我明明不打算说,等我回过神儿来,却发现已经全都说出来了!"

室井杏子说话有些口齿不清,就像在撒娇一样。夏都想,这个女人做错事后被原谅的次数一定比自己多!

"起初,我没说出桃李子的名字,只说了和我有同样遭遇的伙伴是一个当红的著名女演员,栋畠摆出一副知不知道名字都无所谓的态度,看他那个样子,我反而放下心来,不小心说出了桃李子的名字……"

"你的'不小心'可真多啊!"辉夜冷冷地说道。

室井杏子的眼睛里瞬间闪过一丝焦躁。可是她马上低下头,过了一会儿,她抬起头来时,已经恢复了刚才那种弱不禁风的样子,不过,那两种表情一定都真实地反映了她的内心。

"因为那已经是十年前的事情了,对我来说,十年前的事只是过去,但是对桃李子来说,十年前的她和现在的她一样,还是做着同样的工作,可我忽略了这件事,不小……"

她想说"不小心",话到嘴边时发现了,可是她重新说出口的还是意思相近的词语。

"……一不留神就说出来了,桃李子的名字、让我们做了糊涂事的人是广告代理公司的大人物……栋畠和我一起生气,说那个人不可原谅,这让我情不自禁地说得更起劲儿了……我从来没跟别人说过那些事,真的,到现在为止,我从来没有和别人说过。"

或许她一直希望有人听她说话。

"或许我一直希望有人听我说这些事吧。"

夏都听到杏子说的和自己想的几乎一样时,吃了一惊。

"听起来像是借口……嗯,确实是借口……抱歉,是借口!"

杏子又说了一句"抱歉",手压在胸口上,缩了缩下巴,柔顺的头发盖住了她的侧脸。

夏都也有想向别人倾诉的话,是关于昭典的,关于智弥的,关于做生意的,关于她担心的各种事的。如果现在她面前出现一个有包容力、什么话都愿意听她说的人,她会怎么做呢?她说不定会把自己的想法全部说出来!不过,夏都本来就没有不能被别人知道的秘密,不对,她刚才听到的寺田桃李子的往事恐怕就是不能说的秘密!

想到这里,夏都突然想起来,自己曾告诉过菅沼!

夏都第一次意识到自己做过和杏子完全一样的事。如果菅沼有恶意的话,事情会变成什么样呢?比如为了钱出卖信息,菅沼可以那样做,现在也可以做。夏都情不自禁地看向身边的人,菅沼正在把装着咖啡的杯子倾斜到某个角度,观察液体表面的张力。

"栋畠对我说,既然如此,那个车位还和以前一样,我可以每周用三天,他还向我低头道歉,说他很抱歉让我想起了以前不愉快的事。"

杏子说,栋畠的言行让她彻底放心了。

"后来,他问我有没有证据。"

辉夜歪了歪头表示疑问。

"他问我现在有没有证据,能证明当时那件让我想忘记的讨厌的事情。我这才想起了那些邮件,想起当时我和桃李子互相发送的邮件。我换手机时,会选一些人,把他们的邮件保留在新手机里,桃李子也在这些人之中。我第一次意识到这样做很危险!如果手机丢了,被陌生人捡到,对方看到手机里的内容不就糟了吗?虽然我设置了锁屏密码,可是说不定有某种我不知道的方法可以解开密码。应该有人能做到吧?"

能做到吗?夏都一一看过围在桌旁的人,大号小渕拿着只有他一个人点了的薯条回答:

"可以做到!假设捡到的手机是A,自己的手机是B,先把自己的手机锁屏,关上两部手机的电源,交换存有信息的SIM卡[①]。然后将捡到的手机开机,输入自己的锁屏密码,这样就能打开手机了。当然,这种方法也有不灵的时候。"

虽然大号小渕说到后面就忘了用A和B这两个代号了,不过夏都还是为有这种方法而感到惊讶。大号小渕用吸管吸了一口可乐,眯起眼睛回味着自己的解释,然后打了个嗝。

"我告诉他,我有当时和她交流想法的邮件,应该还是删掉比较好吧。然后栋畠突然问我……"

从杏子的讲述中能够发现,栋畠的许多言行很难找到原因,他身上可疑的地方也越来越多。

---

① SIM(Subscriber Identity Module)卡,GSM 系统(全球移动通信系统)的移动用户所持有的 IC 卡(集成电路卡),称为用户识别卡。

"栋畠问我,她是不是轻易地同意了和对方上床。"

而且夏都现在依然不明白栋畠真正的想法。

"我说,那怎么可能?我是不情愿的,桃李子也一样,看到邮件就知道了!栋畠说,既然如此,还是不要删除邮件比较好!"

"他说这种能证明我们两个人左右为难的证据,还是留下比较好。万一出了事,说不定有用!他还让我把邮件发给他,因为那是重要的证据,他也可以帮我留一份,所以我……"

杏子说,她让栋畠看了十年前她和寺田桃李子的往来邮件。

"栋畠把邮件的照片保存在自己的手机里了。"

"是邮件的截屏吗?"高见突然开口问道。

室井杏子歪了歪头。

"我不太清楚那叫什么,就是用他的手机拍下我手机上显示的邮件。"

"原来如此,不是截屏。"

"可是到了第二天,我冷静下来想了想就发现,我做了一件非常危险且非常荒唐的事情。我明明认为自己的手机里保存着那些邮件很危险,觉得应该删掉那些邮件,而现在,我的手机和栋畠的手机里都保存了那些邮件,这就更危险了!"

夏都发现了年龄、工作都和自己相同的室井杏子与自己之间巨大的不同,可是她没办法很好地将其表达出来。她们都是做事情不经过深思熟虑的人,而且做完事后经常后悔,容易相信别人的谎言,把事情想得太简单,性格懦弱……但她们也有不同之处,夏都一时不能清楚地说出来。

"栋畠也有可能弄丢手机啊!就算他的手机有锁屏密码,就像刚才那个'大块头'说过的那样,说不定有人会解开密码,看到里面的内容!"

"大块头"突然停住了想把薯条放进嘴里的手,用那根薯条指着杏子问:

"他用的是什么手机?"

杏子回答,是那个有苹果标志的公司生产的手机。

"是最新款吗?那手机也有可能被解锁啊!"

"我想有这种可能!"

这段对话基本上没有意义。

杏子也发现了这一点,看了看身边的人的脸色,将话题拉了回来。

"然后我马上给栋畠打电话,请他把邮件的照片全部删掉,可是他坚持说不删比较好。我求了他好几次都没用,说着说着,他似乎生气了,最后说了一句'我很忙'就挂断了电话!"

几天后,寺田桃李子打来电话,请杏子删掉过去的邮件。

"也许我当时回答她'我会删掉邮件'比较好。其实接到桃李子打来的电话后,我马上把自己手机里的邮件删掉了,可是我没法儿告诉桃李子我会删掉邮件,因为栋畠的手机里还有邮件的照片,如果不能让他删掉,我就没办法告诉桃李子'我会删掉邮件'。虽然桃李子也许会担心,会生气,可是我不能说谎,又说不出真相……我很为难,不知道该如何是好。于是,我就找借口挂断了电话。后来桃李子又打过几次电话,发了几次邮件,可是我实在没办法接电话、回邮件。我觉得只要栋畠没有删掉照片,我就什么话也说不出口!"

在与此事无关的人看来,杏子的想法或许可以被称为诚实,可是在与此事有关的人看来,有这种想法就是愚笨!恐怕杏子也没想到,自己的这份愚笨或者诚实,会导致寺田桃李子的妹妹召集伙伴并实施绑架计划吧!而且,他们还弄错了对象,绑架了和自己毫无关系的人!

"栋畠把邮件的照片骗到手,他到底想做什么呢?"

夏都把放在菅沼和自己之间的蜡烛拉到自己面前,盯着烛火。她的这个动作没什么意义,不过,因为菅沼在意她,所以他也盯着烛火。

"我不知道!"

"他向杏子要照片,明显不是偶然起意,而是故意提起,然后拍下了邮件,杏子小姐可能没注意到!"

"栋畠吗?"菅沼惊讶地说道,"啊,真的是这样!"

"老师也没发现吗?"

"嗯,一点儿也没发现!"

一直盯着烛火的栋畠转头看着夏都。由于菅沼从下向上看着自己,夏都不禁把上半身向后靠了靠,端起杯子,放到嘴边。

菅沼又低下头观察火焰,夏都看着他那呈灰色的头发,不由得问出了口:

"菅沼老师,你有想做坏事的时候吗?"

菅沼没有反应。

周围很安静,而且两个人之间的距离这么近,他不可能听不见,夏都觉得菅沼是故意无视她。过了很久,他转过头,他的表情仿佛刚刚被宣布人生即将结束。

"坏事……是指什么?"

"啊,比如像栋畠那样,用某种卑劣的手段玩弄女人……"

菅沼的表情扭曲了,仿佛更加绝望了。

"啊,不过说一点儿小谎,或者事先做些简单的计划什么的,都没关系,那不算卑劣……"

见菅沼的表情越来越没有生机,夏都觉得有些不耐烦了。天花板上的音响里传来爵士乐里的鼓独奏,就像孩子在乱敲一通,夏都静静地听着,菅沼突然站起身来。

"对不起!"

"啊?"

"我要回去了……对不起!"

菅沼像上了发条一样以固定的速度径直向门口走去。他取下挂在墙壁衣架上的外套,按顺时针方向转身回到吧台边,从钱包里掏出两千日元放在吧台上,又转身离开了。

"只有一件事……"

133

"啊？"

"只有一件事……最后一件……"

菅沼转过身，声音沙哑，像身体某处被开了一个洞一样。他的右手伸进外套口袋里。过了一会儿，他那只从口袋里抽出来的手里握着一个用白色包装纸包好的方盒子，上面贴着漂亮的绿色蝴蝶结装饰。

"这个……给你！"

菅沼黯然地将盒子递给她，在接触到盒子的瞬间，夏都大脑里的某个区域像电路接通一样开始工作了，她发现了一件事。

直到刚才，她还完全没有意识到。从她小时候到现在，发生过这样的事情吗？

菅沼松开手，盒子刚才被手指遮住的部分显露出来，上面贴着金色的贴纸——"Merry Christmas（圣诞快乐）！"

"就是，那个……"突然涌起的羞涩让他的嘴巴自顾自动了起来，"就算再怎么努力坚持不改变，至少在像圣诞节这样的日子里，要有些装饰，这种……"

夏都心里涌起一股暖意，那种感觉就像结束移动餐车的营业后，拖着疲惫的身子喝下一杯热奶茶一样。她感到自己试图掩饰动作背后溢出的欣喜，她的脸颊和嘴角的轮廓都变得柔和。夏都心里想着"这可不行"。她看看墙上的一排排酒瓶，看看地板，回头看看店老板，可是心里还是渐渐地温暖起来，她的表情也随之变得温暖。啊，手提包里的手机在振动！夏都一心想要缓和气氛,马上伸出了手,就在这时,他发现菅沼的大衣口袋里也传来了手机振动的声音。

两个人看向各自的手机。

"抱歉,在你们最愉快的时候打扰你们!"

那是智弥发给他们的邮件。

"我知道栋畠为什么想要室井杏子小姐的邮件了!"

第三章

一

辉夜穿着及膝皮靴、黑色紧身半身裙和黑色针织连帽外套，戴着一顶黑色假发，让人几乎看不出来她是一个初中生，只有从裙子和靴子之间露出的大腿可以看出几分少女感。她的穿着和夏都帮她化的妆容很相称，她的胸口还垫着厚厚的胸垫。

辉夜敞开外套，露出穿着 T 恤的胸部。

她的鞋子和衣服都是她向姐姐借来的。

因为靴子的尺寸不合适，所以辉夜往靴子里塞了小毛巾，裙子的腰部折叠后用别针固定住了。周围的光源只有投币停车场的灯箱广告，所以看不清楚辉夜衣服方面的细节，不过，她身上的衣服看起来都挺贵的。她的脖子周围露出来的大片白皙的皮肤，仿佛在黑暗中发着微光。

"那个,辉夜,我再问一次,你在这个时间出门没问题吗?"

马上就要到十点了,而且她也不知道他们什么时候才能回去。

"没问题!姐姐在外地拍外景,后天才回来!"

"嗯……你们住在一起吗?"

"对,我们两个人住!"

"这样啊!"

"我每次想问你都会被小布打断,所以完全不知道你私下里的生活!"

夏都刚问到辉夜父母的情况,柳牛十兵卫号的后板就开了一条缝,小布的脸从缝隙里露出来,她正趴在那里。

"啊,小布,衣服的尺寸怎么样?"

"完全不合适!"

"能穿上吗?"

"穿倒是能穿上,但是穿上后几乎动不了。"

"能走吗?"

"可以慢慢走。"

"那就没问题,不需要穿着它来回跑!"

餐车的后板缓缓打开,穿着夏都衣服的小布出现在她们眼前。

她一点点地缓慢移动两条腿向右转,像腰疼的人一样慢慢地趴下,把两条腿分别放在地面上,用两只手撑着餐车,仿佛要把餐车推出去一样直起身子。黑色牛仔裤、针织衫和皮毛外套紧紧裹在她身上，因为绷得太紧，仿佛被尖锐的东西轻轻地一划，小布的衣服就会全部崩开。尽管如此，这已经是夏都的衣服里比较宽松的衣服了，她没有其他可以借给小布的衣服了。

此时，夏都他们在一个投币式停车场里，这个停车场在六本木大道旁边的一条小路上。

"接下来，各位男士，请换衣服吧！"

辉夜发出指令后，站在一旁等待的小渕、大号小渕、高见和营沼一个接一个地进入车里，从里面关上了后板。

"我这身打扮真的能进去吗？"

小布保持直立的姿势，垂下眼睛，看着自己的样子。

"我没戴眼镜，几乎看不到自己穿着什么！"

"放心，很帅气！"夏都随口回答道。

辉夜踩着靴子过来了。

"我听说过会所这种地方，但是从来没进去过，不知道那里有着装要求！"

"应该没有具体的着装要求，虽然我也没去过，不太清楚，但是……"碍于小布在旁边，夏都斟酌着用词，"如果我们穿着平常的衣服，会显得格格不入，会被门口的保安拦住，进不去。虽然不是所有会所都这样，不过我们现在要去的地方似乎就是这样的！"

夏都完全没想过自己会去这样的会所，在此前的人生中，她想到会所的时间加起来也不到十分钟。

"智弥真是帮我们查了不少东西啊!"

"对,那孩子很擅长查资料!"

大路上传来了巡逻车的声音。

首都高速路上方广阔的夜空反射着霓虹灯的光,有些发白。

"不过,我真没想到智弥听到了我们和杏子小姐的对话!"

"幸亏他听到了,他才能帮我们查出这么多东西!"

"话是没错……"

但是从教育孩子的角度来说,她实在不太想让他听到那些话。

夏都他们为了见室井杏子,离开柳牛十兵卫号时,智弥悄悄地拜托辉夜,让两个人的手机保持通话状态。于是他在车里听到了众人在麦当劳二楼和室井杏子的全部对话。夏都在和其他人去找杏子前,从车内后视镜里看到了智弥对辉夜小声说了些什么,智弥一定是在那个时候拜托辉夜那么做的吧。

"我发现你告诉我的事情是假的。"智弥在回到高层公寓后,揭穿了先前夏都为了敷衍他而编造的假话。

他想知道大家究竟去找杏子做什么,这也是很正常的。

夏都和菅沼在艾米特酒吧单独相处时,收到了智弥发来的邮件。邮件是这样写的:

我认为,十年前,和寺田桃李子小姐、室井杏子小姐保持那种关系的山内,是奉优广告代理公司销售运营部门的领导山内俊充。这位山内俊充目前不在奉优广告代理公司,他担任了奉优广告代理公司的子公司卡奈企划的社长。

卡奈企划是一家以经营摄影棚为主的公司。

在最近的采访中,山内说了一段意味深长的话,采访被传到了网上,这是我复制下来的内容:

我们正在计划建设一个规模较大的摄影棚,以前,我们的大部分摄影棚都是买下现成的学校和医院改造的,其实我们正在东京市内的某处建设一座地下二层、地上四层的摄影棚,它会供母公司奉优广告代理公司使用,也会出租给其他公司使用。此举旨在巩固我们在广告界和电影电视界的地位。新摄影棚的地点会在新宿或涩谷附近,不过具体细节目前还不能说。

引用的采访内容到此为止。

到这里为止,夏都还不太明白山内的这段话的意思。可是智弥却在邮件里接着写道:

我认为,这段话里藏着栋畠勋藏想要十年前那些邮件的照片的原因!

接下来,智弥写下了栋畠经营的栋畠房地产公司的情况。

首先是业绩,其房地产公司的业绩绝对算不上好。栋畠从父亲手中继承的公司经营的是停车场和大楼,但是他手里的大楼已经老化,因此需要一大笔修缮费用。前年,他进军餐饮业失败,我不清楚详细情况,大致是栋畠打算将手里的一栋楼改造成餐饮店专用大楼,把每一层都租出去,结果计划停滞,现在其施工已经停止。我还不清楚其停工的原因是资金短缺,还是与负责改造的公司之间有矛盾。但是毫无疑问,这件事使栋畠房地产公司陷入了经营状况不佳的境地。

邮件写到这里,他又回到了山内的事情上。

下面是我的想象,说不定山内正在推进的摄影棚建设计划的候选土地中,也包括栋畠房地产公司拥有的土地。栋畠得到了这条消息,不知道是自己打听到的,还是卡奈企划已经找过他了!

不过,竞争对手当然有很多。

这时,栋畠在意想不到的地方听到了山内的名字,正是在餐厅里和室井杏子小姐的对话中。

他听说山内在十年前曾经利诱女艺人约会的事之后,或许想要巧妙地利用这一点。他或许想用室井杏子小姐的邮件,逼山内用自己的土地建设摄影棚。对栋畠来说,作为停车场使用的土地自不必说,如果卡奈企划能买下已经老化的大楼,或者计划停滞的餐饮大楼,都将是一笔大生意。如果能卖掉计划停滞的餐饮大楼,落入谷底的栋畠房地产公司就有可能重振雄风!

夏都似懂非懂。

栋畠是想用十年前的邮件逼山内买下栋畠房地产公司的土地和建筑吗?

可是夏都不认为那些邮件会使山内做这么大的决定。寺田桃李子是著名女演员,因此,对她来说,十年前的丑闻或许会成为一颗威力强大的炸弹。可是对山内来说,即使邮件的内容曝光,揭露出他十年前做过的丑事,他的社会形象会受到多大程度的影响呢?反而是威胁他的栋畠有可能受到法律的制裁吧!

可是看完智弥发来的邮件后,夏都认可了智弥的想法。

  或许有些突然,我换个话题,我详细调查了寺田桃李子小姐和室井杏子小姐的履历。山内与她们约会的时间是十年前的一月。

杏子确实在麦当劳的二楼说过这些。

首先是两个人的年龄,根据杏仁酒组合的资料,两个人当时都是十九岁。如今过了十年,室井杏子小姐和夏都同样是三十二岁,而寺田桃李子小姐和辉夜相差十五岁,所以她今年二十八岁,她的年龄对不上!

确实如此!

我认为,杏仁酒组合所属的公司牧田事务所的负责人,当时想要打造"同龄女子组合",所以虚报了资料。我也非常吃惊,不过他们应该是在年龄上做了手脚,给室井杏子小姐减了二点五岁,给寺田桃李子小姐加了一岁,然后让她们出道。现在寺田桃李子小姐的公开资料上写的是实际年龄二十八岁。寺田桃李子小姐在成名前换了公司,应该是在那时改回了实际年龄。因为到了一定年龄后,女性虚报年龄,说自己比实际年龄大,也不会有好处了!

虽然智弥只是一个初中生,但是被他指出年龄大这一点,夏都还是觉得挺不痛快的。不过,事实确实如此!

下面我会写重点。十年前,杏仁酒组合的两名成员打算以潜规则的方式与山内接触时,室井杏子小姐二十二岁,寺田桃李子小姐十八岁。她们两个人中,室井杏子小姐先和山内发生了关系，对同样的行为，寺田桃李子小姐感到非常犹豫，我觉得这或许也有年龄上的因素。下面我要写的是寺田桃李子小姐的生日。

在阅读后面的内容前，夏都已经知道了智弥想在邮件中表达什么。

她的生日和公开资料上写的一样，是二月五日。

这就意味着……

她与山内俊充发生关系时，她还没有过生日，还不到十八岁，山内的行为触犯了法律，侵害了未成年人！

这样看来，邮件里的内容对山内来说，是相当危险的！

尽管如此，因为寺田桃李子在公开资料上的生日比实际年龄大，所以如果由她主动，看上去倒更像是陷阱。

这件事我也调查了，关于这种能够成为证据的邮件，在媒体曝光时，比起邮件的内容本身，带有发件人和收件人的邮箱和电话号码的邮件照片反而是更有力的证据。可以说，栋畠现在拥有的证据是非常强大的武器，对付山内足够了！我调查后发现，类似的案件公诉时效期是三年，所以十年前的事情曝光后，山内并不会被问罪，不过根据他现在所处的地位，他的社会形象会受到致命的破坏！

栋畠究竟是不是意识到了这一点，想利用邮件来对付山内呢？他知不知道山内触犯了法律呢？这些事情夏都没办法确认。

来六本木之前，夏都他们绕到新宿去看了栋畠房地产公司名下那栋停止施工、改建到一半的大楼。智弥知道那个地方在哪里。天色很暗，他们没办法看清每个角落。拆开的脚手架堆在外墙下面，本该镶嵌玻璃的地方是一排漆黑的方形洞口，尽管这里是城市的一角，可是太荒凉了，仿佛会传来狼的嚎叫。大楼看起来没有人打理，已经被彻底弃置，空洞的窗口隐约有蝙蝠飞进飞出。虽然夏都不太懂房地产，不过就连她这样的外行人都能一眼看出，这栋大楼对栋畠来说是个大麻烦。考虑到固定资产税，这栋楼的损耗费恐怕比夏都的房租还要贵。如果有机会卖掉这栋楼，栋畠暗地里做些手脚，也不是不可能。

"换好了！"

微微摇晃的柳牛十兵卫号餐车的后板打开了，小渊像孩子一样双脚并拢，跳了下来。他用两只手抓着裤子，将其提起来，免得裤脚碰到地面。

"啊……果然大了！"

给男士们换的衣服,是夏都从昭典那里借来的。

"袖子和裤腿都长了!"

小渊挥了挥两只袖子,他特别像某部动画片里的人物,但是夏都想不起来是哪一部了。

"卷起来也不行吗?"

"啊,可以卷起来!"

小渊把外套的两只袖子和黑色牛仔裤的两条裤腿分别卷了两下,只是做了一点儿改变,不自然的感觉就少了很多,他看起来像特意选了大一号衣服的时尚人士。可是为什么卷起裤腿和袖子这么简单的事情,小渊自己就想不到呢?

"大号小渊先生怎么样了?"

在尺寸方面,比起小渊,夏都更担心大号小渊。

"啊,大号小渊穿那些衣服好像有些费劲儿。他说不管怎么努力,上衣和裤子都穿不进去!"

大号小渊慢吞吞地从车里走了出来。他没有换衣服,依然穿着自己的衣服。虽然夏都没去过会所,不过她也觉得他的这身衣服不合适。

他们接下来要去的地方,也是智弥告诉他们的。

后来,夏都给栋畠的手机打了好几次电话,听到的回复全都是"暂时无法接通",夏都问智弥为什么会这样,他说夏都的电话号码很有可能被栋畠拉进黑名单了。

"有个地方或许能见到他,你要去试试看吗?"

"什么地方?"

"这里……"

智弥的笔记本电脑上显示的是一个名叫"小绫"的女人的博客,从人物简介里的照片和文字来看,她大概二十岁出头。她好像是六本木中心一家名叫"灯芯"的会所的常客,其博客里经常出现一些在那里发生的事情。

夏都看过之后发现,她的博客照片里确实有好几次都拍到了栋畠。

"今天栋栋也请我喝了酒!"

"今天栋栋帮我付了出租车钱,好惊讶!"

从博客内容来看,"栋栋"登场的日子只有周四,而现在正是周四的晚上!

"没事,如果大家把大号小渊围在中间往前走,那么保安就看不出来了……至少应该把衬衫从裤子里拉出来吧……"

高见也从大号小渊身后走了出来。不知道为什么,他也没有换衣服,还是穿着平时的那套衣服——紧身牛仔裤和印有美少女图案的T恤。

"高见先生为什么不换衣服呢?给他找的衣服的尺寸应该正合适吧?"

"他有他的坚持!"小渊回答,不知道为什么,他的语气里带着自豪,"他要坚持自己的风格!"

"我会去,但是,"高见的手放在胸前的美少女图案上说道,"我要穿着她去!"

夏都想,这家伙果然是一个爱显摆的男人!他宁可让事情无法顺利进行,也不会放过显摆自己的机会!

夏都早就说过,她只是打算和栋畠聊一聊,没必要所有人都跟着她去。可是高见说,既然要去,他没理由不去,其他几个人也不让步。他们就好像在玩角色扮演游戏,几个人组队与敌人战斗,去城里买东西,去探索洞穴。这种电子游戏夏都在高中之前偶尔也会玩,他们似乎觉得这是一场游戏,可是现在没有人真的打算去战斗!

"高见先生,你能拿着这个包吗?"

辉夜递出自己手里的名牌小提包。

夏都惊讶地发现,高见接过包的瞬间仿佛突然变了个人。可能是因为他本来就又瘦又高,身材不错,所以看起来就像一个懂时尚的人故意穿上了奇怪的T恤。

夏都觉得现在这样挺不错,又为自己的想法感到生气,她看着餐车的方向问:

"菅沼老师呢?"

小渊回答她:

"他换衣服的时候眼镜掉了,被他自己踢到了架子下面,因为车上没有灯,所以还没有找到。"

"然后呢？"

"嗯，他现在应该还没找到眼镜吧。"

"你没有想过去帮帮他吗？"

"啊……"

夏都忍着呃嘴的冲动向移动餐车走去。小渕可能觉得有些尴尬，一边说要再确认一下会所的位置，一边向大路的方向走去。

"菅沼老师，你找到眼镜了吗？"

菅沼没有回应她。

"老师，没事吧？"

夏都正打算朝车里看，眼前突然出现了菅沼的脸，把她吓了一跳。

"抱歉，我没找到眼镜，不过时间已经到了。我们要去的店十点开门，现在……"

菅沼穿着无帽大衣，他抬起手臂，将其举到和眼睛平行的位置。

"啊，看不见表针！"

"现在是差两分十点！"

夏都一边说不需要那么着急，一边借着投币式停车场的灯箱广告的亮光看了一眼菅沼，立刻移开了目光。衣服比她想象中合适，因此，她觉得无法直视他，想要再仔细看一眼，却又转了回去。菅沼就像电影里的僵尸一样，双手举在前方，脚下摇摇晃晃地试探着前进。

"反正大家一起去,就算看不清也不要紧,给你!"

"啊,抱歉!这是什么?"

"我的手!"

就在营沼蹒跚向前的瞬间,响起了一段欢快的音乐,那是大号小渕的手机铃声。辉夜笑着说,这是某部动漫里战斗时的背景音乐吧!大号小渕得意地笑着点点头,按下了通话键。

电话是小渕打来的,栋畠已经乘坐出租车到达会馆,现在,他已经进去了。

二

在会馆的门口迎接他们的是两个穿黑衣的人,一个人头发长,一个人头发短。短发黑衣人脸颊上和下巴上的胡子像魔术贴一样紧紧地贴在皮肤上,长发黑衣人的眉毛像触角一样翘起。他们带着怀疑的神色迎接这七个人。大家将大号小渕围在中间。他们遇到的每个人都打量着走在最前面的辉夜。夏都本以为是辉夜的年龄暴露了,后来才发现并非如此,那些人是因她的容貌而注视她。

由于小布只能像企鹅一样摇摇晃晃地走,所以他们走得很慢,看起来倒是有几分驾轻就熟的样子。穿过黑衣人推开的大门,他们来到一条长长的用蓝白荧光灯装饰着的走廊,走廊的尽头有一扇自动门。

他们走到走廊的尽头,面前的自动门立刻打开,瞬间,他们被震耳欲聋的音乐声吞没。这里总是用这么大的声音放音乐吗?这样一来,他们就连和身边的人说话都很困难。不过,前面还有一扇自动门,那是通往大厅的入口,门打开的同时,更大的音乐声一下子涌出来。夏都觉得他们仿佛变成了蛆虫,瞬间被马桶里的水流吞没了。

大厅里充满了节奏感很强的音乐,里面的客人仿佛要被声音压扁。因为这家店刚开始营业,所以大厅里只有两桌客人。他们的年龄大概在二十五六岁,一桌是两个男人,另一桌是三个女人。男人们已经拿起了酒杯,明目张胆地回头看着向吧台走去的女人们。其中一个男人注意到了夏都一行人,便看向他们。虽然他很快移开了目光,眼睛却像被线牵引着一样,不久之后又看向他们。他似乎是在看辉夜。男人的嘴微微地动了动,另一个男人很快也看向他们。

辉夜应该不会注意到男人们的视线。她一边好奇地环顾四周,一边躲在小布身后。那两个男人看向辉夜的视线被挡住,他们便看向了夏都。虽然与她目光交会后,他们马上移开了视线,不过他们的表情却变得很做作,仿佛在盘算着什么。夏都在高中时和大学时见过类似的小动作,她暗自发笑。夏都扫了一眼辉夜,想看看她有没有看到那两个男人的动作。只见辉夜依然在环顾四周,夏都有些失望。不对,她为什么失望?夏都轻轻地"啧"了一声。

夏都四下张望,发现栋畠不在大厅里。

"这是大厅吗?"夏都大声地问小渊。

她几乎听不到自己的声音。不过小渊似乎听明白了,点了点头,用手指了指自己的两只眼睛,做了个胜利的姿势。

"看来栋畠不在!"

"但是,栋……"

"他是不是在特殊的单间里啊?"

夏都转过头,菅沼的脸近在眼前。他们靠得太近了,夏都的太阳穴都能感觉到对方的体温!在惊讶的同时,夏都理解了会所的工作人员为什么要将背景音乐的音量调得那么大,那说不定就是为了让客人们彼此靠近。

夏都侧过头,嘴巴靠近菅沼瘦削的脸。

"有贵宾房吗?"

"对,有那种房间!"

"我们能进去吗?"

"去确认一下吧!"

"说不定在贵宾房里!"

高见突然把嘴靠近了夏都的耳朵。夏都敷衍地点了点头,装作整理头发的样子,用指尖挡住了耳朵。

菅沼比了个"我有事想问"的手势,向吧台走去。他可能已经习惯不戴眼镜了,他的脚走得很稳,先来的那几个年轻女客人的视线跟随着他。菅沼和店员说了些什么,先点了点头,又摇了摇头,然后走了回来。

"这里有贵宾房,但是初次光顾的客人不能进!"

"在哪里?"

菅沼指了指吧台右边的走廊,走廊的大部分区域被墙壁挡住了,他看不清那边的样子,却能看到一段楼梯。贵宾房应该是在二楼。

服务员从吧台旁边走出来,单手拖着一个托盘向楼梯走去,托盘上放着一瓶红酒和一个玻璃杯。

辉夜走到夏都旁边招了招手,于是夏都把耳朵凑了上去。夏都闻到一股高级香水的味道。那香水是从桃李子那里借来的,还是辉夜自己的呢?

"找个人吸引服务员的注意,然后咱们趁机闯入贵宾房吧!"

"嗯……"

夏都正在犹豫,辉夜已经把所有人召集到自己身边并说了同样的话。

"有没有人能吸引服务员的注意?"

在她的铁杆粉丝里,有三个人同时举起了手。小渊、大号小渊、高见——不对,小布也勉强地举起了手,因为她的衣服太紧,胳膊抬不起来。四个人都争先恐后地争取这项工作,大概是因为这项工作看起来很安全吧!

"一个人就够了！"辉夜说道。

四个人面面相觑，没有人让步。

"那就先想一想怎样吸引服务员的注意，怎么样？"夏都说道。

辉夜的四个铁杆粉丝都在环顾四周，好像在寻找什么东西。这个动作让大号小渕的屁股撞上了小布的腰。小布踉跄了一下，想要扶住前面的小渕，可是就在那个瞬间，小渕碰巧转向旁边，正好避开了她的手。小布从一行人中冲了出来，踏着小碎步，沿着一条直线向前走。慌张的夏都想追上去，却已经晚了，只见她摔倒在五米外的地板上。因为她的双手抬不起来，所以她没法儿撑住自己，小布像躺在地上跳街舞的人一样抽动，大家急忙冲到她的身边。大厅里的黑衣人注意到他们，纷纷聚集过来。一个用发胶把头发固定得整整齐齐、面无表情的短发黑衣人靠过来，他的表情与其说是担心，更像是嫌麻烦，仿佛店里进了一个醉鬼。夏都等人想扶起小布，却很难完成。在他们手忙脚乱时，吧台后面也有店员好奇地走了过来。

夏都脑中突然闪过一个念头，她看了看辉夜，辉夜也看了看她。两个人同时点了点头，接着，她们做出了一致的动作。她们站起来，缩着脖子离开，匆匆地赶往吧台右边的走廊。走廊的尽头果然有一段楼梯。夏都和辉夜一起上楼，没有人从楼上下来。夏都正打算一直走到贵宾房，突然有人从她的身后跑了过来，绕到她的前面，拦住了她。来者正是刚才那个面无表情的黑衣人！

"这里需要特许才能进入！"

因为这里的墙壁挡住了一部分大厅里的音乐声，所以他的说话声听起来很清楚。

"我们就进去一小会儿！"

辉夜大概习惯了别人马上听从自己的命令，径直向前走去，但是黑衣人没有动，于是她一头撞在黑衣人的胸口上。她微微地侧了侧头，仿佛觉得对方是在开玩笑，但是黑衣人面无表情地低头看着辉夜。

"请回去！"

夏都不知如何是好，这样一来，他们会被保安们盯上，如果她们现在回去，就很难再找到机会去栋畠所在的贵宾房了，虽说如此，她们又没办法强行闯进去。

没有其他办法了吗？

夏都做了一个深呼吸，抬起头说：

"请告诉栋畠先生，挂川夏都想见见他！"

三

她们被带到一个安静的房间里。

夏都想：既然要费那么多力气装修一个隔音这么好的房间，那又为什么要把大厅里的音乐声开得那么大呢？难道店主是想用震耳欲聋的音乐声来衬托出贵宾房的特殊?

"啊……"

栋畠用两只手摆弄着毛巾,为了掩饰心里的慌张,他的脸上露出假笑。他看着坐在对面沙发上的夏都和辉夜。

这间贵宾房看起来确实很高档,仿佛是按照电视剧里豪宅的布景打造的。这里有黑色皮沙发、玻璃桌,不知道名字的观叶植物展开像巨大鸟类的羽毛一样的深绿色叶子,墙上挂着椭圆形的镜子,天花板垂下枝形吊灯,墙上挂着高仿版的名画——梵高的《夜间的露天咖啡座》。

栋畠的斜后方,那两个小眼睛的黑衣人笔挺地站着,好像在告诫夏都她们不要乱来。

"啊……你有什么事?要是没事的话,你不会来找我吧?"

夏都点了点头,看着对方的脸。栋畠眼神闪躲,似乎觉得夏都的目光太刺眼,他瞥了一眼站在沙发边的一名年轻的黑衣人。

"啊,饮料,先喝点儿饮料吧!说到饮料……"

栋畠看向辉夜,眼神不自然地上下打量她。

"你多大了?"

"啊,前天刚满二十岁。"

辉夜像姐姐以前一样,虚报了年龄。

"夏都也跟我一起过生日来着,那是我第一次喝酒,苹果酒,叫什么来着?它特别好喝,夏都,是吧?"

辉夜的演技太逼真,夏都不禁开始搜索记忆,当然,两个人并没有一起喝过酒。

"啊,那个……苹果西打[①]?"

"就是那个!"

黑衣人在身后小声说:

"我们这里也有苹果西打。"

辉夜立刻说:

"那我就要这个!"

夏都也点了这种酒。说完后,夏都才回过神儿来,碰了碰辉夜的腿,用眼神询问:"你可以喝吗?"

可是辉夜无视她询问的眼神,深深地坐在沙发里,转过上半身四处张望。

夏都很在意栋畠的视线。她并不担心她们的伪装会暴露,她担心的是被栋畠上下打量的辉夜。

这时,夏都第一次注意到红酒杯旁边放着栋畠的手机,手机的款式正是最近电视广告上宣传的某品牌的最新款。黑色的手机放在玻璃桌上,那里面应该保存着室井杏子和寺田桃李子十年前互相发送的邮件的照片。

酒水很快就送到了,夏都接过倒满苹果西打的香槟杯,她将杯子放到嘴边,才想起自己是开车来的。危险,大意了!她将杯子原封不动地放回桌上,而在她身旁的辉夜已经把杯子里的酒

---

① 苹果西打,由苹果汁酿制的苹果酒,酒精含量不高。

喝了一半。她看起来已经习惯喝酒了,但是这真的不要紧吗?

"我们来这里是为了邮件的事!"夏都开门见山地说道,"其实,我已经见过室井杏子小姐了!"

栋畠睁大了双眼。

"我听说了所有的事情。杏子小姐很后悔让你拍下了邮件的照片。我想她也拜托过你了,请你一定要删掉照片,我们也是因为这件事才来到这里的!"

"为什么你和这位……"结结巴巴的栋畠看向辉夜。

"我是寺田桃李子的亲戚!"

栋畠的脸上闪过了某种表情,然后立刻浮现出想看透对方心思的神色。

"请你删掉那些邮件的照片!桃李子姐姐很担心!杏子小姐也很生气!也许你想做什么坏事,但你是个男人,请停手吧!不要再做讨人厌的事情了!昧着良心做那样的事,不是很狡猾吗?把别人很久以前做过的错事当成筹码来利用,不肯删掉邮件的照片,我觉得这样做很狡猾!"

辉夜醉了!

夏都瞥了栋畠一眼,他警惕地看着夏都,冲辉夜抬了抬下巴,好像在问她:这孩子没事吧?夏都虽然不知道怎么回答他,不过还是笑着望向辉夜的侧脸,仿佛在说:这孩子总是这样!

"我饿了,可以吃点儿东西吗?是按这里吗?"

辉夜自顾自地按下了桌边的呼叫铃。黑衣人打开玻璃门进

来后,她开始点餐:

"我要好吃的沙拉和香辣番茄意大利面。"

"沙拉和香辣番茄意大利面,对吧?"黑衣人说得含糊不清。

"您认识山内俊充先生,对吧?"夏都趁乱问道。

栋畠听后脸色大变,他佯装镇定,喝了一口红酒。

"你在说什么?"

栋畠目光躲闪,陷入沉默,等待夏都说话。

夏都犹豫了,不知道该不该在这里说出智弥查到的事实——山内经营的卡奈企划计划建设大规模的摄影棚。告诉对手他们知道了那些事情是不是上策呢?山内建设摄影棚的计划和那些邮件之间的关系毕竟只是他们的猜测,她现在是否应该保持沉默呢?

先打破沉默的人是栋畠。

"你说的山口……"

"是山内!"

"我不认识什么山内!是室井小姐和寺田桃李子小姐拜托你们来的吧?"

"不是!"

栋畠怀疑地看着夏都。夏都把指头伸进毛衣的领子里转了转,在这个动作的掩护下,她瞥了一眼桌子上的手机。就在她做这些动作的时候,身边的辉夜已经喝光了杯子里的苹果西打。

"挂川小姐,这件事与你们无关!"

夏都听着贵宾房外隐约传来的节奏感很强的重低音音乐，看着栋畠的脸。因为她自己也不知道应该用什么样的眼神看回去，所以表情变得有些犹豫。栋畠说得没错，她上了一条跟自己没有关系的船，却不想下去。她自问为什么不想下去，又找不到答案，能找到的只是"不想认输"这种模糊的想法。这或许与昭典和那个女人的事有关，或许与栋畠对她说了让人讨厌的话有关。她究竟为什么要让自己和这件麻烦的事情扯上关系呢？

"久等了！"

"再来一杯！"

刚才那个年轻的黑衣人拿着盛有沙拉和香辣番茄意大利面的托盘走了进来，辉夜便把原本装着苹果西打的空杯子递给了他。黑衣人亲切地点点头，把杯子放在托盘上，摆好意大利硬奶酪和塔巴斯哥辣酱[①]，然后在餐具架上放好勺子和叉子，拿走了辉夜的空杯子。辉夜用叉子卷起意大利面，左手绕过拿着叉子的右手，拿起夏都的玻璃杯，自顾自地喝起了苹果西打。站在栋畠斜后方的黑衣人跪在桌旁，往栋畠的杯子里倒红酒。

"你们待在这里也没有意义，那个男人……嗯……是叫山内，对吧？"

夏都没有回应他。

"我不认识那个人，我了解到的事情和你无关！"

---

① 塔巴斯哥辣酱，一种风靡世界的辣酱。

"就像我刚才说的那样,我是为了邮件的事来拜托你的!"

"既然你已经知道了,那我就说了,室井小姐确实来找我商量过,我也拍了她给我看的邮件,这是事实,因为那些照片说不定什么时候就能派上用场!"

"什么时候是指什么时候?"

"什么时候就是某个时候,我也不知道!"

栋畠摆出一副敷衍的样子,谈话无法进行下去,她们也无法达到目的。

夏都暗暗下定决心,说道:

"栋畠,卡奈企划的社长山内正在推进新建摄影棚的计划,你有没有让他使用你手里的土地的想法呢?为了让事情顺利进行,你有没有利用杏子小姐的邮件的想法呢?你有没有打算将那些照片当成证据,用山内不想被别人知道的过去来要挟山内,让他听你的话呢?"

栋畠的表情僵住了,不过,他立刻镇定下来,用纸巾擦了擦嘴,露出了和蔼的笑容,身体前倾,看着夏都。

"你说的话我听不太明白……不过挂川小姐,请你想一想,我为什么要曝光室井小姐的邮件的照片呢?我是不会曝光那些照片的,我怎么会做这种事呢?"

"这可不一定!"

辉夜一边用叉子卷起意大利面,一边张开嘴。

"不,这是一定的!假设……只是假设啊,假设真的有挂川小姐口中说的那些事情,我会曝光手里的邮件照片吗?绝对不会的!"

夏都轻轻地歪着头看着栋畠。

"你听好了,如果我曝光了邮件的照片,发给了某个人,会发生什么事呢?那样反而会对我不利吧!挂川小姐,一切都结束了吧。如果你刚才说的是真的,我为了让那个山内在工作上为我通融而使用那些邮件的照片,那么我把那么重要的照片公之于众,不就鸡飞蛋打了吗?总而言之,如果挂川小姐说的是真的,那么你们完全不用担心我留着照片吧!"

确实是这样的……

夏都觉得很不好意思,她这才注意到。如果栋畠真的想用杏子邮件的照片作为证据威胁山内的话,那么那些邮件的照片曝光的可能性反而极小。邮件的照片一旦曝光,他就不能用那些照片来威胁山内了!

可这并不是说那些照片一定不会被曝光。假如栋畠把手机拿去修理,或者手机丢在了什么地方,或者手机被别人偷了……

"我是说你们不用担心,没错吧?什么事都不会发生,至少不会发生对寺田桃李子小姐、室井小姐和那边的那位小姐不利的事情。这一点是没问题的,绝对没问题!"

"总之,请让我们看看那些照片!"

嘴里塞满意大利面的辉夜伸出一只手。栋畠皱起眉头,过了一会儿,他长出一口气,拿起桌子上的手机。他要老老实实地展示照片了吗？栋畠把手机拿到自己的面前，噘起嘴，摆弄了几下。然而就在这时，他挑起眉毛，好像发现了什么不可思议的事情。他抬起眼睛，瞥了夏都一眼，翘起嘴角说了一句意味不明的话：

"你们这不是用了老伎俩吗？"

"什么？"

"什么老伎俩？"

"就是过时的做法！"栋畠在回答辉夜的时候，依然似笑非笑地看着夏都，"怎么会发现不了……你不觉得吗？"

栋畠把手机放在肥厚的手掌上，带着成年人发现孩子的恶作剧时的表情继续说：

"手机是什么时候被你们调包的？"

四

"您满意了吗？"夏都说道。

原本放在夏都手提包里的东西全都被摊在玻璃桌上，栋畠像拼拼图一样移动着桌上的物品。听到夏都的话，栋畠终于停下了没有意义的动作。

"我没有调包手机，我不会做这种事情！"

栋畠的手举在半空中，盯着夏都的脸。他的眼珠微微地转了转,仿佛有一群各怀心思的小生物在他的脑子里,想窥视夏都的内心。不一会儿,栋畠的眼睛滑向了辉夜。辉夜低下头,用头发挡住脸。从刚才开始,她就一言不发。

"这孩子没有背包,也没有拿手提包!"

在停车场时,她将手提包给了高见。

"难道你想搜身?"

见栋畠突然挑起眉毛,夏都急忙补了一句:

"我们不想被男人碰,不过搜身的是女人的话,那就没问题了。搜了身,你就放心了,对吧?"

辉夜依然低着头,微微地动了动脖子,不知道是点头还是没点头。

那部放在桌上的手机其实是栋畠使用的那款手机的仿制品,是摆在手机店里的那种看起来很逼真的手机模型。那种手机模型里面没有机械结构,只是塞了一些增加重量的东西。

夏都在得知栋畠的手机被调包之后,怀疑是辉夜干的。她一直很想帮姐姐删除手机里的照片,这件事是不是她干的呢?可是她马上就打消了那种念头——如果辉夜调包了手机,坐在旁边的她一定会发现。

夏都抬头瞥了一眼站在栋畠背后面无表情的黑衣人,又回头看了看站在自己和辉夜身后的年轻黑衣人。

"是这样啊……"栋畠眯起眼睛慢条斯理地说道。他好像想到了什么。

"把电话借给我用一下,那边那个就行!"栋畠对黑衣人说道。

栋畠的脸上浮起笑容,仿佛找到了获胜的机会。刚才给辉夜送餐并且拿走空杯子的年轻黑衣人,拿来了房间门口餐具架上的电话机。栋畠接过电话机后,按下了自己的手机号码,他看了夏都一眼,仿佛在问她有没有做好心理准备。

一楼传来了微弱的音乐声。

电话拨出的声音传到了夏都耳朵里,栋畠没有把电话机放在耳朵旁边。他右手托着电话机皱起眉头,喉咙微微地动了动,慎重地来回打量着夏都和辉夜,接着又环顾了一下整个房间。

没有人接听电话,他们也听不到电话的铃声。

"不管怎么说,看起来手机还有电……"夏都说道。

栋畠没有回应夏都,默默地挂断了电话。黑衣人走上前,露出探寻的表情,栋畠勉强地返还了电话机。

期待落空的人不只有栋畠一个,夏都在栋畠给自己的手机打电话时,也期待从两个黑衣人的口袋里听到手机铃声或者手机振动的声音,期待看到两个黑衣人脸色发青的样子。面无表情的黑衣人刚才曾经跪在桌子旁边,往栋畠的杯子里倒红酒,年轻的黑衣人端来了沙拉和香辣番茄意大利面,同时在桌子上摆好了叉子和勺子,接着又拿着辉夜的空杯子离去。两个黑衣人都有机会调包栋畠的手机。

可是仔细一想,如果这件事是他们中的一个人干的,她也不可能看不到。

那么,可能只有一个。

"栋畠先生,我能再问一遍同样的问题吗?"

"你怀疑手机在你们来之前就被调包了,是吗?"

在栋畠检查夏都的手提包时,她曾经说过这样的话。

"只有这种可能了吧?"

"我说了,这不可能!"

"为什么? 刚才你也说了,你到了这里之后就再也没碰过手机!"

栋畠说自己像平时一样,把手机取出来放在桌子上,但是并没有使用,而且也没有人打来电话。既然如此,那么放在桌子上的手机很有可能就是被调包过的冒牌货!

"我离开公寓之前还用手机……"栋畠指了指桌子上的假手机,又露出苦涩的表情指了指空无一物的地方,"用那部手机打了工作电话,然后我就打车到这里来了。进店后,我直接走进这间贵宾房,坐在沙发上,把手机放在桌上,我连洗手间都没去过!没有人能调包手机,而且我确实……"

"栋畠先生,打扰了!"面无表情的黑衣人迅速靠近沙发小声说道,"您是不是应该先联系手机运营商,让他们帮您停机呢?"

栋畠露出慌张的表情,急忙请黑衣人帮他查手机运营商的电话。面无表情的黑衣人对年轻的黑衣人下了指示,他立刻离开了房间。

"那个,我想说什么来着……对了,我确实在你们面前用过那部手机,在西新宿的停车场里!你们知道我的手机型号,应该可以事先准备假手机来调包我的手机。你们是怎么做的?"

"呕……"辉夜猛地站起来,捂住嘴巴离开了房间。

"她没事吧?"

谁知道呢!

"我想她是喝多了!"

"她只喝了两杯吧?"

夏都想去看看辉夜的情况,便用很快的语速对栋畠说:

"既然你怀疑我们,不如把警察叫来吧!让警察好好查一查!"

"不是这个问题吧!"

栋畠提高音量,这是被击中痛处的人特有的反应。栋畠极力避免找警察,大概是因为他不知道夏都会和警察说些什么吧!如果她说到了十年前的事,然后把邮件的事泄露给媒体,曝光了山内猥亵未成年人的事实,那么栋畠想做的事就泡汤了!而且,叫警察来,对夏都来说也是麻烦——她没有阻止身边这个上初中二年级的少女喝酒!

"手机不是有遗失时能定位寻找的功能吗?用GPS(全球定位系统)找一下不行吗?"

"刚买的时候,卖手机的人给我介绍过那项功能,但我总觉得启用那项手机的功能不安全,就请他把那项功能的启用按钮关了。"

"手机有锁屏密码吗?"

"手机有锁屏密码!"

既然如此,小偷应该看不到手机里的内容。

"手机用的是指纹解锁吗?"

"是密码解锁。以前我也用过指纹解锁,不过大概是因为上了年纪,手指干燥,指纹解锁很不灵敏……"栋畠紧紧地皱起眉头。

"手机会不会是在你到这里之后,我们进来之前,被调包的呢?"

"你觉得是这里的员工干的?"

夏都下意识地点了点头,想了想又摇了摇头,可是对栋畠来说都是一个意思。

"这里的员工偷那部手机也没有意义吧!想要我手机的人是你们!"

年轻的黑衣人拿着电话机和一张纸条回来了,栋畠看着纸上的号码拨通了电话。

"还有什么线索吗?"

"什么线索都没有!我没有和别人结过仇……啊,不好意思,我的手机用的是你们公司的卡……啊,我才要谢谢你们!其实,我的手机不知道是丢了还是被人偷了,现在还没有查清楚……"

"我能去洗手间看看吗?"

夏都还是有些担心辉夜。栋畠按住电话听筒,犹豫了一下就挥了挥手,就像挥走烟雾一样。

也许是栋畠使过眼色,面无表情的黑衣人跟着夏都来到了洗手间门口。洗手间里只有最里面的隔间关着门,里面传来断断续续的水声,还有痛苦的呼吸声。

夏都隔着门叫了一声,没有人回应。

在辉夜出来前,夏都站在镜子前看着自己的脸,思考了一会儿。

偷栋畠手机的人不是辉夜,不是夏都自己,也不是房间里的黑衣人,那么手机会不会是山内的手下偷的呢?和寺田桃李子一样,如果十年前的邮件曝光,山内也会有麻烦,他触犯法律的事实会曝光。不对,山内应该不知道栋畠的手机里保存着那些邮件的照片。不,说不定栋畠在从杏子那里拿到邮件的照片之后,已经以此要挟山内和自己做生意了!如果是这样,那么也有可能是山内派人偷走了栋畠的手机!

"久等了……"

辉夜终于从隔间里出来了。

"你没事吧?"

"这是我有生以来第一次喝酒!"

夏都为自己没有阻止她而道歉,不过辉夜摇了摇头,然后跟跟跄跄地走了几步。

"为了不让别人看出我是初中生,我觉得还是喝酒比较好。抱歉,能把你的手帕借给我吗?"

辉夜在洗脸池旁边漱口。

"夏都小姐……怎么办?"

关上水龙头后,辉夜低着头,用夏都的手帕擦了擦嘴。

"究竟发生了什么?栋畠的手机怎么会被调包了?"

夏都含糊地摇了摇头,她也不知道发生了什么,不知道该怎么办才好。

"夏都小姐,我是不会放弃的!"辉夜的呼吸恢复了正常,沉默片刻后,她终于抬起头来说道,"既然栋畠先生的手机被调包了,那么我一定要找到它!"

镜子里映出辉夜的脸,她的脸上露出被遗弃的孩子的表情,但是那表情很快就消失了,像流走的水一样消失了。她的眼睛重新闪烁着坚强的光芒,她盯着夏都的脸说:

"我只有阿姐!"

夏都不太理解这句话。她想:辉夜的意思是姐姐很重要,她想帮姐姐删掉那些让姐姐担心的十年前的邮件照片吗?

辉夜似乎注意到了夏都的表情,抢在夏都开口前说:

"我从小学二年级开始就和姐姐单独住了。我们出生在岐阜县①的乡下,我出生后不久,父母就离了婚,父亲抛下我们远走

---

① 岐阜县,位于日本本州岛中部的县。

高飞了!"

"是这样啊!"

辉夜和智弥同龄,冬花也是在智弥还是婴儿时离了婚,也就是说,智弥和辉夜的父母几乎是在同一时期离了婚。不过,听了辉夜后面的话,夏都发现,辉夜后来的生活似乎与智弥的生活有天壤之别!

"我母亲,用姐姐的话来说,是个完全不会带孩子的人!她经常丢下还是婴儿的我,即使是照顾我,也只做最低程度的照顾,而当时还在上初中的姐姐经常一边上学一边照顾我!在家里,是姐姐给我做辅食,帮我换尿布!晚上,我哭了,也是姐姐抱着我在家里一圈圈地走,直到我睡着!母亲大概是被姐姐惯坏了……"

辉夜停了一会儿,像是在对镜子里的自己说话一样,说起了母亲常常不回家的事。

"于是,姐姐给祖父和祖母打电话,跟他们商量。当时,外祖父和外祖母都已经去世了,姐姐找的是住在埼玉县[①]的祖父和祖母。祖父和祖母虽然没办法马上帮我们解决问题,不过他们至少都在认真听姐姐说话。当然,这些事情也都是姐姐告诉我的!"

桃李子很开心,从那以后,她频繁地给祖父母打电话。

"结果,她花了不少电话费。有一天,看到话费单的母亲责

[①] 埼玉县,位于日本关东地区中部的内陆县。

问姐姐,姐姐说出了给祖父母打电话的事,母亲狠狠地打了姐姐一顿!"

从那以后,母亲回家的次数比以前更少了!

桃李子给祖父母又打了一通电话,她知道,这也许是她最后一次给他们打电话了!

几天后,祖父母从埼玉县赶到岐阜县,和她们的母亲谈了话。

"姐姐说,没有花太长时间,他们很快就决定让我们和祖父母一起生活。"

搬家之前,辉夜的姐姐就给娱乐公司寄过简历,参加过选拔,想进娱乐圈。可是辉夜在搬到埼玉县之后才得知此事。

"姐姐说,她想反败为胜。"

好运终于来临!辉夜的姐姐将以偶像的身份出道,和牧田事务所签了合同。室井杏子——当时的菱村杏子和姐姐组成的第一个组合杏仁酒组合出道之后,并不顺利,就像小布前几天介绍的那样,组合解散后,又过了一段时间,桃李子才渐渐有了名气。

"虽然姐姐什么都没说,不过我想她那么努力,或许也是想让马上就要上小学的我轻松一些吧!祖父母算不上富裕……"

姐姐的工作越来越忙,不能再住在埼玉县了,于是她决定搬到东京去。当时她和公司、祖父母商量后,他们同意让她带着辉夜搬到东京去。

于是姐妹俩搬到了东京,住进了事务所给她们准备的公寓,两个人开始了独立的生活,当时寺田桃李子二十三岁,辉夜八岁。

"从那以后,一直是我们两个人一起生活!"

辉夜依然看着镜子里的自己。

"我上小学三年级时,姐姐把我带到了她的事务所里,把我介绍给社长。因为社长很器重姐姐,所以他也让我成为公司的童星,可是我的演技完全不行,不会哭也不会笑,所以实际上没有什么工作。尽管如此,姐姐拍电视剧或者拍广告的时候,只要有机会就带我去现场,把我介绍给各种各样的人。其实我对成为艺人完全没兴趣,因为能和姐姐在一起,所以我总是开开心心地跟着她。可我无论去哪里,还是没办法保持微笑,所以很多工作人员听到姐姐的推荐后,总是露出为难的样子。

"可是有一次,事务所的社长说,他找到了另一种需求。

"我在小学里总是交不到朋友,姐姐也很忙,所以我一直在家里一个人打游戏、上网。在不知不觉中,我了解了许多互联网方面的知识,因为想知道更多,所以我会自己查询各种各样的信息……"

社长说可以把这一点当成卖点。

社长的创意大获成功,就在她上小学六年级时,名叫辉夜的新人横空出世,大放异彩。

"多亏了姐姐,才有现在的我!"

说出这句话时,辉夜第一次不再看镜中的自己,而是低头看着湿湿的水池,透过假发可以看到她白得近乎透明的耳朵。

她为了让姐姐放心,才这么努力!为了解决这件事,她甚至召集了一帮伙伴……这样做当然不对,可是夏都觉得她能够理解。夏都觉得这个她甚至不知道其真名的初中二年级少女,第一次变得与自己非常亲近!

走出洗手间前,夏都帮辉夜补了补妆。

五

"我问运营商的客服能不能找到手机的位置。"刚回到贵宾房,一直在等待的栋畠就开口说道,"客服说手机好像关机了,明明刚才还能打通,现在却关机了!就像有人看着我在这里打电话!"

"我明白你想说什么,但是我觉得是你刚才那通电话让小偷发现自己没关机!"

"啊……也是!"

栋畠也觉得她说得有道理,便含糊地叹了口气。

"抱歉,我们要回去了!"

栋畠垂着眼睛点了点头,接着,他又马上睁大眼睛露出一副惊讶的表情,好像在说:"你们要回去?"

"已经很晚了,而且她身体不舒服!"

"可是手机还没找到啊!"

夏都当然很在意手机在哪里,可是她必须送辉夜回家。

"和我无关!"

"有没有关系还不知道呢!"

"没关系!我没有偷!"

栋畠直直地盯着夏都的眼睛,突然笑了起来。夏都受到他的影响,也微微一笑,而栋畠的笑容却立刻消失了,仿佛刚才是夏都看错了。

"好了,坐下吧!"

栋畠的口吻毋庸置疑,他的眼睛睁得像鸡蛋一样大,夏都能看到里面细细的静脉。

实际上,夏都几乎没有遇到过这样的语气和眼神。她的父母都很温和,她在上学时、工作时,虽然没有受到过特殊的表扬,但也没有遭到过严厉的批评。昭典也不是那种趾高气扬的人。夏都以前总是看不起态度恶劣的人,也看不起老老实实听话的人。可是,现在她才意识到,那是因为她经历的事太少。夏都感到一股本能的恐惧,仿佛有一只冰冷的手突然抓住了她的脚踝,等她回过神儿来,发现自己已经坐在沙发上了。

夏都的心缩成一团,虽然无比后悔,但是她的表情依然平静,没有表现出后悔。辉夜同样老老实实地坐在夏都旁边,夏都瞄了一眼辉夜的侧脸,只见她面无表情,直直地盯着玻璃桌的桌面。两个人在洗手间里的时候,桌上的东西已经被收拾干净,现在桌上只剩下那部假手机了。

命令夏都和辉夜坐下之后,栋畠一言不发。

时间在一分一秒地流逝。

空气中仿佛混入了明胶,黏稠得让人喘不过气来。栋畠依然保持沉默,偶尔会焦躁地握紧双手——那双手很胖。隔着玻璃桌面能看到他的两条罗圈腿和松松垮垮的袜子。沉默压迫着耳朵,夏都想说些什么,却没办法组织好语言。她的眼前浮现出菅沼的脸,她不知道为什么会想到菅沼,大家现在应该都在楼下为她和辉夜担心吧!

栋畠突然抬起头来说:

"怎么了?"

大门开了,夏都回头一看,只见一楼吧台后面的那个黑衣人站在门口。

不对,还有一个人。

"辛苦了!"

那是智弥。

夏都转身站起来,膝盖撞在桌子上。

"疼……什么?怎么回事?你不是在家里吗?你来这里干什么?"

"我担心你们,就过来看看!"

"你是怎么进来的?"

听到夏都的问题,智弥低下头抿紧嘴唇,垂下的双手紧紧握拳,仿佛在拼命忍住眼泪一样咬牙切齿地说:

"我妈妈没回家……我知道她在这里……拜托你们让我进去……"

"你……"

房间里的两名黑衣人恶狠狠地瞪着带智弥上来的那个黑衣人。看到那两个人的视线,门口的那个黑衣人目光游移,然后盯着智弥的后脑勺,仿佛在为自己辩解。

"夏都小姐、辉夜,已经很晚了,回家吧!"

智弥隔着沙发看向转过身来的辉夜,视线移到了她丰满的胸部,因惊讶而眨了一下眼睛。

"怎么回事?这可不是小孩子该来的地方!送这个小子回去!我和她们还有话要说!"

"她和我一样大!"

智弥看了一眼辉夜,栋畠的脸瞬间僵住了。

"一样大……小学……"

"初二!"智弥更正道,"不管怎么样,我们都没到能喝酒的年纪!要是报警,这里会因为触犯相关法例而停业吧!"

智弥指着地板,黑衣人们面面相觑。

"不,我没有让她喝,是她自己点的!嗯?你怎么回事?你是初中生?"

辉夜依然不太舒服,轻轻地点了点头。

六

"我说啊,数学不是要把简单的事情变复杂,而是要把复杂的事情变简单!"

菅沼跪在柳牛十兵卫号餐车的副驾驶座上,面向后座,从椅背上方探出身子。

他们打算告诉室井杏子在会所里发生的事。

他们本来想打电话,但是没有人知道杏子的电话号码,辉夜又不可能问桃李子,于是和几天前一样,大家一起来到了西新宿。因为很多公司已经进入冬休期,所以他们觉得杏子可能不会来停车场卖午餐了,但事实上,她依然在同样的地方经营餐车,只是她的客人非常少。城市上方的空气仿佛比平时流动得更加缓慢了,就连路上的车都变少了,一名把车停在路边的出租车司机在车外做广播体操。

智弥说,代替栋畠手机的东西叫手机模型,也叫模型机,就是手机店里摆放的假手机。夏都问他有没有渠道能买到模型机,智弥说在网络商城就能买到。

"在我眼里,这可不简单!"辉夜看着菅沼夹在指头之间的筷子袋说道。

筷子袋上用小字密密麻麻地写满了数学公式,就像没有耳朵的芳一[①]全身写满经文。菅沼刚才在副驾驶座上默默地用铅笔写着什么,大概是在打发时间。辉夜看到后,问他是不是平时总在思考这些复杂的事,结果菅沼就像有猎物掉进了他的陷阱一样,开心地转过身。

现在是十三点三十五分。柳牛十兵卫号和上次一样停在了能看到杏子的移动餐车的地方。智弥和辉夜背靠背坐在后面的烹饪区,摆弄着笔记本电脑,小渕、大号小渕、高见和小布与之前一样,四颗脑袋竖着排成一列,从门缝向外看去,观察着周围。大家刚刚吃完牛肉丸烤鸡双拼饭,车里弥漫着饭后的慵懒气息。

"不是简单,而是可以变简单!"

"什么意思?"

"从一加到一百,你觉得答案是多少?"

辉夜立刻表示不知道。

"智弥会吗?"

"五千零五十。"

"怎么算得这么快?"

辉夜惊讶地回过头,看着智弥。

智弥盯着笔记本电脑回答:

"因为有公式啊!"

[①] 芳一,日本传说中双目失明、背着琵琶卖艺的流浪汉。他被平家鬼魂缠身,请一名老和尚在他身上写满经文,却忘了写在耳朵上。鬼魂再来时,只看到了他的耳朵,于是芳一的耳朵被撕了下来。

"对,有公式!"菅沼竖起食指,"这道题如果用一加二加三再加四……算起来就太费时间了,但是用公式就能轻松得到答案!"

菅沼在筷子袋上找到一块空白的地方,用黑芝麻一样小的字写下公式。

一看到这个公式,辉夜就露出吃了难吃的东西的表情。

"这个啊,也许看起来是很复杂的公式,其实用语言来解释很简单。假设面前有一排数字,从一到一百。然后把最左边的数字和最右边的数字加起来,一加上一百就是一百零一。接下来把第二个数字和倒数第二个数字加起来,二加上九十九还是一百零一,然后三加上九十八等于一百零一,因为要重复五十次,所以答案是五千零五十。"

菅沼得意地看着辉夜。

"用数字和符号把我刚才说的话写下来,就是这个公式。只要知道公式,再多的数字相加也能轻易得出答案。你看,是不是很有趣?"

听菅沼开心地解释一番,夏都确实产生了"数学好像很有趣"的想法,她明白了菅沼为什么是受学生欢迎的老师。当然,每个人的感受和喜好不同,不是所有人都能喜欢上数学或者擅长数学。

"发明这个公式的人一定特别聪明吧!"辉夜斜着眼看着筷子袋说道。

菅沼把食指按在嘴唇上发出"啾啾"的声音。他总是这样用嘴唇而不是舌头发声吗?

"不对,辉夜同学!"

"他不聪明吗?"

"不对,不是这里,是前面。"

"哪里?"

"这个公式不是被发明出来的,而是被发现的!"

"我不明白你在说什么!"

"历史上,没有任何一位数学家发明过数学公式。他们所有人都只是发现了原本就存在于大自然中的道理。顺便一提,刚才那个公式是在大约二百多年前被发现的,发现它的是一名叫高斯的小学生。"

"小学生?"

"对。"

辉夜把目光转向窗外,似乎对这段对话渐渐失去了兴趣,菅沼露出寂寞的表情。夏都看着她弥漫着忧伤的侧脸,脑海中开始响起《致爱丽丝》的旋律。圣诞节时,菅沼送给她的礼物是一个木质八音盒,转动发条,八音盒就会响起这首曲子。他给女性朋友送八音盒作为礼物,而且曲子还是《致爱丽丝》。夏都以前在女性杂志的调查中看过"女性收到后会感到困扰"的礼物排行榜,八音盒名列前茅。八音盒当然是个浪漫的选择,在圣诞节、白色情人节时也偶尔能在百货公司的礼物区见到,可是因为八音盒实在太缺乏实用性,事实上很少有女性收到八音盒后会感到开心。

不,这里或许有一个。

收到八音盒后的第二天,夏都在客厅打开八音盒听里面的音乐时,听到了智弥走出房间的声音。夏都想关上八音盒,明明只要合上盖子就可以,她却不知道为什么,将八音盒翻过来,想要用手指固定发条,可是音乐并没有立刻停下,就在那时,智弥已经走到了她的背后。夏都感觉到智弥正停下脚步,看着自己,于是悄悄转过身,智弥果然在盯着她的脸观察她。

"你高兴吗?"

夏都突然被问,毫无防备。她明明没有告诉过智弥自己收到了礼物,却感觉自己的想法被看穿了。

"嗯……还行,挺高兴的。"

没有办法,夏都只好老老实实地回答。

于是智弥又盯着夏都的脸看了一会儿,然后毫无感情地附和了一声就走进厨房。

"挺意外的。"

智弥从冰箱里拿出牛奶,倒在杯子里,然后又回到了自己的房间。夏都恼羞成怒,其实她自己也挺意外的。上次收到乳酸菌生成物的时候也是如此,明明收到的是不太好处理的东西,可是后来却越来越开心,是因为她太累了吗?

"智弥,情况怎么样?"小布问道。

智弥看着笔记本电脑的屏幕回答：

"没有异常。"他在网上检索，想看看有没有媒体传出关于寺田桃李子丑闻的流言。虽然他们不知道偷走栋畠手机的人是谁，但那个人随时有可能曝光邮件的照片。

"辉夜小姐，没有客人了！"大号小渕大声说道。

他们之间的距离这么近，其实不需要大声说话。

"那我们这就去吧，高见先生，准备变装道具！"

高见立刻行动，从纸袋里取出黑色假发，辉夜戴好假发后，面对餐车的后板站好，可是智弥突然大声说：

"等一下！"

"怎么了？"

夏都的声音在空气中的传播速度似乎很慢，智弥慢了一拍才转过身。

"栋畠先生可能遭到了袭击！"

他的声音仿佛也缓慢地在空气中传播，没有人立刻做出反应。

"啊？怎么回事？"夏都终于说出了口，"什么叫可能？"

"是网上的新闻。新宿区一名经营房地产公司的男性，六十六岁，今天早晨天未亮时，在六本木的路上……"

智弥一边看着笔记本电脑一边断断续续地嘟囔，餐车上烹饪区的人全都凑到了他身边。夏都和菅沼也越过座位，探出上半身，但是屏幕离他们太远，看不清楚，于是两个人都走到车外，绕到了餐车后面。

夏都正要打开后板,她的余光瞄到了室井杏子的移动餐车。

夏都事后回想,当时她之所以回头看室井杏子的移动餐车,是因为几乎在同一时间,杏子的餐车旁边也有个人想要打开餐车的后板。那个人就像是她在镜子中的映像,正是那个照镜子一样同步的动作吸引了夏都的注意。或许那时的夏都注意到杏子的餐车,还有一个原因:她看到除了餐车主人之外的人打开移动餐车的后板,觉得不对劲儿。打开餐车后板的是个戴眼镜的男人,他用白口罩遮住口鼻。那个男人身材矮胖,穿着西装,他打开后板和钻进车里的动作都很粗鲁。当时,杏子就在柜台里,后板被打开的瞬间,她猛地转过头,明显是遇到了意料之外的事。果然,餐车后面出现了另一个戴着眼镜和口罩的穿西装的男人。这个高大的男人和第一个穿西装的男人一样,急匆匆地钻进餐车,然后杏子就消失在柜台后面。

"什么……"

第一个男人从车里出来,抓起车旁的广告牌塞进车里,关上后板绕到驾驶座。男人刚坐上驾驶座,杏子的移动餐车就猛地倒车,然后前进,餐车摇晃着离开了停车场,混入马路上的车流,逐渐远去。

"好了!请!"

菅沼打开后板,恭恭敬敬地伸出一只手催促夏都。夏都抓住他的胳膊用力一拉,在对方的身体离开餐车的同时关上了后板。后板刚好擦过菅沼的鼻尖,夏都冲着咬紧牙关全身僵硬的菅沼大喊一声"快上车",然后冲向驾驶座。菅沼一脸困惑地上了车,坐在夏都旁边。与此同时,夏都挂一挡踩下了油门。餐车里响起一片惨叫声,接连传来不知道是谁撞倒了什么东西的声音。

第四章

一

"出车祸了吗?"

菅沼从副驾驶座探出头,看着前方一排堵得严严实实的车。夏都越过菅沼的头能看到东京塔。

柳牛十兵卫号跟着钻石哈姆雷特号,正要开上首都高速的中心——都心环线。

杏子究竟为什么会被人带走?带走她的是些什么人?他们要把她带到哪里去呢?

那时,戴着眼镜和口罩的男人驾驶的钻石哈姆雷特号经过小路进入甲州街道,夏都追了上去。其实她想让柳牛十兵卫号与钻石哈姆雷特号并排向前开,这样她就可以看看钻石哈姆雷特号车里现在的情况了。可是柳牛十兵卫号两边都印着火焰标志，太显眼，所以她放弃了。不一会儿，钻石哈姆雷特号从新宿的高速公路入口驶入首都高速，通过收费站时，两辆车正好一前一后。夏都以为可以看到车里的情况，但是杏子那辆餐车的后车窗上贴着菜单和餐品的照片，夏都的视线被彻底挡住了。

咖喱乌冬面、番茄乌冬面、海鲜罗勒乌冬面、肉丸乌冬面、中华乌冬面……

无论是驶入首都高速前还是驶入首都高速后，钻石哈姆雷特号的速度都在规定的范围内，驾驶车辆的人似乎完全没有发觉自己被别的车辆跟踪，然而正是因为对方如此注意安全驾驶，反而让夏都更加怀疑。他们似乎要开往东京的东边，过了一会儿，钻石哈姆雷特号终于驶入都心环线，可是开了没多久，它就被前方的车流堵住，速度变慢，最终停了下来。

在夏都的车前面的是一辆旧型号的轿车，隔着它，夏都可以看到钻石哈姆雷特号的后车窗。

"新闻里说是小轿车追尾了卡车！"用笔记本电脑查看道路交通信息的智弥说道，"解决堵车问题应该要花好久，趁这段时间查一查栋畠的事吧！刚才的网络新闻里提到的那个在六本木的路上遇袭的人，究竟是不是栋畠先生？如果是他，那么到底发生了什么事？"

"网上能查到吗？"

"不用这么麻烦，直接问他本人就行了！抱歉，辉夜，我把手机给你，你来打这个电话，好吗？我会打出要说的内容。"

辉夜接过手机按了几下，拨通智弥笔记本电脑上显示的号码，轻松得就像要打电话给饭店订外卖。几秒后，笔记本电脑里传来了电话拨通的提示音。

"手机连接了电脑，开了免提，请大家安静！"

智弥说完，迅速敲击着键盘，他的速度很快，让人看不清手指落在哪些键上。

终于，有人接起了电话，电话那头传来一个年长女人的声音：

"这里是栋畠房地产。"

"我是借用西新宿停车场经营移动餐车的挂川。"辉夜按照笔记本电脑屏幕上的字念道。

智弥继续在旁边打字。

"我听说栋畠先生受伤了，他一直很照顾我，所以我很担心他，想打电话问问情况。"

"啊，这样啊，感谢您的来电！"

众人在车里迅速交换了眼神。看来在路上遭遇袭击的男人真的是栋畠！

智弥继续敲着键盘，让辉夜继续说话。

"栋畠先生现在怎么样了？我本来想联系他本人，可是我打了几次他的手机，都没打通！"

"啊，他的手机被抢走了，不过他的伤势并不严重！"

"太好了！现在我可以和栋畠先生说话吗？"

"他还在医院。我现在正好要去医院,会向他转达您的问候。"

"嘎呜。"

"啊?"

"好的,多谢您了!"

智弥的右手敲错了一个键,结果打错了字。

"我能给您留个电话吗?"

"好的,请说。"

由智弥打出来、辉夜读出的,是夏都的手机号。电话另一头的女人复述错了两次后,终于记下了正确的号码。

"我会向我先生转达的!"

"拜托了!"

辉夜挂断电话。智弥十指交叉,用力按了按自己的手。

"他可能马上会打过来,趁现在把夏都小姐的手机连到电脑上吧!夏都小姐,把手机借给我用一下!"

夏都把手机递给智弥。

"密码是什么?"

"我的生日。"

"这很不安全哦!"智弥左手拿着夏都的手机,一边用右手操作电脑一边说道。

"新闻上提到,事情发生在今天早上天还没亮的时候,就是说,我们离开六本木的会所后,栋畠在路上被某人袭击,手机被抢走了,不过,被抢走的手机不是真的手机,而是模型机!"

"什么意思? 我们离开会所后,栋畠遭到了袭击,袭击他的人抢走了假手机?"

"对方应该以为手机是真的吧! 前面的车开动了!"

夏都回头看着前面的车。

"这究竟是怎么回事?"

"你问我,我也不知道啊! 就是因为不知道,才要联系栋畠嘛! 现在我只知道一件事,想要栋畠先生手机的人至少有两个! 一个是不知道在什么时候调包了手机的人,另一个是在路上袭击他的人。不过,在路上袭击他的人扑了个空!"

到这里为止,夏都也能勉强理解。她还知道另一件事,栋畠口口声声说"自从妻子死后,我就没有需要关心的人了""妻子去世后觉得很寂寞",其实他的妻子不仅没死,还在公司帮他接电话! 不过,事情发展得太快,夏都已经顾不上生气了。

"是室井杏子和山内!"

车内的后视镜里映出高见看着前方的脸。

"想要栋畠手机里的邮件照片的只有他们两个人。山内是因为栋畠用十年前的邮件作为把柄逼他和自己做生意,所以想夺回证据。室井杏子是因为让栋畠拍了邮件照片后感到后悔,想夺回照片。一定是他们两个人派人去抢手机的!"

是这样吗?

"山内那边我能理解,可是杏子小姐需要为了删掉照片,不惜调包手机或在路上袭击栋畠吗？"

"很难想象！"智弥表示同意，"不过，我们都不知道别人会为了什么人做出什么事。辉夜也是啊，为了找到自己还不认字的时候发出的邮件，被牵扯进来，我们也在不知不觉中被卷入这次的事件当中，帮她做事！无论如何，我们先等等栋畠先生的电话吧。夏都，你好好看着前面，前面！"

夏都转过身，发现一辆轿车近在眼前，于是急忙踩下刹车。虽然谈不上千钧一发，不过她的心还是揪了一下——可能是因为惊吓使流进大脑的血液增多，她突然想起来了。

"那个……"

夏都脱口而出，身边的菅沼立刻探出身子，顺着夏都的视线看去。

"不，我说的那个不在前面……"

昨天，他们之所以去六本木的会所，是因为知道栋畠每周四都会去那里，也就是说……

"今天是周五，对吧？"夏都向菅沼确认。

"对！"

"我们为了见杏子小姐，去了那个停车场，可是仔细想想，今天好像不是杏子小姐在那个停车场经营移动餐车的日子吧！"

"啊，是这样的！"

那么，杏子为什么开着餐车去了停车场呢？她是不是和栋畠谈过，可以在夏都以前经营餐车的日子使用停车场呢？还是趁现在还没有人用那个车位,擅自在那里卖午餐呢?

"我也疏忽了!除了上补习班的日子,我不会在意今天是周几!"智弥在后面慢吞吞地说道。

菅沼也缓缓地点了点头。

"可是,幸亏是这样,我们才能目击到杏子小姐被绑架啊!这不是很好吗?"

"话是没错……"夏都情不自禁地说出了刚才掠过大脑的想法,"可是有没有一种可能……绑架杏子小姐的人弄错了被绑架对象……"

"把她当成谁了?"

夏都指了指自己的脸。

车里没有人接话。车里只有引擎空转的声音,那已经听习惯的声音此时却让夏都感到强烈的不安。

夏都勉强自己开口:

"抱歉,不会有这种事吧!绑架弄错人本来就是概率很小的事情,怎么会连续发生两次呢?"

"不,概率不会变!"菅沼打断了夏都,"有一种认知偏差叫赌徒谬误。假设连续扔三次硬币,连续两次出现正面,人们会觉得正面不可能连续出现三次,倾向于认为下一次一定是反面。其实正面和反面出现的概率始终不变,并不会受到之前结果的影响。同样地,难以想象的事情并不会因为已经出现过一次,就不会发生第二次!"

"嗯……就是说……"

车流再次移动。夏都把脚放到油门上,菅沼抱着双臂陷入沉思,最后用肯定的口吻回答:

"我不知道!"

二

钻石哈姆雷特停在完全出乎大家预料的地方。

"医院啊……"坐在副驾驶座上的菅沼小声地嘟囔。

"医院啊……"夏都也小声回了一句,盯着前挡风玻璃外面。

坡道上是一栋两层高的医院,周围林木葱郁,夕阳照在白墙上。医院前方有郁郁葱葱的灌木丛,对面立着一根金属三角柱,上面刻着"荣耀外科医院"。

"他们把她强行带到医院来干什么?"智弥探出头,他的旁边就是辉夜的脸。

"有一段时间,我工作太忙没来月经,姐姐也二话不说,强行把我拉去了医院!"

"这不是一回事吧!这里是外科医院!"

钻石哈姆雷特号就停在医院前面的停车场里。因为灌木丛挡住了视线,只能看到车顶,所以他们不知道那些穿西装的男人和杏子有没有下车。

193

杏子的移动餐车缓慢地开过了拥堵路段后,在第一个出口下了首都高速。夏都他们以为就要到达目的地了,结果并非如此,开车的穿西装的男人似乎认为不走高速公路更快。可是高速公路上堵车时,普通马路也在堵车,所以钻石哈姆雷特号沿着十四号国道开往千叶方向的过程中,道路依然拥堵,只能缓慢前进,夏都慢悠悠地跟在他们的后面。

夏都的餐车下高速后,过了一段时间,栋畠打来电话。夏都按下通话键,声音从事先连接好的智弥的笔记本电脑里发出,他的声音低沉得不像人声。

"你给我打电话了,是吧?"

"栋畠先生,你没事吧?"

虽然栋畠的妻子说他的伤势不重,但栋畠的声音实在太低沉,夏都不禁问出了口。

"啊……没事……"

栋畠叹了口气,接下来的声音中仿佛也带着叹息。

"你是怎么知道的?"

"我在网上看到了新闻,觉得遇袭的人可能是您……您的伤势如何?新闻上说您遇到了袭击,是什么样的袭击?"

"没什么好说的,就是突然一下……你们回去后没过多久,我就走出会所,想打一辆出租车回家,结果小路那边有人叫我。因为不是什么奇怪的声音,所以我毫无防备地走了过去。接着,突然有人从后面打了我的头,然后抱着我的腋下,把我拉起来,另一个人抢走了我的包。我没有看到对方的长相,每次想看就会被打头。歹徒没有使用武器,就是用拳头……啊,其实我也不太清楚!"

栋畠又轻又长地叹了一口气。

"总之,是两个男人干的,我都告诉警察了!"

说不定就是钻进杏子的车,把她带走的那两个男人!

"我听您夫人说,那两个人抢走了您的手机!"

"他们抢走的是假手机!"

"也是。"

这时,智弥在夏都耳边小声说:

"问问他知不知道室井杏子小姐的事。"

"那个……你知道杏子小姐出了什么事吗?"

栋畠沉默了几秒。他的沉默让夏都觉得抓住了什么线索,但其实并没有深意,栋畠回答时依然有气无力:

"我什么都不知道!"

栋畠继续沉默。

智弥又在夏都耳边窃窃私语:

"你告诉他,杏子小姐被抓走了。"

"她被抓走了!"

"啊?"

"杏子小姐被抓走了!"

"被谁抓走了?"

195

可能是夏都说得太突然,栋畠的反应很冷淡。

"不知道啊!今天有两个男人去了西新宿的停车场,把她连人带车一起带走了!"

栋畠又沉默了。

这次的沉默很长,过了一会儿,栋畠再次发出的声音却异常有活力,仿佛注射了兴奋剂。

"是同一伙人吧!"

他的声音太大,笔记本电脑的扬声器里甚至传出了电流声,夏都不禁缩了缩脖子。

"什么?"

"和袭击我的是同一伙人吧!"

栋畠的声音听起来很高兴。

"我说了,我还不知道!"

"这样啊,你不知道啊!然后呢?你是怎么知道室井小姐被两个男人带走这件事的?"

"我看到了!我有事想和杏子小姐说,就去停车场找她。我看到两个男人钻进她的餐车,急急忙忙地把车开走了。现在我正开着自己的车追他们呢!"

"他们!"

大喊一声后,栋畠暂时停下来做了一个深呼吸。

"他们在往哪里开?"

"我也不知道,现在正在……"

夏都大致说了一下自己的所在地。

"我马上过来!"

"啊,可是……"

夏都不知道该说什么,她看了智弥一眼,智弥点了点头。

"我知道了。"

"我去之前,还会联系你几次,你告诉我你开到哪里了,好吗?"

"好!"

"拜托了!"

栋畠想挂断电话,但夏都觉得有一件事,她必须问清楚。

"栋畠,我有件事想问你!"

"啊?什么事?"

"今天是周五,对吧?"

"这种事你自己查查日历就知道了!"

"是周五!我想问的是,今天明明是周五,杏子小姐为什么会在那个停车场经营移动餐车呢?"

"啊?"

栋畠沉默片刻,漠不关心地回答:

"你不使用那里以后,她在偷偷地使用吧!那里客人很多吗?怎么了?你也真是难缠!停车场本来就是我免费借给你用的!"

"不是,我不是在抱怨杏子小姐用那个车位经营餐车,我是在想,杏子小姐是不是被当成了我,那些男人是不是绑错了人?"

"不可能!不可能!"栋畠粗鲁地打断了她,"绑错人这种荒唐事怎么可能发生呢?"

夏都心想:就是因为发生过我才说的!

"好了,我要挂断电话了,可以吗?还有,刚才说的事情就拜托你了,我一会儿会联系你,你告诉我你开到哪里了。另外,不要报警,不能找警察,绝对不行!"

"为什么?"

"无论如何都不行!"

栋畠说这些话时的样子,就像魔法师在念咒语。

栋畠自顾自地挂断了电话,不一会儿,他又打过来,询问夏都开到了哪里。后来每隔二十分钟,栋畠就会打一次电话,夏都一直在十四号国道慢慢向前开,所以她的答案每次都是一样的。首都高速似乎不再拥堵,栋畠不断缩小两个人之间的距离,他换到京叶路上之后,他们之间的距离更近了,但是还不至于追上。冬季的白天很短,就在太阳即将下山时,开在前面的钻石哈姆雷特号从十四号国道左转进入岔路。因为那条路上没有车,很难有其他车插进两辆车之间,所以夏都只好拉开距离,远远地跟在后面。接下来他们又转了两次弯,沿着平缓的上坡开了一段后,就到了现在他们所在的地方——医院。

医院周围是一片树林。

隔着左边的树林能看到田地,但是那里没有人烟。隔着右边的树林能看到一座方形的建筑,看起来像仓库,它即将淹没在漆黑的夜色中。四周很安静,只有一阵小小的旋风卷起树旁的落叶。

"我刚才看了看地图,"大号小渊蜷起身子,看着自己的手机,"我发现了一件奇怪的事!"

"什么事?"

"是那家医院的名字……"

大号小渊抬起头,眼睛隔着柔顺的直刘海儿看向夏都。

"地图软件上显示的是'梶原综合医院'。"

"是不是地图软件的数据太旧了?"

智弥从刚才开始就一直盯着坡道上的医院。

"是不是医院改名后,地图软件上的数据还没来得及更新?"

也许是医院换了老板或者因为某种原因改了名字。夏都正想着,她的电话响了,又是栋畠打来的,夏都把自己的位置告诉了他,为了保险起见,还将写在面前三角柱上的"荣耀外科医院"以及地图软件上显示的"梶原综合医院"这两个名字都告诉了他。栋畠把两个名字都输入了汽车的导航系统,但是只找到了第二个名字。他说会开车往这里赶,然后就挂断了电话。辉夜似乎一直在等这一刻,她立刻起身,想打开餐车的后板。

"准备上吧!"

"等一下,辉夜!你想从正面直接进去吗?"

"这里是医院,直接进去应该没问题吧?这里应该没有'非病人禁止入内'的规矩！"

"话是没错……可是如果我们撞见他们，我们该怎么办呢？"

"那样会很糟糕吗？"

那样会不会很糟糕呢？

夏都也不知道如果杏子本人和带走她的那些穿西装的男人看到他们几个，究竟是否糟糕。

"先去看看那边的车是什么情况吧！"智弥抬起下巴示意停车场。

"说不定他们还在车里，说不定这家医院根本不是他们的目的地！他们想去别的什么地方，但车里出了什么事，碰巧停在了这家医院的停车场，这种事也是有可能发生的！"

所有人都点了点头。

"那咱们就去杏子的餐车那边看看吧！夏都小姐，你的餐车可以不熄火吗？万一有什么事，我们可以马上逃走！"

夏都将自己的餐车向后倒了一段距离，在杂草丛生的路边空地上掉了个头。她把车停好后，拉起手刹，车上的六个人纷纷站起身来。

"智弥，你为什么要拿着菜刀？"

"啊，我觉得和敌人战斗时需要有装备！"

"敌人会出现吗？"

"这种可能性还是有的吧！"

听到辉夜和智弥的对话，夏都急忙回过头说：

"这可不是打游戏,别说傻话!赶快把刀放回去!那可是把好刀!"

所有人都下了车,大家压低身子,一个接一个地朝停车场走去,就像在跳某种舞蹈。

太阳渐渐下山,周围的树木变成了黑色的剪影。

众人在灌木丛后面蹲成一排,从纤细的叶子洒下的褐色阴影里偷偷地看着停车场。钻石哈姆雷特号的驾驶座和副驾驶座没有人。停车场里一共有十来个车位,现在只有两辆车的车头朝外,停在靠近医院外墙的地方。

"旁边的车和这件事有什么关系吗?"

钻石哈姆雷特号对面停着一辆黑色轿车,他们只能看见一点点那辆车的车头。

"不自然!"小布嘟囔道。

"车吗?"

"不,是医院!医院大楼上,没有一扇窗户是亮的!"

"真的!"

小布说得没错,医院大楼的墙上,那些四四方方的窗户全都是黑的,而且没有拉窗帘。

"医院的大门里也是黑的!"

他们为什么刚才没有发现呢?医院入口处的玻璃门里一片漆黑。

"这是一家废弃的医院……但是它一点儿也没有陈旧的

感觉！"

夏都一边说，一边定睛观察。她突然产生了一种奇怪的感觉，仿佛不知何时，梦中的她来过这里！或许是因为医院这座建筑的风格比较正统，再加上夜色掩盖了医院大楼的细节，这才让夏都产生了这样的错觉，但她总觉得有些诡异，不想靠近它。

"可能医院正在改建吧！"智弥来到夏都身边。

"也许吧，医院的名字也变了……就像换了老板之后，餐厅要重新装修那样。"

"医院可能刚刚改建完，还没有开始营业！"

那么，现在这家医院里空无一人吗？

"我说，还是报警……"

"最好不要！"智弥打断了夏都，看着辉夜。

"对，我有不方便报警的理由！"

"匿名报警可以吗？"

"现在我们还不知道发生了什么，还是先确认一下目前的情况吧！我有不方便报警的理由，而且眼前这件事还牵扯到邮件的事。考虑到姐姐，我不想把事情闹大！"

"你说得也没错，可是……"

"现在事情已经闹得挺大的了，我希望事情不要继续发酵！一开始我只想请杏子小姐删掉十年前的邮件，不知不觉中，事情竟变得这么麻烦！"

夏都想：这不就是因为你们想绑架杏子却弄错绑架对象而

造成的局面吗?

"没有人!"

菅沼的声音从不远处传来,夏都定睛一看,他不知什么时候已经钻进了停车场,正在向钻石哈姆雷特号里张望。

"那辆轿车里也没有人!"

"老师!"

"什么事?"菅沼问道。

智弥放弃似的说了句"走吧",于是所有人都绕过灌木丛,走到了菅沼身边。菅沼看着夏都他们逐渐靠近,这才慌慌张张地解释:

"不用那么害怕,没什么好担心的!这里又不是荒无人烟的地方,万一出了什么事,大喊一声就好了!哎呀,门开着!"

两辆车旁边有一道门,那应该是侧门,菅沼一边唠叨一边握住门把手,还试着旋转拉开。厚厚的金属门发出小猫叫一样的声音,开了一条缝,昏暗的走廊出现在众人面前。大家感到全身僵硬,菅沼取下眼镜,用袖口擦了擦,又戴上,从门缝里探头进去,左右张望。

"没有人!"

他把门开大了一些,看起来没什么事,于是,夏都也从他旁边轻轻地把头探了进去。大楼里没有灯,墙上有几扇窗户,但是外面本来就暗,百叶窗还被拉了下来,所以只能看出这里是走廊。

"小渊先生,请你去里面看看情况!"辉夜蛮不讲理地说道。

小渊立刻站直身子,点了点头。

"我去了!"

小渊轻手轻脚地钻进门里,踏入走廊。他左看看,右看看,犹豫片刻后走向右边。他圆润的背影渐渐远去,最终被走廊深处的黑暗吞没,消失不见了。

没过多久,他回来了。

"最里面有通往二楼的楼梯,走廊在那里向左转了,走廊的尽头有一间亮灯的房间!"

"有人吗?"

"我不知道有没有人,灯也不是房间里的,而是门上挂着的一盏发着红光的灯。"

"红光?"

"对,红光。"

小渊轻轻地点了点头。

"除了那里之外,没有任何一处亮着灯!"

"那么,杏子小姐很有可能就在那里!"

辉夜说着,走进了大楼,大号小渊、高见和小布紧随其后。没有办法,夏都和智弥也跟着他们走进大楼,菅沼最后一个进来,安静地关上了门。

大家沿着走廊向大楼深处走去,大概所有人都和夏都一样,想放轻脚步,但还是会有轻微的脚步声,夏都觉得周围的墙壁和窗户都在竖起耳朵倾听每一点儿响动。

小渊说得没错,走廊尽头是通往二楼的楼梯,走廊向左转,呈L形。在左边的走廊尽头,确实有一盏发着红光的小灯。小灯无法成为光源,反而使走廊显得更加昏暗。

"这里是外科医院吧?"夏都说出了刚才想到的事情,"在外科医院里,亮红灯的意思是……"

智弥碰了碰夏都的手臂。

"嘘……"

夏都竖起耳朵,她好像听到了什么声音。

声音是从刚才走过的走廊那边传来的,节奏很固定。就在所有人回头的时候,漆黑的走廊尽头有光在晃动,那个光源在另一个角落。

有人正沿着手电筒的光向这边走来!

所有人同时行动,气息和脚步声短暂地混合在一起,大家躲在走廊的角落里,不敢吭声,只能听到轻微的呼吸声和心跳声。那个人是带走杏子小姐的两个男人中的一个吗?他是不是要到这边来?这条走廊应该是沿着建筑的外墙绕了一周,如果他们与那个人保持距离继续前进,是不是能在不被发现的情况下回到刚才进来时的那扇门那里呢?

"糟了……前面也有人!"

智弥发现了另一道手电筒的光正在朝他们移动,那个人马上就要拐过弯来了!所有人都明白了,他们已经被彻底包围了!

"上楼……"

夏都正要行动,楼梯被昏暗的光照亮了。光线在有规律地晃动,就是他们刚才看到的第一道手电筒的光。那个拿着手电筒的人已经转过拐角,一边走,一边用手电筒照亮前方。他们已经不能逃到楼上去了,过不了多久,他们就会完全暴露在手电筒的光线之中。可是就算他们留在这里,另一个人也会马上转过拐角向这里走来!

"藏起来!"智弥迅速把手搭在旁边的门上。他尽量不发出声音,轻轻地拉开门,一行人立刻钻了进去,只发出了衣服摩擦的声音。房间里一片漆黑,只能看到排列整齐的桌子和陈列柜黑色的轮廓。

"我就开一下!"

大号小渊说完,点亮了昏暗的光,那是手机屏幕的光。尽管依然看不清楚,不过至少室内亮了一些。这里看起来像是一间办公室,桌子之间的间隔距离相等。在昏暗的光线中,有一个地方看起来有些不对劲儿。那里的椅子翻倒在地,旁边散落着一些文件,桌上也铺着凌乱的文件,桌旁的可移动置物柜有三个抽屉,全都开着,明显是有人在里面翻找过什么东西。

"大号小渊,照一下那边!"

昏暗的光勾勒出辉夜的轮廓,她直直地盯着地板上的一点。

她的表情很奇怪,仿佛有生以来第一次看到那个东西。

"请照一下那里！"

大号小渕把手机屏幕转向那边,地板看起来像是湿的,但看不真切。

"打开手机的手电筒功能吧！几秒钟就好！"

听了辉夜的话,大号小渕回头看了一眼背后的门,迅速摆弄起手机。手机背后的灯发出洁白的光,所有人瞬间屏住了呼吸!

"这是什么？"智弥轻轻地惊呼道。

散落在地面的文件上黏的东西,怎么看都像是血！大号小渕手里的光在颤抖,于是整个地面仿佛都在震动。走廊里的脚步声越来越近了！

"关上手机的手电筒功能！"

辉夜说完,大号小渕立刻关上手机的手电筒功能,房间又暗了下来。在黑暗中,智弥刚才那句"这是什么"一直在夏都的脑海中反复回响。

这是什么？这是什么？这是什么……

这里究竟发生过什么？医院办公室里的文件散落一地,椅子翻倒,还有一摊血——那摊血可不是某个人受一点儿小伤就能形成的,尽管不知道是从身体的哪个部位流出来的,但是一个人流了那么多血,不知道还能不能活下来！不,肯定不行！想逃,现在就想逃！恐惧渗透到夏都身体的各个角落,她感到双腿无力,几乎要站不住了！这里发生过什么事？他们被卷入了什么事？这些事和杏子的邮件、栋畠的手机有关吗？他们是不是被卷入了某件危险的事中？

夏都听到了急促的呼吸声，小布指了指房门。

"门缝！"

门似乎没有关好，门边留了一厘米左右的缝隙！

夏都屏住呼吸，竖起耳朵。刚才大号小渕的手机发出的光有没有透过缝隙照到走廊里？现在她听不到外面的脚步声，听不到任何声音，鼓膜仿佛放弃了振动。恐惧在寂静中露出冰冷的牙齿，咬住夏都的后背。

"不要出声！你们谁去关一下门？"辉夜问道。

小布迅速站起来，小渕也迅速站起来，大号小渕和高见也迅速站起来。四个人的身体相互碰撞，靠近门口的小布被弹了出去。在会所的一楼也出现过类似的情况，当时小布穿着夏都的衣服，因为衣服太紧，她的胳膊动不了，没办法抓住任何人和东西，径直倒在了地板上。不过，今天她穿着自己的衣服，所以在千钧一发之际抓住了什么东西，没有摔倒。她抓住的是门把手！房门因为她的力量而向外敞开，小布慌慌张张地把门关上，门发出了一声巨响！

走廊上传来凌乱的脚步声！脚步声越来越近！

智弥立刻打开了手机上的手电筒功能，光线瞬间充满整个房间。

"里面有门！"

智弥绕过桌子，朝房间右边走去，所有人立刻跟着他走向那扇门。砰！他们背后的房门被粗暴地打开，冲进来的人把地板踩得"咚咚"直响。夏都一边往房间深处跑，一边回头看，两道手电筒的光直直地照向夏都等人，她完全看不清那两个人的样子。从手电筒的光的移动来看，先冲进来的人正猛地向他们跑过来。可是那个人身体的某个部位狠狠地撞到了桌子上，他发出一声呻吟，后面的人撞在他身上，也发出了叫声。从他们的叫声可以判断出，那两个人都是男人。夏都用胳膊揽过身边的辉夜，两个人彼此连拉带拽地抱在一起，冲进了隔壁的房间。打头阵的智弥手机上的手电筒的光迅速扫过整个房间，这里和刚才的房间一样，是一间办公室，幸运的是，通往走廊的门也在同样的位置。

所有人都朝着那扇门冲去，来到走廊后，夏都的直觉告诉她，他们应该向右逃，恐怕其他人也是这样想的。因为那两个男人现在正穿过刚才的那两个房间追上来，所以向右逃跑再转过一个拐角，就能到达刚才那扇通往室外的门。可就在这时，辉夜甩开夏都的胳膊冲向左边。

"辉夜！"

他们只能跟着辉夜跑了。辉夜一直向走廊深处跑去，离刚才看到的红灯越来越近。不对，那不是灯，而是一个长方形的牌子！和夏都的猜测一样，那上面有"手术中"的字样。他们的背后传来短促的喊声，是大号小渊的声音，他摔倒在地，小布的尖叫和其他男人的声音重合在一起，混杂着小渊无意义的喘息声，还有高见的喊声!

"帮帮我!啊……"高见还在拖长声音大喊。

"等一等!"

辉夜没有停下。

"走吧!"

"可是……"

"我们最好跑到安全的地方,然后报警!"

这样做确实没错!夏都追上跑在前面的辉夜,菅沼和智弥紧随其后。他们的身后传来急促的脚步声,有人在喊"绕过去"。夏都等人穿过了刚才看到的红灯处,智弥手中的手机发出的光摇晃着,照亮前方。他们在走廊的尽头再次左转,右边能看到楼梯,这里和刚才看到的楼梯分别位于走廊的两端。

"可能有一个人会从前面绕过来,我们先上楼!"

听了智弥的话,辉夜改变方向跑上楼梯。她在两段楼梯中间的平台处抓住扶手,迅速转身,朝二楼跑去。她抓住在腰边上下跳动的小挎包,从里面拿出手机,在到达二楼的瞬间打开手机上的手电筒功能。智弥和辉夜手里的两道光分别照亮了前面和左边的景象,两边的墙上排列着白色的房门,这些房间看起来都是病房!

"找个地方藏起来吧!"

智弥向前走去,把手放在第三间病房的门把上。

"门锁着!"

"为什么要选择第三间？"菅沼不合时宜地问道。

智弥一边用极快的语速回答他，一边冲向下一间病房：

"追我们的人打开第一扇和第二扇门的可能性极大，但是如果跑得太远，就有可能让他们看到我们的背影！"

"哦，厉害！"

第三间病房的门锁着。

"不行，打不开！"

第四间病房的门也上了锁，可能是因为这里太久没有人使用了。辉夜从夏都的背后举起手机，手机上的手电筒的白光照亮了夏都前方的门，门上写着"二〇四"，下面插拔式的门牌上用马克笔写着"畑山康隆"。

"这里有患者吗？"

"啊，那扇门开着！"

夏都看向菅沼手指的地方，前面有一间病房的门确实开着。四个人立刻冲进昏暗的病房，菅沼从里面关上了门。

"我给警察打电话！"

夏都从牛仔裤的口袋里拿出手机，看着屏幕，却发现手机屏幕上显示着"无信号"三个字。这里又不是深山老林，为什么没有信号呢？

"手机能用吗？"

智弥看着自己的手机，摇了摇头。菅沼从外套口袋里取出一个折叠式的老式手机，看了一眼手机屏幕，也摇了摇头。

"辉夜也……辉夜？"

只有辉夜没动。她把手机的光对着房间里的一点，直直地盯着那里。

"辉夜，看看你的手机有没有信号！"

她依然没动。

夏都转身对菅沼说：

"老师，请把门锁上！"

"锁门啊……好的！"

菅沼弯下腰，将脸靠近房门，继而又远离房门，接着，他重复了一遍靠近和远离的动作。

"没有！"

"嗯？"

"门上没有钥匙！"

"那就用棍子什么的……"

智弥用手机上的手电筒发出的光在房间里照了一圈，觉得房间里的摆设似乎有些奇怪。床、被褥、床头柜、插着花的小花瓶、小型电视机、冰箱……这是一间典型的病房，然而，正是这一点让人觉得很奇怪！有人好像正在这里住院，住在这里的人似乎只是刚刚离开，可是除了追他们的人，整个医院都没人！

"很遗憾，这是推拉门，没办法用棍子抵住！"

"那就用椅子挡住！"

夏都抓起靠在墙边的折叠椅，想挡住门。她把椅子倒过来，试着用椅子腿钩住门把手,但是不行,椅子的高度不够。

"辉夜,看看你的手机能不能打电话……"

辉夜沉默不语,她用手机上的手电筒照亮床头柜上方。那里孤零零地放着一张照片,照片中一个可爱的女孩儿正在微笑。那个女孩儿像是小学低年级的学生,照片照到了胸部上方的位置,她穿着一件蓝色运动衫,上面印着某种标志,她的身后有一个滑梯。照片里的女孩儿长得很像辉夜——虽然像,但发型完全不同,她留着普通女孩儿的发型,黑色的头发被束起,扎成双马尾,蓬松的刘海儿被风吹起,露出洁白的额头。

"这个……"辉夜终于开口了,"是姐姐!"

"嗯?"

"这是姐姐小时候的照片!我在家中相册里的照片上见过她穿这件运动衫,也见过这个滑梯!我想这是我们住在岐阜的时候拍的,地点就是公寓附近的儿童公园!那时候我刚出生不久!"

菅沼和智弥也凑了过来,两个人都眨着眼睛,一边看照片,一边将照片中的女孩儿和辉夜进行对比。住在这间病房里的人究竟是谁?外面传来开门和关门的声音,声音是从远处的病房发出来的!夏都屏住呼吸,又听到了!这次开关门的声音比刚才更近!

"糟了,他们来了!"

智弥用大拇指按住手机背面的灯,挡住光线。

"辉夜也把手电筒关上吧!"

可是辉夜没有动,依然用手电筒的光照着照片。

只听"哐当"一声,他们的身后突然传来一声巨响。夏都觉得心脏被人紧紧地捏住,她回头一看,原来是刚才用来固定房门的折叠椅倒在了地上,也许是因为刚才折叠椅放得不稳吧。更糟糕的是,倒下的椅子撞在了房门上并且向下滑,把门推开了一条小缝,而房间里,辉夜手机上的手电筒还亮着!

外面传来了男人的交谈声,他们听不清交谈的内容。一阵脚步声响起,交谈声越来越响,几秒钟后,那些男人来到了这扇门前。门被一把推开,手电筒的光直射夏都的眼睛。

夏都眼前一片刺眼的白光,什么也看不到了,不过,当他们将手电筒左右摇晃时,光线被室内的什么东西反射回去,站在门口的人变得清晰。那是两个穿西装的男人。其中一个男人肌肉结实,他的脸像一个汉堡包。他的身后站着一个长脸的男人,其两颊仿佛被向上提起,就像一个被竖着切成两半的红辣椒。"汉堡包"又矮又胖,"红辣椒"又瘦又高——看到他们的体型,夏都立刻认出来,这就是带走杏子的那两个人。

虽然当时夏都离他们挺远,看不清他们的长相,但是这两个人身上穿的西装不是上班族日常上班穿的那些款式。他们都没有系领带,衬衫从西服下摆露出来。他们叉开双腿站在门口,喘着气,肩膀上下抖动,似乎在思考接下来该怎么办。房间里弥漫着烟草的味道,夏都毫无意义地向前走了一步,她的左边是智弥,她的右边是辉夜。菅沼的下半身依然保持着刚才盯着床头柜上的照片的姿势,屁股冲着对方,而转向后方的上半身定在原地。

"你们是谁?""汉堡包"问道。

"你们又是谁?"辉夜反问道。

"汉堡包"张开嘴刚想说什么,站在他身后的"红辣椒"抓住他的肩膀,在他耳边低声嘟囔了一句。"汉堡包"点点头,转过头,把手伸进西装口袋。

难道……夏都全身冰冷,但是"汉堡包"取出的是一部老式手机。男人把手机举起来,屏幕的光照得他的脸发白。

"没有信号啊!"

"我看看!"

"红辣椒"从口袋里取出的是智能手机,但是他的手机也没有信号。他皱起眉头,把手机放回口袋里。

"跟我来!"

"红辣椒"说完,"汉堡包"和他一起转过身。两个人果断地走出房门,朝走廊右边的楼梯走去。他们仿佛知道夏都他们肯定会跟上来。

"我们是不是跟上去比较好?"菅沼问道。

夏都和智弥回头看看辉夜。辉夜似乎在专心地思考着什么,站在原地直直地盯着姐姐的照片,过了一会儿,她迅速拿起照片,塞进了小挎包。

"快跟上！"辉夜突然吼道。

夏都、智弥和菅沼条件反射地追了上去，辉夜也跟在他们身后。

他们跟在两个男人身后两米左右的地方，沿着走廊前进。

三

两个男人一言不发，气氛很沉重，让人喘不过气来，所有人仿佛都走在冰冷的豆沙馅里。他们终于来到楼梯口，两个男人用手电筒照着自己的脚下，向一楼走去。小渕、大号小渕、高见和小布现在怎么样了？他们绕过两段楼梯中间的平台继续向下，夏都竖起耳朵，除了他们的脚步声，她什么都听不见。

来到一楼走廊，两个男人朝"手术中"的牌子走去，然后在牌子下方停下脚步，远处有声音传来。

那是开门的声音。

从方向和声音来看，那声音应该是来自他们刚刚进来时穿过的那一扇通往停车场的门。

"汉堡包"和"红辣椒"像商量好了一样同时关上手电筒。

"你们几个，下来！"

"红辣椒"声音低沉，说话慢吞吞的，很有压迫感。他长着一张长脸，说话时下巴的动作很夸张，仿佛整张脸都在伸缩，在走廊里红光的映照下,简直像一只怪物。夏都他们继续向楼梯下方移动,"汉堡包"和"红辣椒"也在走,最后所有人都站在了红光照不到的地方。远处传来脚步声,那是一种保持警惕、战战兢兢地走路的声音。发出声音的那个人,现在恐怕已经转过了拐角。脚步声越来越大,现在应该能够抓住那个人了。"汉堡包"和"红辣椒"同时打开了手电筒。两道光线照射到那个人的身上,只见那个人的表情扭曲,影子深深地印在走廊的瓷砖上。

"是谁?"

"汉堡包"发出怒吼,那个人立刻叫了一声,转身逃跑,但是只跑了一米左右,"红辣椒"跳起来,伸出长长的胳膊,抓住了那个人的毛衣。

手电筒的光照亮的是栋畠的脸!

"我们认识他!"夏都迅速喊了出来。

"红辣椒"看看夏都,看看栋畠,又看了看其他人,然后咂了一下嘴。

"汉堡包"和"红辣椒"窃窃私语了一会儿。"汉堡包"站在红灯下方,一脚踢在靠近地板的墙上。夏都他们眼前出现了一道笔直的光线,光线越来越粗,最后变成了一片洁白的长方形的光。

四

"不要粗暴地使用脚踏开关!"一个男人说道,"用脚尖轻轻一碰,开关就开了!"

"抱歉!""汉堡包"为自己粗鲁的动作道歉。

房间里的地板是浅蓝色的,小渊、大号小渊、高见、小布都坐在角落里。所有人都一动不动,就像被拔掉了插头的机器人一样。似乎没有人受伤,但是大家的衣服和头发都很乱。他们齐刷刷地看向辉夜,眼睛里没有困惑,也没有期盼,只有迷茫。

四个人旁边是一张带轮子的黑色圆凳,一个穿着白衬衣的男人坐在上面。

"你是山内先生吗?"

男人轻轻地眯起眼睛,看着辉夜的脸。

他的身边有一个绿色的手术台,上方有两盏灯,像巨大的蜂巢,灯的旁边放着三台显示器,其中一台显示器上随意地放着一件西装。

室井杏子坐在手术台的一边,她又惊讶又害怕地看着夏都他们。她没有受伤,衣服很整齐。

"喂!""汉堡包"转过身,用粗鲁的手势催促夏都他们跟上。夏都他们跟着他走进房间后,身后的推拉门便自动关上了。

"我不认识你们!"坐在圆凳上的男人的视线从夏都他们的

身上扫过。夏都从他说话的语气判断出,他就是卡奈企划的社长山内。他微微歪着脑袋,扫视众人,视线最终停在了一个人的身上。

"啊……一个人除外!"

他看着的那个人正是栋畠!

山内身后放着一个金属小推车,上面放着一个塑料广口瓶,里面装着某种药品,小推车上还有矿泉水瓶和装了一半透明无色液体的烧杯。他究竟在这里做什么?塑料瓶上贴着标签,可是上面写着英语,夏都看不懂。房间深处有一个陈列柜,里面装着同样的塑料瓶,推拉式玻璃门开着。小推车上的药品和烧杯应该是从陈列柜里取出来的。

"啊,抱歉……我还认识一个人……"

山内的目光落在离他最近的辉夜身上。"汉堡包"和"红辣椒"扫了她一眼。

"这里有一位著名艺人,你没戴假发,我差点儿没认出来!"

"我戴假发了!"

辉夜摘下黑色假发,将拿着假发的手伸向一旁。她保持这个姿势停顿了两秒左右,突然看向自己拿着的假发。高见急忙站起身,从她的手里接过黑色假发。

"我是辉夜……"辉夜露出荧光绿色的头发,不知道她是不是在这种情况下也要追求戏剧效果,也许这已经成为她的习惯。她停顿了一下,微微抬起下巴,目不转睛地看着对方,"我是寺田桃李子的妹妹!"

山内轻轻地点点头,跷起二郎腿,微微地歪了歪头,承受着辉夜的目光。

他大概五十五六岁,夏都想象中的山内是国字脸,像一只用两只脚走路的蟾蜍,但是眼前这个人和她想象中的那个人完全不同。山内的个子不算高,身材纤细,窄肩。他的脸型细长,不算阳刚,但是五官相当端正,简直就像男子偶像团体的成员人到中年时的样子,他没有发福,只是上了岁数而已。

"既然有艺人在,那么我们这边的人的说话方式或许有些粗鲁了⋯⋯"山内再次环顾聚集在手术室中的一群人,"你们在这里做什么?"

"你在这里做什么?"高见指着山内说道,他与辉夜会合后又活跃了起来,"那边房间里的血是怎么回事?"

山内沉默地看着高见,"汉堡包"走到他身边低声说:

"抱歉,这群人擅自进入房间⋯⋯"

山内轻轻地点了点头没有说话,似乎在思考些什么。

"这样啊⋯⋯进了那个房间啊⋯⋯"

"喂,山内先生,你究竟做了什么?他们说的血究竟是什么?"栋畠从喉咙里挤出声音,仿佛在呻吟。

山内淡淡地笑了一下:

"没什么⋯⋯就是有些有问题的文件,一个年轻的护士好像发现了办公桌里的文件,悄悄地找了过去,所以就从后面这样……"山内摆出挥动某个庞大的物体的动作。

"你……"

"不,不是我,是这里的院长做的!"

"可你刚才,这样……"栋畠模仿着山内的动作。

"我只是看到了,杀她的确实是院长,请放心!"

也许那摊血迹、那些散乱的文件和刚才山内做出的动作全都是误会——夏都刚才一直希望是这样的,但现在这种希望一下子破灭了。现实的冲击让夏都感到恍惚,她甚至感觉不到自己的呼吸。视野右侧有什么东西在动——那是高见的手臂。高见刚才指向山内的手臂没有放下,依然举在空中猛烈地颤抖!

"还有,你们是怎么知道这个地方的?"山内问道。

"我们碰巧看见室井杏子小姐被人带走了,就跟了过来!"辉夜说道。

"室井小姐,你不是被带走的,对吧?"

坐在手术台上的杏子低着头,全身僵硬,只是轻轻地点了点头,看不出她表达的是不是自己的想法。十年前,她被迫和山内发生了关系,后来并没有获得理想的回报,现在她又被迫和他留在这种地方,此刻的杏子究竟是怎么想的呢?

"因为我今天碰巧在这里,就找帮手请室井小姐来一趟,有些话必须和她谈一谈。本来这段路程只需要不到一个小时,但高速路上好像出了事故,结果到这里已经是傍晚了。"

不知道这是不是好事,至少杏子被当成夏都带走的猜测被否定了。那是夏都想多了！那么,山内是为了让杏子删掉邮件才绑架她的吗？

"帮手吗？"辉夜看着"汉堡包"和"红辣椒","可是这两个人看起来都像是社团组织的成员！"

听到辉夜直白的说法,山内笑了,他那纤细的肩膀在晃动。

"任君想象！抱歉,请你们再出去一下可以吗？"

那两个男人立刻点了点头,"汉堡包"用脚触发了门的开关,这次,他只是用脚尖轻轻地碰了碰机关。推拉门打开,那两个男人走到昏暗的走廊上。

"我能问一下吗？"

菅沼冷不防地开口,指了指山内背后的银色小推车。

"那里为什么放着氢氧化钠？"

"你是……"

"我叫菅沼,在高田马场的一家补习班教数学。"

山内上下打量着菅沼,似乎想寻找他说的话里的深意,但是他的话里并没有深意。

"这不是我拿出来的,"山内拿起塑料瓶微笑着说道,"它一直就放在这里！"

杏子的身体抖了一下,微微地张了张嘴,与此同时,山内看了她一眼,他的目光让杏子闭上了嘴。

"这样啊,它一直放在这里啊！这些是给手术器械消毒的工具,所以出现在这里也不奇怪。那旁边的烧杯里装了什么？"

"不知道!"山内微笑着回答道。

"是氢氧化钠溶液吗?"菅沼继续问道。

"我说了,我不知道!"

"氢氧化钠溶液是很恐怖的!浓度超过百分之五的氢氧化钠溶液是非常危险的,属于危险品!"

"这样啊!"

"氢氧化钠溶液沾到皮肤上,会使人严重烧伤!"

"真危险啊!"

"这些溶液是用来做什么的呢?"

"用来……"

"我被威胁了!"

杏子突然打断了山内,山内立刻看向她,但是这一次她没有闭嘴。

"山内先生刚才在我面前把矿泉水和瓶子里的药剂倒进烧杯里混合,他告诉我,如果那些液体沾到皮肤上,就会造成治不好的严重烧伤!我被他威胁了!"

杏子尖厉的声音在手术室中回荡。

山内的脸上第一次浮现出狼狈的表情。

"他为什么要威胁你?"菅沼问道。

杏子低下头,抿紧嘴唇。

"难道……你被他反威胁了?"

夏都不明白他这句话的意思,但杏子猛地抬起了头。

223

"你们……知道什么？"山内谨慎地看着菅沼，缓缓起身，摸了摸领带。

就在那个瞬间，杏子动了。

她扑到小推车上，伸手抓起烧杯，将双手举到肩膀的高度，烧杯里的液体剧烈摇晃。

"让我回家！"她面对山内，摆出一副随时会扔出烧杯的姿势，睁大双眼看着他，她的双手在剧烈颤抖，"只要你让我回家，我不会告诉任何人！过去的事情，今天的事情……我都不会说！"

山内的上半身向后退了退，盯着杏子仿佛在迅速算计着什么。

"啊，冷静一点儿！"

杏子猛地举起烧杯，睁大眼睛，将黑眼珠完全露了出来。

"你先把烧杯放下！"

就在山内向杏子迈出一步的瞬间，杏子发出含混不清的声音扭过身子。烧杯里的液体溅了出来，同时，杏子大喊一声，扔掉了烧杯。

在夏都眼中，烧杯从空中划过的样子像电影中的慢镜头一样。杯底朝下，烧杯在空中划过一道弧线，栋畠就站在杏子的双手和烧杯即将落下的位置之间，烧杯越来越靠近栋畠的脸，开始向前方倾斜。烧杯里的溶液溅出，与液体相比，更像一整块倾斜的透明固体。那一块固体仿佛有自己的意志，朝着栋畠的脸扑了过去。栋畠的嘴还没有叫出声,眼睛就仿佛先叫出了声。透明固体洒在栋畠的脸上,水珠四溅,就在这时,仿佛有人按下了遥控器,慢动作结束了。

尖叫声响彻整个房间,栋畠摔倒在地,仿佛两条腿的关节都坏了一样。就在所有人冲向掩面尖叫的栋畠时,室内响起了一声闷响。有什么东西从外面断断续续地撞门,还有慌慌张张靠近的脚步声。在女人尖厉的叫声和一群男人的喊声中,门被打开了。

一个陌生女人站在门口。

五

栋畠双手掩面坐在手术台上,呼吸依然急促,但是所有人都能看出,他那一张被浇了氢氧化钠溶液的脸没有出现任何异常!

没有人说话,大家只能听到栋畠的呼吸声。

刚才冲进手术室的年长女人跪在手术台前,用手帕麻利地擦拭栋畠的毛衣。她戴着一副银框眼镜,有一头蓬松的花白卷发,夏都知道她是谁。因为那个女人只是看了一眼室内的情况,就冲上来大喊着"勋藏",抱住了双手掩面的栋畠。夏都还记得在电话里听到的那个声音。

"这位是……"菅沼代表所有人问道。

栋畠的呼吸终于恢复了正常,他简短地回答:

"她是我妻子。是她送我来的……我不开车。"

说起来,以前谈到西新宿停车场的租金时,栋畠确实说过他不开车。

"我不是让你在车里等吗?"栋畠皱起眉头,不高兴地说道。

"但是……我担心你啊!"妻子低下头,拿着手帕的手停住了。

"那个……"情况太混乱,夏都不知道该向谁问什么问题才好,不过,她还是指着小推车上的塑料广口瓶问山内,"那个是什么?"

山内抓着广口瓶,随手打开盖子,把里面的药剂倒在盖子上。米粒一样的半透明小颗粒堆成了一座小山。初中理科实验时用的氢氧化钠确实是这个样子。

山内捏了一颗放到嘴里。伴随着他下巴的动作,传来了清脆的声音。

"这是手工砂糖!"

"说起来,确实黏糊糊的……"栋畠摸着脖子,皱起眉头。

"手工砂糖……"瘫倒在地的杏子小声嘟囔道。

这不是白砂糖,而是手工砂糖!这砂糖是特意做的吗?这是山内准备的吗?他特意做了装在氢氧化钠瓶子里的和氢氧化钠一模一样的手工砂糖?他做这些,就是为了威胁杏子?可是既然要做到这个程度,应该还有很多其他可以威胁人的工具吧。这时,夏都脑子里"叮"的一声,她进入这栋建筑后看到的几个景象接连不断地划过脑海。

是这样啊!

"是这样啊!"

高见突然站起身来,他睁大双眼,伸出右手食指指向天空,做出了大概是夏都见到他以来的第一个正确的判断。

"这是摄影棚!"

山内点点头,有些不耐烦地笑了笑:

"这是我们公司的摄影棚!"

夏都在设计工作室工作的时候听说过,影视公司常常会将废旧医院、废弃学校或者较小的公寓楼改装成摄影棚。

原来如此!正因如此,网上的地图显示的医院名字和这家医院牌子上的名字也不一样。山内买下了地图上显示的"梶原综合医院",将其改造成摄影棚。摄影棚当然有自己的名字,而地图上的数据或许还没来得及更新。建筑入口处的牌子上写着"荣耀外科医院",那一定是正在拍摄的电视或电影里的医院名字。想到这里,"荣耀外科医院"的名字勾起了夏都的某些记忆。

"虽然是摄影棚,不过器材都是各个摄制组自带的,所以就算不知道的人迷路来到这里,也只会认为这里是没有医生也没有患者的医院,就像你们想到的那样!"

"那么,那个……"小渕挠着头小声嘟囔道,"对面房间里的血迹……"

"那里是今天拍摄时用过的房间,今天我们拍了护士被院长杀死的戏,情节是有些老套,不过观众喜欢这种桥段,这部电视剧的收视率还是值得期待的!因为今天拍摄的内容还没有播出,所以我不能说太多,不过你没发现真相,还是让我挺意外的!"山内看着辉夜,"医院名字、医院里的陈设,都和你姐姐主演的电视剧一样啊!"

辉夜猛地睁大了眼睛。

寺田桃李子正在出演一部医疗题材的电视剧,她饰演一名外科医生。原来如此!正因为这样,夏都才对医院的名字有印象啊!她可能是在电视上看到过这部医疗题材电视剧的预告片。看到医院建筑时觉得眼熟,那也不是因为她在梦里看到过这家医院,而是在电视上看到过这家医院!辉夜在二楼病房里看到的她姐姐少女时代的照片,大概是电视剧里的小道具,不知道它是用在什么样的场景里的。

"我不看姐姐演的影视剧!"

说出这句话时,辉夜有一瞬间露出了像迷路的孩子一样的表情,可是很快又换上了她平时那种冷静的表情。

"菅沼老师……难道你从一开始就发现了一切?"夏都小声地问菅沼。

大家躲在灌木丛后面偷看停车场的情况时,菅沼若无其事地走到车旁边向车里看,还一把推开了医院的大门,被男人追赶时也十分平静,虽然当时的夏都觉得菅沼性格本来就是如此……

"我发现了,可是不知道该不该说,后来就没机会说了!"

"你是怎么知道的?"

菅沼被眼镜片挡住的双眼睁得很大:

"因为这里不可能有无人医院啊!"

是啊……不对,正因为是这样才诡异!不过,如果从一开始就想得简单一些,应该能很快从山内的工作推测到这里是摄影棚吧!

"那两个人是演员吗?"菅沼指着门口,露出像共犯一样的笑容,"不过,山内先生,说不定选择他们是你的失误,他们长得太像坏人了!"

"不,他们真的是社团组织的成员!在日本,娱乐圈和社团组织的关系很复杂,经常会用这样的形式互相帮助!"

"是这样啊!"菅沼点了点头,目光游移。

"我被骗了啊!"杏子表情僵硬地看着山内。

山内想说些什么,但是他看了看房间里的人后又闭上了嘴。

辉夜走到山内面前:

"既然已经知道这里是安全的,我想确认一件事。我们的目的是删掉十年前我姐姐和杏子小姐互相发送的邮件。可是不知道从什么时候开始,事情变成了现在这样,我们竟然来到了这里!"

确实是这样的！

"我们想确认的只有一件事,栋畠先生用手机拍下了十年前的邮件,把照片保存在手机里,现在他的手机不知去向。我们认为手机在你们两个人中的一个人手里,那个人究竟是谁呢?"

"不是我!"

"我也没拿!"

山内和杏子立刻矢口否认。

令人吃惊的是,两个人看起来都没有说谎,不过,夏都也不确定他们是不是在说谎。

"原始邮件在她手里吧!"山内朝杏子抬了抬下巴。

"我没有!"

低着头的杏子摇了摇头,山内看到她的动作,哼了一声:

"你在说什么?"

"我没有!"

"你有吧!"

"我没有!"

山内咂了咂嘴,不耐烦地将整个身体转向杏子。

"你不是说你有吗? 我想你应该还留着邮件吧? 正因为那样你才会……"

山内迅速闭上了嘴,然后像是觉得所有事情都是麻烦一样,神经质地挠着头自言自语。

"她有邮件,我也希望她删掉那些邮件。她以删除十年前的邮件为条件来找我要钱。因为她要的钱不多,而且我对过去的事情也感到抱歉,所以打算给她钱。可是如果今后她不断提出同样的要求,我也会很麻烦……"

山内不知道该怎么说,菅沼为他解了围。

"因此,你让手下把她带到这里,用这些拍摄电视剧使用的道具威胁她,告诉她氢氧化钠溶液一旦接触皮肤,就会造成严重烧伤,是吗?"

山内没有回答,但是他的沉默替他承认了一切。

原来如此,刚才菅沼说的话是这个意思啊!

"难道是,她被反威胁了?"

山内肯定认为,杏子是一个女人,只要稍微吓唬一下,就不会把邮件的事情说出去了。正因如此,夏都才对山内的做法感到气愤!不过,这股怒气因为某个疑问而消解了一些。

杏子是不是骗了我们?

"杏子小姐……你说寺田桃李子小姐打电话请你删掉十年前的邮件的时候,你已经删掉那些邮件了,对吧?"

那是赤裸裸的谎言吗?

"我删掉了!"

真的删掉了吗?

"你真的删掉了吗?"

山内探出头问:

"这是怎么回事?"

231

"我对山内先生说我留着那些邮件,是在说谎……"

"说谎?"山内张大了嘴,"啊?你现在手里没有那些邮件吗?"

"我没有!"

"这是怎么回事?你用你根本没有的邮件威胁我,向我要钱?"

"没错!"杏子低下头,小声说道。

在众人的目光中,她缩起身子,仿佛要钻进地板下面,突然,她又直起上半身大声说:

"我原本不打算做这种事!我完全没想过要用这种狡猾的方法做坏事赚钱!"

不知道为什么,她满是泪水的眼睛一直看着夏都。

"可是当大家来我的餐车旁找我,带我去麦当劳交谈,辉夜小姐说的话让我印象深刻,一直留在我心里!"

"辉夜说的话……"

是哪句话呢?

"辉夜小姐说那些邮件能卖出高价!"

当时辉夜好像确实说过这句话。

"我知道你在想什么!娱乐杂志应该会出高价买那些邮件!"

"当然,邮件里牵涉的人的热度,也会影响杂志的出价,我听说这种照片有时候甚至能卖出三十万到四十万日元的高价。

姐姐现在正处于热度最高的时期,毕竟她是即将结婚的著名女演员!"

"因为我的生活很艰难,所以才生出了歹念,做出了可怕的事!"

原来是这么回事啊!

夏都心里接受了一半,剩下的一半是因为她想起那时辉夜对杏子说的"你的'不小心'可真多啊"。不同的人对"不小心"的认识相差甚远。夏都觉得自己和杏子在做同样的工作,赚的钱和生活情况大概也挺相似,可是夏都很难想象在今后的人生中,会发生多少杏子"不小心"威胁了别人的事。

"后来,我联系了山内先生。虽然我已经删掉了邮件,但是我觉得自己必须那样说……"

"原来是这么回事!"栋畠焦躁地打断了杏子的话。他用手指扯开湿毛衣的领子,仿佛在说"杏子的坦白无关紧要"。可能那确实是无关紧要的!

"我的手机究竟在哪里?"

"我不知道!"杏子说道。

"我也不知道!"山内说道。

"山内先生,不是你调包了我的手机吗?"

"我完全不记得这件事,"山内动作自然地轻轻耸了耸肩,突然睁大双眼看着栋畠,"手机被调包了?"

"嗯,我的手机在会所里被调包了!"

"果……"山内说了一半,他似乎想说"果然",可见他知道模型机的存在。那么,袭击栋畠的人是山内的手下吗?

"我的手机究竟是被谁调包的?"

山内的急躁可以理解,毕竟他刚刚知道有人抢走了栋畠的手机,而手机里的邮件照片一旦曝光,他就遭殃了!他在刚刚得到模型机的时候,恐怕还不知道为什么会有模型机,或许他以为那是栋畠为防止手机被偷而准备的假手机。

"我就是不知道才问你的。既然调包我的手机的人不是你,那在路上袭击我的人呢?是你让刚才那两个人在路上袭击我的吗?"

"我不知道你在说什么!"

山内随口敷衍了一句,仿佛在全神贯注思考自己担心的事情,栋畠紧紧地盯着他,尽管夏都离得不算近,依然能看到栋畠双眼中的细细的血管。他快要把毛衣的领子扯烂了。他盯着山内,发出嘶哑的呻吟。

刚才那段对话让夏都掌握了新的信息。既然栋畠问山内是不是他袭击了自己,就说明他确实提过想用十年前邮件的照片和山内做交易,否则山内没有理由抢走栋畠的手机!

"算了……被袭击这件事我不会再追究。反正你拿到的是模型机,我的伤也没什么大碍!只是……究竟是谁把我的手机调包了呢?既不是你,也不是室井小姐,那么那个人究竟是谁?"

栋畠和夏都等人一样,认为手机在山内或者杏子的手里。

他拿邮件照片找过山内,想做交易,而杏子曾恳求他删掉照片。他认为一定是其中一个人在会所调包了手机,另一个人在路上抢走了模型机。

正因如此,今天栋畠刚听说杏子被两个男人绑架的时候才那么兴奋,要追到这里来。他认为是带走杏子的那两个人袭击了他!总而言之,栋畠认为调包手机的人是杏子,抢走模型机的人是山内,所以山内把杏子带走,想从她手里夺走真正的手机!

"不要报警,不能找警察,绝对不行!"

来这里的路上,栋畠在电话里这样说过。

"为什么?"

"无论如何都不行!"

如果警察介入这件事,询问情况,山内或许会说出栋畠威胁他做交易的事情。这样一来,栋畠也会被问罪,而且无法和山内进行交易。面对再次到来的翻身机会,栋畠肯定希望警察不要介入。这个人为什么只考虑自己的得失呢?

可是夏都不明白,现在究竟是谁拿走了栋畠的手机?那个人为什么要用模型机调包栋畠的手机呢?

就在众人沉默不语的时候,突然响起一个声音。

"是我做的!"一瞬间,所有人都看向她,"是我……调包了手机!"

六

　　栋畠的妻子盘腿坐在手术台前。她知道所有人的视线都落在自己的身上。她低着头,仿佛害怕别人看到自己的表情,接着突然起身,一鼓作气地说:

　　"是我把你的手机藏起来了!"

　　房间里鸦雀无声,仿佛进入了真空。

　　"是你?"栋畠难以置信地问道。他露出了惊讶的表情,仿佛她说的是自己在社区举办的掰手腕大赛上获得了第一名。

　　"你的手机在我这里!"她的身体仿佛被抽出了空气,在说话的过程中越缩越小。栋畠抿紧嘴唇看着妻子的脸,仿佛看着一个不明物体,片刻之后,他终于重新开口。

　　"为什么?"

　　妻子再次低下头,这次没有抬起来。她穿着的那件说不清楚颜色的毛衣的肩膀处不断颤抖。她发出克制的呜咽,双手掩面,发出一连串意思不明的声音。

　　"啊哇啊哇啊呜咦哦哦……"

　　"完全听不懂!"

　　"都是你的错!"

　　妻子小声哭泣了很久后接着说:

　　"我不想做坏事!不对,我不希望坏事做成!不是这样,我在害怕,也不是,我在烦恼!"

栋畠露出一副不明所以的样子,其他人更是一头雾水。

"你在烦恼什么? 你为什么把我的手机……"

"是那块土地!"

"那块土地?"

"你做了坏事,想要卖掉的那块土地啊!"栋畠的妻子尖叫道,然后痛苦地深吸了一口气,又吐出,然后接着大喊,"那块土地不是我们的啊!"

喊出来之后,她似乎终于想起了自己所处的境况,表情一下子僵住了。

她虽然眼睛看着栋畠,却关注着那些包围自己的人。

"这是怎么回事?"栋畠问道,他的嘴唇几乎没有动。

"我……"妻子支支吾吾地说道,"我……做了蠢事……是我的错……是我被骗了,我卖掉了那块土地!"

"卖掉了?"

栋畠身体前倾,张开双手,仿佛要抱起一件巨大的行李。

他妻子只是缩着脖子点了点头。

栋畠盯着沉默的妻子看了很久。他半张着嘴,偶尔眨眨眼睛,仿佛在端详一幅抽象画。

终于,栋畠用郑重的语气问:

"你说的是真的?"

他妻子僵硬地点了点头,关节仿佛是用合页连接在一起的。

"栋畠先生,你能解释一下吗?"山内在圆凳上坐好,摆出一个准备迎接战斗的姿势。

"不是的,山内先生,这件事……"

栋畠犹豫片刻,又问妻子她说的话是不是真的。妻子用比刚才更有气无力的动作点了点头。她摆弄着放在膝盖上的手提包,仿佛在给手提包按摩。

"山内先生……我那个……"栋畠重新看向山内,"我好像给你添了毫无意义的麻烦!"

山内依次挑起两条纤细的眉毛,似乎因为栋畠声音太小而没有听见。

"那个,按顺序来说,就是因为一些事……其实在一年多以前,我的公司就交给妻子打理了!"

"哦,是这样啊!"

是这样吗?

"我从公司引退,怎么说呢?我每天只负责接电话……游手好闲……"

"但你那时……"

栋畠打断了妻子的话。

"我把我对你做的事情告诉了妻子……就是我或许有机会东山再起,拯救我们那个经营状况已经落入谷底的公司,我不小心把这件事告诉了她!"

"你对我做的事情是……"

山内脸上浮现出一抹淡淡的微笑,他虽然不清楚细节,但是似乎已经了解了整体形势。栋畠低下头,仿佛被山内的笑容晃到了眼睛。

"总而言之,就是……那件事情。我用手里的照片,让你帮我把那块土地,那个……"

"啊……"山内从容不迫地点点头,抚摸着领带说道,"就是威胁我嘛!"

"不……"栋畠说了一半,换了一种说法,"嗯……就是这样!"

夏都看着就在不久前,还若无其事地将自己十年前做过的事情敷衍地说成"过去的事情",现在却用这样的态度对待自己受到的伤害,她已经彻底看清山内是一个什么样的人了。

"给我添了毫无意义的麻烦是指……"

"啊,这个是指,我想请你买下来建大楼的那块土地……怎么说呢?那已经不是我们公司……"

为了慎重起见,栋畠又看了看妻子。妻子用不仔细看就看不出来的动作点了点头。

"不是我们公司的产业了!"

"原来如此!"

"怎么说呢?我妻子她,犯了错……"

栋畠看着妻子,这次他妻子没有点头,而是开口说:

"那块地留在手里就要交税,损失越来越大,贷款只会越来越多。可是如果现在卖掉那块地,就能用拿到的钱还其他贷款,也不需要担心其他事情……这是那些销售员跟我说的……我信了他们的话……"

妻子又重复了一遍"信了他们的话",就像没电了的电动玩偶一样闭上了嘴。因为她嘴角向下、耷拉着眉毛的样子就像做了恶作剧之后被大人抓住的孩子,所以,她后来说出的数字在夏都听来简直是在开玩笑。

"你说你卖掉了那块地,你究竟卖了多少钱?"

"对方说五千万日元,我提到了六千万日元!"

她带着几分自豪,抬起被泪水濡湿的眼睛,栋畠张大嘴巴举起双手,露出惊讶的表情。

"那块土地能卖两亿五千万日元啊!"

妻子的肩膀猛地一抖。

"我说你啊,不管那块土地上的建筑有多么不好处理,怎么能卖出这么荒唐的价格呢?"

"我知道啊!"她用两只手抓着自己的脸,"可我当时不知道啊!拿六千万日元让出土地所有权,就能还清全部贷款,之后就发生了你告诉我山内先生……"

她犹豫片刻,不过并没有停下来,而是继续说:

"你告诉我山内先生的公司的事情,交易顺利的话,那块土地能卖到三亿日元!我这才知道尽管那块土地因为之前的计划失败,留下了烂尾楼,但还是可以卖出那么高的价钱!我以前连想都没想过！"

看来可以将栋畠口中的"两亿五千万日元"提高到现在妻子口中的"三亿日元"的东西，就是十年前的邮件的照片了！

"你为什么不和我商量？"栋畠毫无表情，仿佛在念剧本上写好的台词。

"可是，可是……"妻子不断重复着"可是"，每说一遍，她的肩膀都因为抽泣而颤抖一下，"因为我知道你在担心……我知道你不想让我担心……而且我不想搞垮你呕心沥血建立起来的公司……因为那个公司里有我们共同的回忆……可是贷款太多，我没有自信……很害怕……"

看到这个女人能一个人决定以亿为单位的金钱的走向，夏都感到震惊，她现在才隐约地意识到了一些她以前没想到的事。

为什么栋畠的妻子轻易听信了销售员的花言巧语呢？为什么栋畠这么着急让公司东山再起，不惜采取威胁的手段做交易呢？为什么栋畠要把公司交给妻子打理呢？

"那个，"菅沼客气地说道，"是不是这么回事……"

菅沼看着两个人，决定由自己来说。

"夫人知道丈夫和山内先生之间的交易，觉得如果交易成功，自己的失策就会暴露，所以就藏起了藏着证据的手机。"

栋畠看着妻子的脸问：

"是这样的吗？"

妻子依然低着头，圆润的下巴用力向后缩了缩。

"我不知道除了这样做还能怎么办……"

"可是你为什么要调包手机呢？你只要把手机藏起来就行了啊！"菅沼问出了夏都也想问的问题。

如果只是把手机藏起来，在六本木的那家会所里，夏都和辉夜就不会被怀疑，说不定栋畠会在家里拼命地找手机，根本不会去会所喝酒！

"这是因为……我丈夫总是拿着手机！"

"因为我不知道医院什么时候会打来电话！"栋畠轻声说道。

夏都听了她的话，更加肯定了刚才隐约意识到的事。

"因为没有机会……"

"没有机会……这个人说，医院可能会打来电话，他就连睡觉的时候都把手机放在胸口，保证随时能接到医院的电话，洗澡的时候也会把手机放在塑料袋里带进浴室。我出门买东西的时候偶然看到卖手机的店，于是想到那种店里不是放着很多模型机吗？"

"嗯，是有！"

"我想，有模型机不就好办了？比如在我丈夫吃饭的时候，我可以迅速用模型机换掉桌上的手机，然后趁他去厕所时查看手机里的照片，找出看上去是用来和山内先生做交易的照片，然后删掉……"

她在介绍每一个步骤的时候都会带上手势。

"于是，我问手机店的店员模型机卖不卖。店员说，虽然他们的店里不卖模型机,不过网上能轻易买到。我工作时会用到网络,于是立刻在网上商店下单,在收到货的当天夜里,执行了制订好的计划。我趁丈夫晚上喝酒时,用模型机掉包了真正的手机,装作去厕所,打算在厕所里删掉那些照片!"

她双手握拳,胳膊放在伸直的腿上。

"但是不行,他的手机设置了锁屏密码,不知道密码就用不了……"

听了她刚才说的那番话,夏都觉得,就算她知道密码,也不见得能顺利操作手机,删掉照片。

"就在我想该怎么办时,丈夫急急忙忙地出门了……"

"你忘了那天是周四啊!"栋畠一脸不高兴地说道,"周四是我去会所的日子!"

"把手机扔进水里不就行了吗?"菅沼问道。

栋畠的妻子那副目瞪口呆的表情反而让菅沼感到吃惊。

"那可不行!手机里存放了很多重要的照片啊!他和我出门旅行时总会用手机拍很多照片,还有几张是我们说好以后要认真看的……"

栋畠制止妻子继续说下去,菅沼敷衍地点了点头。

"那么,夫人,"一直沉默地倾听这一番对话的辉夜终于开口,她好像一直在等说话的机会,"邮件照片现在还在栋畠的手机里吗?"

"嗯……还在!"

"你现在带着手机吗？"

"带着,在这里!"

栋畠的妻子摸着自己的手提包。手提包是用加工过的棉布制作的,包的提手是一根弯曲的竹子。

"请在这里删掉那些邮件照片!只要那些照片还在,灾难随时有可能降临到我姐姐头上!"

妻子偷偷地看了一眼丈夫。栋畠低下头,有气无力地看着地板,点了点头。妻子将一只手伸进手提包,从包里拿出手机。大家拼命寻找的栋畠的手机现在正躺在她的手里。

栋畠慢吞吞地接过妻子递给他的手机。在苍白的荧光灯下,夏都能看到他的手上与年龄相符的老年斑。

"手机没电了!"

"对,没电了,我没充电,一直这么放着。"

"你怎么能这样呢?要是医院打来电话了怎么办?"

"如果打不通你的手机,医院会给我打电话的!"

"啊……"

栋畠长按了好几次电源键,屏幕始终一片漆黑。栋畠带着询问的表情抬头看了看山内和辉夜。

"不用担心,我带了移动电源!"

辉夜接过栋畠的手机,然后在自己的小挎包里翻找移动电源,她突然停下动作,眨着大眼睛。

"我想起来了,我的移动电源也没电了,抱歉!"

她再次看向栋畠和他的妻子,闭上嘴犹豫了片刻,扬起嘴角,露出了灿烂的笑容。她把手机还给栋畠夫妇,对他们说:

"我相信你们!请你们带着手机回去吧,但是要和我约好,回到家后马上删掉照片!"

"嗯,我会遵守承诺的!"栋畠把手放在胸口,语气坚定地说道。

"可是,他们可信吗?"夏都不由得脱口而出,"我们暂时保管手机,等我们删掉照片后,再还给他们,不是更好吗?"

辉夜低下头想了想,看着夏都,语气出乎意料地坦率:

"我想相信他们!怎么说呢?我觉得,现在这个时刻就决定了我以后能不能相信别人!很抱歉,你之前帮了我那么多,可是现在,你能不能尊重我的想法?"

既然辉夜都说到了这个份儿上,夏都很难继续坚持自己的意见,这件事本来就是因辉夜而起的。夏都决定尊重她的想法,不情愿地点了点头。

"山内先生,杏子小姐,这样可以吗?"

两个人没有立刻回答。过了一会儿,山内带着苦笑点了点头,杏子带着叹息同意了。两个人都是一副精疲力竭的样子。

"那就拜托了,我相信你!"辉夜直直地盯着栋畠,仿佛松了一口气,微笑中带着几分少女的羞涩,"我们一起喝过酒嘛!"

七

或许因为这里地势较高,能看到很美的星空,夏都觉得自己的眼睛就像被清洗过一样。冷空气扑面而来,仿佛能听到高亢的风声。

在停车场,杏子发动了钻石哈姆雷特号。她摇下车窗对夏都说:

"那我先告辞了……"

"开车要小心!"

夏都看着一脸疲惫的杏子竭力控制自己情绪的表情,下意识地拍了拍她的肩膀。杏子的肩膀纤细且柔软,很有女人味。隔着运动服传来的体温本该分不清男女,但是夏都能清楚地感觉到那是属于女性的温度,心中突然生出了同情。夏都想:我的肩膀也是这种触感吗?不,或许我的肩膀比杏子的更硬一些,更冷一些。

就在这时,她突然想到一件以前不明白的事。杏子的年龄和工作都和她一样,但两个人却有着某种巨大的不同。在麦当劳的二楼和她聊天儿时,夏都就有这样的感觉,但是现在夏都有点儿能够理解这种不同了……不行,还是搞不清楚!

"我们都要加油啊!"

杏子微微地动了动嘴,似乎想说"谢谢",却没有发出声音。

不适合餐饮从业者的波波头的刘海儿将她的表情挡住了一半。夏都提议自己开车和杏子一起回去,杏子却沉默地摇了摇头。

山内必须检查被夏都他们弄得一塌糊涂的拍摄现场,所以还在那栋建筑里。他要仔细检查一遍物品损耗的情况,然后想一想如何向制作公司解释,"红辣椒"与"汉堡包"也和山内在一起。

杏子摇上窗户,挂上倒挡,不适合停在医院停车场的移动餐车缓缓掉头,发出一声轻微的换挡声后,毫不犹豫地离开了。红色尾灯离开停车场,车前灯照亮了前方的树丛,左转后,餐车隐入灌木丛,驶下坡道。年末的冷风从目送杏子离去的夏都等人中间穿过,大家都缩了缩脖子。

栋畠说,他的车停在坡下。

"你的车一直没有熄火⋯⋯"

"我没想到会发生这种事!"

"是啊!"

所有人都克制地笑了笑,朝停车场出口走去。空气中混合着潮湿的草木香,寒意穿过鞋底渗入脚心。四周一片寂静,大家的脚下传来落叶的低语声。菅沼用手电筒照亮前方的地面。手电筒是山内借给他们的,是摄影棚的办公用品——既然没机会还,应该说是送给他们了吧。

大家的话都很少,智弥拿出手机一边摆弄,一边灵活地跨过脚下的台阶。

"栋畠先生,我能问你一个问题吗?"

走到灌木丛旁边,夏都看着在地面上晃动的手电筒的光,问道:

"你的身体不舒服吗?"

栋畠看着地面,轻轻地笑了一声:

"啊,算是吧……毕竟上了年纪!"

栋畠把圆润的下巴埋在毛衣领子里,语气像是在说一件往事。因为他没有继续说下去,夏都正打算继续问,栋畠突然抬起头望着前方的黑暗。

"是恶性的,剩下的时间不长了!"

所有人都抬起了头。因为栋畠本人没有停下脚步,所以大家都配合他的节奏,一边走,一边看着他的侧脸。

"某一天,医院打来电话跟我说,请您不要惊讶,我们发现了新的治疗方法……"栋畠慢慢抚摸着胸口,"我希望能发生这样的事,听到这样的话!"

因为这件事,栋畠才一直把手机放在身边!

"一想到这件事,我就不停地想:医院会不会现在打来电话,会不会现在打来电话……我就是这么放不下啊!"栋畠笑了,见没有人配合他笑,他自嘲地继续说道,"自从我知道自己得了病,生活就变得忙碌起来。我想去尝试所有想做的事,首先,周一要打弹珠机,周二必须去医院,周三看赛马,周四在六本木会所享受贵宾服务……其实我只能喝一杯酒,剩下的酒就全部交给店员了。周五想想有什么新鲜事可做,周末就和我太太悠闲地享受生活。怎么样,我是不是很忙?"

说起来,栋畠来到西新宿停车场,告诉夏都车位不能用了的时候,胳膊下面夹着的确实是报道赛马消息的报纸,那天正是周三!

"到了这个年纪,还没做过什么坏事,我总觉得很丢人!"

难道栋畠威胁山内和他做交易,是因为这种念头?他骗夏都和杏子说停车场的车位不能用了并提出那种建议,也是因为这个原因吗?

这种事情只有他本人才知道。

"啊,对了,挂川小姐……"

"什么事?"

"抱歉,请你继续用停车场的车位吧。那个……小摊?"

"啊,移动餐车!"

"请在同样的时间继续经营移动餐车吧!"

栋畠看着夏都,咧嘴笑了,看来他心里舒服了——可是就算刚才那番话能够解释栋畠此前的所有言行,依然不能成为他做那些事的借口!夏都有一股冲动,想说些重话,可就在这时,她看到栋畠微笑的嘴边呼出一口白气。夏都突然觉得这个人和自己一样,是一个普通人。看在这口白气的份儿上,夏都决定稍稍惩罚他一下,就原谅他。

"这次不需要什么特殊的回礼了吗?"

栋畠睁大双眼,迅速瞥了一眼妻子。

"只要没有交换条件,我就心怀感激地接受了!"

能在那里继续经营餐车确实让夏都心怀感激,虽然这样做对不起现在每天都能使用那个车位的杏子。

"啊……嗯……请用吧!谢谢!"

栋畠说着奇怪的话,没有意义地频频点头,移开了目光。这时,他的妻子叫了他一声,栋畠又睁大了眼睛。

"怎么了?"

"手机的密码是什么?"

栋畠的表情明显放心了。

"你问这个干什么?"

"就是有些在意……"

栋畠口齿不清,生硬地回答完之后,他的妻子把耳朵凑过来说:

"什么?"

栋畠从鼻子里深深地呼出一口气,皱着眉头重复了一遍:

"是结婚纪念日。"

夏都越来越看不懂栋畠这个人了。不,她看不懂的不只是栋畠,毕竟她连自己都弄不清楚,总是任性地闹脾气,甚至需要智弥听自己倾诉。她自然不可能知道别人是什么样的人。就连栋畠自己,一定也没办法说清楚自己是什么样的人。看来,人都是有多面性的,大概每个人都有连自己都没有见过的样子。夏都同样如此,就在不久前,她根本想不到自己会一头钻进这种事里!

众人来到了坡道的顶端。

菅沼举起手电筒,柳牛十兵卫号隐约出现在手电筒的光里。

夏都想:明天是周几?我还有没有力气准备好饭菜,在补习班前面或者西新宿的停车场经营餐车?要不干脆直接进入寒假吧!

不!不行!

夏都无声地斥责心中的懦弱。她没时间偷懒,必须工作!她必须不断增加客户,不断赚钱,尽快还清柳牛十兵卫号的贷款!她还要换餐车名,用上自己想出来的新餐车名。夏都从牛仔裤口袋里取出手机,想看看明天是周几。

这时,智弥突然停下脚步。

他的动作就像撞上了一道隐形墙壁,所以夏都和其他人也条件反射地停住脚步。

智弥缓缓转过身,看着夏都。

"怎么了?"

他没有回答。

智弥一只手托着下巴,眼睛盯着下方空无一物的地方,像是突然想到了什么一样猛地抬起头,看向刚刚离开的那栋建筑。智弥的眼镜在菅沼手中的手电筒光的照射下,反射出白光。在没有被光影响的位置看他,可以看到他的眼睛中带着前所未有的认真表情。那或许是夏都见过的,智弥最认真的表情!

"怎么了?"

"不对……"

"你忘带什么东西了吗?"

听了夏都的问题,智弥顿了一下,然后点点头。

准确地说,是他想要点点头。

就在智弥的头要点下去的时候,夏都的眼前瞬间亮起一片光,一阵爆炸声冲击着她的耳膜,仿佛是她的眼睛在发光,她的耳朵像爆炸了一样。实际上光和爆炸声的中心是坡道下方的柳牛十兵卫号。夏都的身体还没有反应过来,甚至没能眨眼,脸上就传来了一阵剧烈的疼痛。

第五章

一

女人坐在地上抬头看着男人。他满脸疑惑,似乎并不理解刚才发生了什么。

"啊……"

男人看看从地上抬头看着自己的白衣女人,又看看右手握着的大型手电筒,发出了同样的声音。

"啊……"

女人的左眼旁边流下一行鲜血,鲜血分叉后流过脸颊,从下巴滴落。她的黑眼珠颤了颤,男人的呼吸突然变得急促,黑暗的房间里只有他们两个人,手电筒的光微微地颤抖。

在二楼的病房里,枕边的台灯被点亮,照亮了少女的照片。几根枯枝一样的手指抓起了照片,老人双眼含泪。他眨了眨眼,泪水从眼角流出,却因渗入了眼角的皱纹而没有流下来。

手术室中,穿着白衣的年轻医生将塑料瓶里的大量氢氧化钠倒进了装有清水的烧杯。

画面回到昏暗的办公室里。刚才殴打女人的男人一次又一次地砸下手电筒,仿佛失去了理智。女人已经发不出声音,她的头部随着受到的冲击摇晃。她就是发现了有问题的文件的护士,打她的人是院长。

夏都没有看之前的剧情,不知道她发现的文件究竟哪里有问题。

这时,寺田桃李子饰演的人物打开了公寓的门,她还不知道自己工作的医院里发生了可怕的事。

"抱歉,我又回来晚了!"

厨房开着灯,有电视机的声音。可是桃李子走近一看,一个人都没有。

"真希?"

桃李子把手提包放在桌子上,叫着女儿的名字。

"真希?"

屋里传来了微弱的呻吟声,桃李子表情僵硬地看向桌子对面。上小学高年级的女儿穿着睡衣倒在地上,缩着汗津津的身体,按着腹部。

电视剧播到这里,主题曲响起,画面上开始滚动字幕。

然后是下集预告,院长开着豪车去往某处,后备箱里装着三个特大医用塑料袋,不知道里面装着什么,大概是尸体。在病房里看着少女照片哭泣的老人面对将氢氧化钠溶解在水里的医生,惊讶地说:"是你……"寺田桃李子在医院的候诊室里掩面而泣,手术室中传来护士的声音:"加油!加油!"一名中年男子站在镜子前面转着脖子,他很在意自己稀薄的头发——这是广告。夏都按下了遥控器上的切换键。电视画面切换到正在播放的综艺节目,出现了美食评论家吃肉的特写画面。

新的一年已经过去一周了。

可是在收到新餐车之前,她什么也做不了,只能坐在客厅里看提前录好的寺田桃李子主演的电视剧,偶尔用智弥听不到的声音叹一口气,拧一拧菅沼送给她的八音盒的发条。自从那件事情发生后,只过了剪一两次指甲的时间,可夏都却觉得过了很久。

使柳牛十兵卫号爆炸的是甲烷气体。这是赶到现场的消防员和警察简单勘查过现场后说的,在他们说之前,夏都就想到了。

那天,他们那么多人跟在钻石哈姆雷特号后面开车追了那么久,也许有人不知道在什么时候撞到了炉子的按钮,导致炉子漏气了!夏都他们没有发现,就走进了医院摄影棚。

不知道是什么东西着了火。

甲烷气体和空气以相当的比例混合后,非常容易爆炸!

一名消防员看着烧焦的柳牛十兵卫号解释,他脸上的表情好像在说：你连这种事都不知道吗？

"只要有一点点静电，就会立刻起火！"

当时柳牛十兵卫号没有熄火，而且厨房区还有很多电器，比如保温柜和加热灯，恐怕其中一个就是起火的原因吧。夏都一想到他们有可能更早回到车里，就浑身发抖。如果他们早早地回到车上，打开门，释放出甲烷气体，或许就不会发生爆炸了，可是他们被爆炸掀出车外的情景也清晰地浮现在夏都脑海中，就像黎明时分的梦境一样。

幸运的是没有人受伤。夏都和其他几个人被前挡风玻璃的碎片划伤了皮肤，不过并没有留下严重的伤口。受伤的只有柳牛十兵卫号，还有大家留在车里的随身物品和夏都的手机。

夏都的手机并不是因爆炸而毁坏的。当时夏都为了查第二天是周几，正好把手机从口袋里取出来。她因为爆炸而震惊，失手将手机掉到了地上，大号小渕狠狠地踩了上去。踩到手机的人是大号小渕，"狠狠地踩了上去"是大号小渕自己告诉夏都的。当时，夏都的眼里只有冒着黑烟的柳牛十兵卫号！

事故上了新闻！

新闻中虽然没有出现夏都他们的名字，却出现了辉夜的名字。不过新闻里没有提到详细情况，只说了辉夜和朋友们出门时，其中一位朋友的移动餐车由于甲烷气体泄漏而爆炸，没有人员受伤。智弥说有好几个新闻节目做实验验证了甲烷气体的危险性，还在街头采访经营移动餐车的人，但是夏都并没有看那些节目。

辉夜觉得自己要对事故负责。

柳牛十兵卫号已经报废,为了继续工作,夏都必须买一辆新的移动餐车,辉夜提出,费用全部由她提供。

辉夜之所以会为夏都做这些,恐怕是智弥的错!

不,究竟该说是智弥的错,还是多亏了智弥呢?

"那辆餐车是夏都的全部!"在消防车到达前,智弥看着冒烟的柳牛十兵卫号感叹道。

当时智弥明显是为了让辉夜觉得自己有责任,才故意暗示辉夜要为事故负责的。辉夜久久地盯着智弥的侧脸,仿佛在揣测他的心思,最后静静地点了点头。

"都怪我!是我把你们卷进来的!"辉夜转身对夏都说道,"我会承担全部费用!"

夏都拒绝了,可是辉夜不听,表示要全额赔偿,让夏都一定要把新车的报价单寄给她。虽然他和智弥同龄,但毕竟是个当红艺人,应该有不少钱——因为这个想法,夏都最终还是屈服了。

真丢脸!

刚过完年,夏都就来到以前帮忙改造柳牛十兵卫号的汽车经销商那里,并拿到了新移动餐车的报价单。两天前,智弥用邮件给辉夜发去了报价单。因为笔记本电脑和柳牛十兵卫号一起报废了,所以智弥用手机拍了报价单给辉夜发过去。辉夜的回复很短,她让夏都把银行账号信息发给她。夏都回复她后,在今天早上收到了买车需要的全部费用。

夏都确实被辉夜他们误认作杏子绑架了,也被卷入了这次事件。可是听了辉夜的话之后,不知道她出于义愤填膺还是同情,竟然被情绪驱使,主动加入了这次"战斗"。智弥应该明白这一点才对,不,他一定明白!但智弥还是对辉夜说出了那样的话,让辉夜觉得自己有责任,或许是因为他担心夏都的生活。

夏都还没有和智弥谈过最近发生的事。

因为她觉得丢脸,难以启齿!

无论做什么,夏都都感到不安,她的心里就像有一台重心偏移的洗衣机,总是发出"咣当、咣当"的声音。

电视开始播放广告。夏都起身,想冲一杯咖啡,可是她突然僵住了,重新看向电视画面。

出现在五彩缤纷、造型时尚的耳机广告中的人正是辉夜。辉夜走在大街上,坐在电车里,拿着马克杯坐在咖啡厅里,耳朵里的耳机不断改变颜色,令人眼花缭乱。当然耳机并没有真的变色,那是后期加工过的视频。

在电视里看到辉夜时,夏都觉得和这名少女一起坐在柳牛十兵卫号上东奔西走,在麦当劳里逼问杏子,在一片漆黑的医院摄影棚里跑来跑去的故事仿佛都是其他人的经历。电视广告里的辉夜在街上看到了朋友,一边摘下耳机,一边跑向朋友。夏都看着那个画面,觉得她仿佛从自己身边跑掉了,就算自己叫住她,她恐怕也只会回过头来,好奇地看着夏都,歪着头,想不起来那是谁吧!尽管辉夜负担了购买新餐车的所有费用,夏都却依然产生了这样的想法。

在连锁折扣商店的广告和房地产的广告之后,电视画面又切回了美食节目。镜头缓缓扫过一家时尚的烤肉店,大厅深处有一个小房间,里面躺着数量惊人的红酒瓶。需要买多少辆移动餐车的钱,才能开一家这样的饭店呢?

夏都本来想凭借自己的成功,用自己的钱换掉柳牛十兵卫号,这一直是她的目标之一。当然,用新餐车开始工作之后,夏都还要继续还已经报废的柳牛十兵卫号的贷款,不过,等到还清贷款的那一天,她一定没办法得到过去想象中的那种喜悦吧!

即将收到的新餐车的名字还是柳牛十兵卫号,这是夏都故意选择的。她明明可以借这次机会换掉一直讨厌的名字,可是这样一来,每次看到新名字,她都会想到自己正在用辉夜给她买的车。可是归根结底,用旧名字也没什么太大的区别,夏都依然不能用自己的钱换新车。

如果她当时坚持拒绝辉夜的帮助会怎么样呢?不会怎么样,夏都不可能同时付得起两辆车的贷款,也就是说,她只能放弃买新车,不再做移动餐车的生意!

"人生彻底无路可走啊……"夏都靠在客厅的沙发上看着天花板嘟囔道。

空调向外吐着气,仿佛在替她叹息。她心里的洗衣机还在

"哐当、哐当"地响个不停,她突然觉得,这个世界上没有任何一样东西真正属于她,所有的东西全都是别人的。就算留下一点点属于她的东西,不久也会像沙子或者项链上的珠子一样从她的指尖滑落。

夏都听见智弥从房间里传出来的声音,抬头看了看墙上的时钟,已经过了上午十一点。这个时间,本应是她把广告牌和垃圾桶搬到柳牛十兵卫号前面并在餐车上挂好写着菜单的白板的时间。

"智弥,你饿了吗?"

智弥用手摸着肚子思索。他后脑勺上的头发从早上开始就一直翘着。

"饿了!"

今天是初中寒假的最后一天,明天,也就是一月八日,新学期就开始了。

"你中午想吃什么?"

"吃什么都行!"

"吃西餐吧,姐姐回来以后,我打算一直做日餐。"

明天,冬花就要从巴布亚新几内亚回来了。

柳牛十兵卫号爆炸后的第二天早上,夏都把这一连串事件都告诉了姐姐,但是她没有提辉夜和寺田桃李子的名字,姐姐听完后,其惊讶程度是夏都想象中的好几倍——不,是几十倍。她听说儿子没受伤,这才放下心来。沉默了一会儿,她便向夏都大发脾气,接着又大吼大叫地向夏都道歉,说是她自己硬要把儿子交给夏都照顾,没有资格说这些话。那个时候的冬花真的很吓人!是夏都让智弥卷入了这件怪事,让他坐上了甲烷气体泄漏的危险餐车,还让他经历了各种各样奇怪的事情,夏都无法反驳。她生平第一次听到姐姐用那么大的声音说话,姐姐说自己马上就回日本。挂断电话后,夏都瞒着智弥,在卧室里哭了很久。

年底的飞机票很难买,而且冬花还有工作要处理,于是她决定将回日本的时间推迟一周。

"偶尔也出去吃一顿吧……"夏都又看了一眼墙上的时钟,小声说道。

今天是周一,不过她那么精于算计,一定会在那里吧!

二

"在啊!"

先看到钻石哈姆雷特号的是智弥。夏都在人行道上招了招手,杏子在柜台后面轻轻地点了点头。

夏都和智弥站在稍远的地方等着,等所有客人都离开。总是放很多七味唐辛子的中年男人和帮夏都在白板上画 × 的女人都在。眼前的景象让夏都怀念不已。而此时,一月的穿堂风卷着不知哪里来的枯叶吹过。

261

"夏都小姐,好久不见!"

二十分钟之后,夏都和智弥来到移动餐车旁,杏子露出一个勉强的笑容,她似乎没想好该用什么样的表情面对夏都。

"对了,我听栋畠先生说,你的餐车发生了爆炸,是吗?"

"对,爆炸!"夏都故意用轻松的口气说道,"不过不像电影里的爆炸场面那么震撼!"

其实,夏都觉得当时的场面比任何一部电影里的爆炸场面都震撼!

"杏子小姐,你用气做饭的时候也要小心啊!"

"那是事故吗?"

夏都不禁犹豫了一下。

"嗯,是事故……你为什么这么问?"

"没什么!"杏子慌慌张张地把手伸到围裙前擦了擦,"因为一下子发生了太多事,我不小心就问出了口!"

夏都明白她的心情。在等待消防车时,夏都看着冒烟的柳牛十兵卫号,也怀疑过,想过究竟是谁,究竟为什么……在想这些时,她甚至忘记了餐车里积攒了大量甲烷气体的事。

"真的发生了很多事!"

夏都在最后关头压抑住了想要回忆前几天发生的事的冲动。前阵子,她总是一次次地想起那些事,不断地回忆、反省,她的心里总是充满羞耻感,她已经不想再回忆了!

"夏都,你想吃什么?"智弥问了一句。

"吃什么呢？全都是乌冬面，我反而不知道选什么了……"

夏都和智弥把脸凑近贴在餐车上的菜单，仔细研究。夏都用余光瞄到了杏子，她正欲言又止地看着自己。

杏子把手放在嘴角，嘴巴一张一合，好像在说"快点儿注意到我"，于是夏都转过头看她，轻轻地挑了挑眉。杏子却只是温和地笑了笑。

"我要番茄酱乌冬面。"

"什么？"

"番茄酱乌冬面。"

"啊，不是。"

智弥抬起头，看着夏都和杏子。

犹豫了几秒后，杏子开口说：

"那里放着钱！"

夏都不知道她的话是什么意思。

"我的餐车是从大前天开始营业的，周围的很多公司还在放寒假，没什么客人。我有些无聊，就去那边的自动售货机里买了一罐红茶，回来的时候，我发现柜台上放着现金！"

"零钱？"说到现金，夏都想到的是客人不小心掉在地上的零钱，有人将其捡起来放在柜台上了，但是完全不是那样。

"是三十五万日元！"

杏子带着打从心底觉得不可思议的表情说出了那些现金的金额。

"我也很震惊,马上在附近转了转,但是路上的人都和平常一样……"

杏子停下来,似乎在等夏都说话。

"有人直接把现金放在柜台上?"

"不,是放在信封里。啊,我刚才说马上在附近转了转,其实也没有那么快。我不知道信封里是什么,打开看了一下,抽出来后又害怕地放了回去,然后才去附近转了转。"

"信封……"

夏都想起以前装着电费的信封,不禁看了一眼智弥。

"不可能是我啊!"

智弥在夏都问出口之前就否定了她的猜测。

"我真的什么都不知道!我觉得很难受,没有任何线索,就给栋畠先生、山内先生和你打了电话。可是栋畠先生和山内先生都说那些现金和他们完全没有关系,听起来不像在说谎,只有你没接电话。"

"我的手机坏了,还没有买新的,因为家里有电话,所以就先用家里的电话了。"

"这样啊!"

杏子又沉默了,一副等着夏都说话的表情。可是面对杏子的期待,夏都不知道该说什么,她完全没有线索,甚至想不出任何方向。

"三十五万日元!"她没有任何想法,只是重复了一遍现金的金额。

"对,三十五万日元!就放在那里!"

杏子用手指轻轻地摸了摸柜台的一端,可是就算知道了放现金的地点,对夏都猜测其来源也没有任何帮助。

"你打算怎么处理那些钱?"

"钱暂时放在我这里。"

"你收下它不好吗?"智弥又看向菜单,随口说了一句。

"哪有你想得那么简单!"

"啊……"杏子说道,"说到手机,我想起来了。夏都小姐,栋畠先生联系过你吗?"

"没有,怎么了?"

"栋畠先生说他打不通你的电话,就向我要你的联系方式,不过我也不知道你家的电话,没办法告诉他。"

"他有什么事吗?"夏都问道。

杏子突然压低了声音。

"是假的!"

"假的?什么东西是假的?"

"手机!"

"谁的?"

"栋畠先生的!"

过了好一会儿,夏都才理解她的意思。

"啊?夫人还给栋畠先生的手机是假的?"

"对,那叫什么来着……就是手机店里的那种……"

"模型机。"智弥迅速地回答。

"好像就是那个!他们把手机拿回家,插上充电器,手机没有反应,他们觉得不对劲儿。栋畠先生用平头螺丝刀打开了手机盖子,然后……"

"是假的?"

杏子点点头,智弥自言自语地说:

"虽然我不明白怎么回事……可是,很危险吧……"

对,很危险!

"希望我们没有白忙活一场!"

这时,智弥口袋里的手机响了,屏幕上只显示了来电号码。

"喂……啊,您好!"

智弥把手机放在耳朵旁边,告诉夏都打电话来的人是小渕。智弥的脸上原本是一副厌烦的表情,听到对方说的话后,突然变得面无表情。然后智弥就只是听着小渕一个人说话,只是偶尔附和一声。

终于,智弥挂掉电话,沉默了几秒钟后,他的目光从手机屏幕上移到了夏都和杏子的脸上。

"我们好像晚了一步!"

三

当天夜里,夏都坐在艾米特酒吧的凳子上。

"以后会变成什么样子呢?"

坐在旁边的菅沼含糊地摇了摇头。

夏都点了和上次一样的加冰的威士忌,一小口一小口地喝着,菅沼也一小口一小口地喝着兑了水的冰咖啡,老板若无其事地看着架子上的酒瓶。有些年头的音响播放着广播里的爵士乐,吧台上的蜡烛烛光摇曳。

栋畠先生手机里的邮件照片在网上传开了。上传了照片的网站上列出了不知哪个网友故意列出来的"奉优""山内俊充""卡奈企划"等热搜词,当然,也有"杏仁酒组合""寺田桃李子""菱村杏子"等关键词。

这些网站中有无数网友嘲笑偶像和女演员被潜规则的评论,夹杂着对广告代理商和艺人关系臆测的咒骂,以及对整个娱乐圈不负责任的批判。

接到小渕的电话后,夏都和智弥急忙回到他们的公寓,高见和小布也来了。

"联系到辉夜了吗?"

四个人都摇了摇头,和夏都第一次被带到这个房间的时候一样,四个人面前都摆着自己的笔记本电脑,四个屏幕分别显示着不同的内容,但全都是网友肆意讨论寺田桃李子在十年前做过的事情的网页。

"我在群里发了消息,可是她没有回复。"

夏都第一次见到小布用这么没有底气的声音说话。

"打电话或者发邮件呢?"

"我们都不知道彼此的直接联系方式。我们一直都是在社交软件的群里交流,虽然知道彼此的社交软件账号,但是不知道彼此的电话号码和邮箱地址!"

"我知道辉夜的邮箱地址!"

听到智弥的话,其他四个人都吃了一惊。智弥似乎不知道该用什么表情面对那四个人,他解释道:

"因为我要把夏都买的新车的报价单发给她,所以问了她的邮箱地址。在赶来小渕和大号小渕先生的公寓的路上,我已经给她发了邮件。因为夏都很担心她,所以让我给她发邮件,但是我还没有收到回信!"

"评论还在增加!"

小渕蜷着身子操作着鼠标。

"嗯……还在增加!"

大号小渕放松了一下马上就要闭上的眼皮,呆呆地看着屏幕。

沉默笼罩了整个房间。这种沉默带着一股无能为力的空虚和悲伤。屋里偶尔有人操作鼠标,能听到轻微的敲击声和叹息声。

后来,辉夜依然没有回复,一直都没有。

"这是悲伤,还是空虚呢?"

夏都想用语言表达心中满溢的情绪,却找不到合适的形容词。她叹了口气,拿起杯子。

他们做了这么多,究竟是为什么呢?事情为什么会变成这样呢?为什么栋畠的手机是假的?被他妻子藏起来的手机一直都是模型机吗?难道真手机又被别人调包了?

全都是不知道答案的事情。就算夏都按顺序梳理一遍发生过的事情,也只能回忆起像电影预告片一样令人印象深刻的事件片段,没办法拼凑出有意义的完整故事。

辉夜、寺田桃李子、杏子、山内、栋畠,对夏都来说,他们原本都是陌生人,是和夏都的人生没有任何关系的人。如果夏都不认识他们,那么就算发生同样的事,十年前的事情在网上引发热议,伤害了一位女演员,这依然是无数流言中的一条,夏都不会太关注它,就算一时关注了它,也会很快忘记它。可是现在,因为偶然,夏都和他们产生了关系。

因此,原本应该对夏都没有任何影响的留言会让她如此伤心!

不,对夏都来说,因为辉夜出钱帮她买了新的移动餐车,所以她不仅回了本,甚至还有了入账!

尽管如此,她依然感到十分空虚,十分伤心!

音响里传出的音乐变了,开始播放八音盒里的那首曲子,那首很耳熟的钢琴曲。夏都不禁想起了菅沼送给自己的圣诞礼物,菅沼似乎也想起来了,两个人都微微侧了侧脸,但是他们的视线没有交汇。

"一直手忙脚乱的,没有好好向你道谢,对不起!"

"不,不,你喜欢就好!"

"我很开心!"

菅沼转过头说:

"幸好和他商量过了!"

"和谁?"

"智弥。"

菅沼脸上还留着刚才那副虚无的表情,却骄傲地抬起了头,仿佛在炫耀优秀的学生。

"我给他发邮件,跟他商量,说我想给女生送礼物,不知道送什么好。"

"哦……"

"我没有说是送给你的,所以请放心!"

智弥给菅沼推荐了八音盒之后,就看到夏都在家里拿着八音盒。菅沼真的认为智弥发现不了吗?看起来他真的这样认为!

就算如此,菅沼也找错了商量的对象!毕竟八音盒在女性杂志上的"女性收到后会感到困扰"的礼物排行榜中名列前茅!

想到这些,夏都回忆起自己在客厅打开八音盒时的情景。

夏都说自己收到礼物"挺高兴的"之后,智弥只是附合了一声,就离开了。

难道智弥是故意的?他在网上查了"女性收到后会感到困扰"的礼物排行榜之后,然后故意将八音盒推荐给了营沼?如果是这样的话,那么他还挺可爱的!说起来,营沼以前虽然撒谎说自己不知道夏都的年龄,不知道夏都是智弥的小姨,不过,揭穿他谎言的人也是智弥。礼物的事或许也是出于同样的心理,夏都不知道是不是自己想得太多!

真相只有问过本人才能知道,不过夏都觉得自己感受到了智弥的温度,心里挺高兴。

"今天在等辉夜的回复时,听那四个人说了很多事。"

他说的那四个人是指小渕、大号小渕、高见和小布。

"我问他们为什么这次要帮辉夜。"

从刚见面开始,夏都就很在意这件事,但是因为各种意外接踵而至,她一直没有机会问。

"有一个供粉丝交流的网站,一开始,我们是在那里收到了辉夜小姐直接发来的信息。"大号小渕盯着笔记本电脑的屏幕,微微地抬起头继续说道,"我以为她只是在平日或者休息日,抽时间找我们几个人聚一聚。"

其他三个人什么都没说,不过每个人的嘴角都带着自嘲的微笑,总是笑着的小渕嘴角也露出了自嘲的微笑。

然后大家就盯着自己面前的笔记本电脑屏幕沉默了。

"我以前还在好好工作,直到四年前……"大号小渕突然开口,仿佛在对着笔记本电脑说话,"我离开了父母家,找了一间公寓,想一个人生活。"

大号小渕虽然是在盯着屏幕,却像在眺望远处的某件东西。

"我会做电脑软件系统,在公司里挺有名的,技术不错,而且做事情也快。"

夏都默默地点了点头,但是大号小渕没有看她。

"没什么原因,硬要说的话,就是公司上下都在夸我,我就得意忘形了……也许是工作强度太大了吧!一天早上,我坐在电车里,突然感到一阵剧烈的头痛和腹痛。下车后,我往公司走,疼痛渐渐加剧。那天,我还是早退了,刚到家,我的头和肚子都不疼了!可是第二天,我在电车里,又发生了类似的事情。这次到公司附近时,我的手一直在抖,不知道为什么,眼泪一直流,停不下来,我只好转身回家。"

大号小渕说,从那以后,他再也没有去过公司。

"只要生出去公司的念头,头和肚子就会疼,手脚也会颤抖,实在没办法控制!于是,我就打电话跟领导说,我要辞职,当时我做好了充分的心理准备,可是……"大号小渕轻轻地笑了一下,"领导没有挽留我!"

大号小渕每天早上穿着西装出门,不是去公司,而是去游戏厅打游戏,一直打到傍晚。

"我说不出口,不管是对父母还是对他,太丢人了!"大号小渊冲对面弓着背的小渊抬了抬下巴,"可是后来,这家伙有一次碰巧来到了游戏厅!"

大号小渊说,他不上班打游戏的事,被当时还是大学生的小渊发现了。

"所以,这家伙不工作是我的错!"

夏都不太明白。

"才没有这回事!"小渊慢吞吞地说道。

"没事……你不用否认!"

没有人再说话。可是从两个人的态度来看,大号小渊似乎认为小渊是因为顾及自己才没有去工作。夏都不知道真相是否如此。虽然她不知道真相,但是看小渊否认得那么敷衍,或许这就是事实!

"父母出门工作的时候,我们俩就在家打游戏,活得真是没有意义!可是……"说完这句话,大号小渊沉默了一会儿,看着自己放在键盘上的手,"成为辉夜小姐的粉丝、和小渊一起支持辉夜小姐后,我真的觉得很快乐!我还见到了小布和高见!"

在辉夜将他们聚集起来之前,他们彼此是相互认识的。

"辉夜的游戏宣传活动、签售会,我们基本上都会去。尤其是高见,他会买很多周边,所以名声在外,大家都知道他!"

高见说了一句"不过,我用的不是我自己的钱",然后看着空无一物的地方慢慢地眨了眨眼,他说,自己的家人是开公司的。

"所以,钱是不缺的!"

"高见先生,你以后会当社长吗?"夏都问道。

高见叹了口气摇了摇头:

"父母已经放弃我了!"

高见的父母在经营一家卖医疗器械的贸易公司。

"虽然听起来是能帮助人的工作,其实签合同赚钱都是靠应酬和给好处费。医生也是如此!比起为患者着想,他们考虑得更多的是和哪家公司签约能赚更多的钱!当然,我知道不是所有的医生都这样,不是所有的公司都这么做,不过,我对行业里的这种情况持怀疑态度,所以我决定不继承公司了。现在想想,我只是想要对某些事情持怀疑态度而已,就像在宣称自己不想走在父母为我铺好的道路上一样!"

大学毕业后,高见看了好几本自我启发类的书,想找到自己人生的方向。

"书上说,只要你自己闪闪发光,好工作就会主动找上门来!我盲目地相信了书上的内容,想让自己闪光,于是我想到处旅游。因为奈良县有一条河跟我的名字一样,所以我想先去那里看看!"

直到这时,夏都才发现自己还不知道高见的全名。她问他的名字是什么,得到了"高见川"的回答。小渕、大号小渕和小布同时露出了惊讶的表情。

"奈良县的那条河里有很多天然香鱼,那好像是一条非常漂亮的河！"

"好像？"

高见说，他没有去。

"怎么说呢？虽然我能感觉到就算去了也没有任何意义，但是不想真正确认这一点。尽管是我自己决定不去的，可当时没有去看高见川这件事依然让我丧失了全部自信，什么事情都做不了……"

高见说，自己之所以在辉夜的活动上买周边，是因为他觉得自己因帮助了辉夜而感到开心。

这听起来完全不像说给夏都听的借口，夏都意识到，高见所说的话很有可能只是借口。以前的夏都会觉得他说的这些百分之百是借口，而现在……以前的她和现在的她究竟发生了什么变化呢？她变软弱了吗？抑或是她了解了人类的软弱？

"我真的做了！"小布喃喃地说道。

"做了什么？"

听了高见的问话，小布看着桌子，沉默了一会儿，似乎在寻找合适的措辞，最后终于放弃了，回答道：

"寻找自我！"

"熊谷很聪明，熊谷学习好——从小学低年级开始，大家都这么说我！"

小布说，自己明明没怎么努力，可成绩一直名列前茅，考进了东京的知名高中，然后进入了日本尽人皆知的好大学。

275

"我在大学里的成绩也一直很好,可是成绩好没有任何意义!"

因为不擅长找工作,小布大学毕业后并没有找到工作。虽然她拿到了几份大公司的内定通知,可是她想象不出自己在那些公司工作的样子,最终还是放弃了那些工作机会。

"从小,除了在学校成绩好之外,我没有任何优势。我发现自己唯一的长处也没有意义,就变得不知道自己是谁了。从那以后,我每天什么都不做,一直在啃老!"

就在那时,日本掀起了"寻找自我"的风潮。小布一时兴起,拿出从小存的压岁钱出门旅行。她去了韩国,去了日本的北海道和冲绳。

"那只是三次观光旅行而已!"

小布读了开咖啡店的书,参加了东京绿化的志愿者活动,还去了动物园饲养员的招聘会。

"我只是在赶'寻找自我'的潮流罢了,最终什么都没找到!二十年都没能找到的自我,怎么可能因为去了别处就找到了呢?"

就在那时,她在电视上第一次看到了辉夜。

"不知道为什么,我觉得她真的很特别!"

小渊、大号小渊和高见都点了点头。

"辉夜小姐有我一直想要的特别的长处,而且她那么小就在娱乐圈工作!"

小布说，自己一下子就被辉夜吸引了，于是便开始崇拜她，现在依然崇拜她！

"这次辉夜小姐联系我的时候，我喜极而泣，真的哭出声来了！"

"辉夜小姐拜托我参加这次的计划时……"大号小渕抬起头，带着做梦的表情望向空中，"让我想起了小学时的事。"

大号小渕说的是一个他和小渕玩过的电子游戏，夏都不记得那个游戏叫什么了。大号小渕没有看任何人，陶醉地描述着那个游戏。在那个游戏里，四名主人公齐心协力拯救世界。大家都带着感同身受的表情点头，然后四个人聊了一会儿游戏的话题。比如用哪个魔法可以进入无敌状态，自己是当时全班第一个打倒某个敌人的人，课间的时候大家都跑来问怎么打。四个人带着攀比的心态谈起自己在游戏里的冒险，可是他们都没有看彼此的脸。夏都听着这四个人的话，开始思考一些问题：对他们来说，辉夜究竟是什么？他们帮助辉夜是为了她，还是为了自己？对辉夜来说，他们是什么？

菅沼的动作将夏都从回忆中拉了回来。

"老师？"

菅沼的脖子奇怪地向前伸着。虽然他的头向前伸，但上身依然直挺挺的，活像一个影视剧里的外星人！

"你怎么了？"

菅沼没有回答，他拉过吧台上的玻璃烟灰缸。烟灰缸里放着酒吧的火柴。菅沼拿起一盒火柴,抿紧嘴唇,盯着火柴盒看。火柴盒上只印了酒吧名"艾米特",还有其地址和电话。

"你……没见过火柴吗?"

夏都虽然觉得不可能,但还是问出了口。菅沼突然动了,他猛地把火柴放在吧台上,端起面前的杯子,将里面的咖啡一口气喝完,然后放下杯子,冲着老板大喊:

"老板!"

"在!"

"再来一杯冰咖啡!"

"知道了! 兑水……"

"不要!"

菅沼语气生硬,仿佛下定了某种决心。

"不用兑水!"

老板从冰箱中取出事先做好的冰咖啡,倒进另一只空杯子里。菅沼直接从老板手上接过杯子,将杯子里的咖啡一口气喝干。他喝的仿佛是空气! 接着,他看向夏都。

"是三十五万日元,对吧?"

他问得太突然,夏都一时不知道他在说什么。

"啊,你说的是放在杏子小姐移动餐车上的钱! 对,她说是三十五万日元!"

"你明天有时间吗?"

"我姐姐明天回国,我要去机场接她,不过,接她回家之后就没事了！"

"把时间空出来！"

菅沼的脸和身体微微地颤抖，仿佛刚才摄入的咖啡因在他的体内到处乱窜。

"见面的时间和地点我会告诉智弥！"

四

第二天中午刚过，夏都和智弥走出车站的检票口。

"去机场的航站楼吗？"夏都问道。

走在旁边的智弥面无表情地点点头。

"菅沼老师说他会在路上等我们！"

"咱们三个人会合后要去干什么？"

"不知道！"

"你真的什么都没问？老师昨天在邮件里写了什么？"

这时，夏都看到了菅沼，他站在路边冲她和智弥微笑。

不管昨天发生了什么，夏都还是先打了个招呼。

"你们好，走吧！"

说完，菅沼向成田国际机场的二号航站楼走去。透过他的眼镜片，夏都能看到两个黑眼圈，他的脸色比平时更苍白，大概是睡眠不足。

"菅沼老师,今天究竟……"

"我试着想了想,会不会是右边在前?"菅沼看着前方说道。

"右边?"

"等号右边。人们总是会将更早发生的事情放在时间轴或等号的左边,即左边在前,可是会不会不是左边在前,而是右边在前呢?是不是一切都是相反的呢?昨天看到那家酒吧的名字时,我想到了这些!"

"酒吧的名字?"

艾米特……EMIT……

"啊,时间!"

夏都一直没有发现,那家酒吧名字的字母倒过来拼是TIME——英文单词"时间"。

"在国际航班的出站口会合吗?"菅沼回头问智弥。

他问的是和冬花会合的地点,可是航班还要再等很久才能到达!

"我在邮件里说,接妈妈不想迟到,就变成这样了。约在航站楼见面的话,就算咱们多聊一会儿也没关系!"

进入航站楼,三个人走进直梯,国际航班的出站口在上一层。

"今天为什么要见面?"

"老师只是说那个人有话想说。"

"这样啊!"

一会儿究竟要见谁？

"智弥已经帮我们约好了！"

菅沼转过身回答了夏都的疑问：

"不过，对方可能没想到我和你也在。"

"对方是谁？"

菅沼停下脚步，看着大厅里的一处。

只见来来往往的人群中，有一名短发女孩儿静静地站在那里。

她似乎感觉到了注视着她的目光。她回过头来，先发现了智弥，刚想举起一只手，又发现了夏都和菅沼，挥到一半的手停在空中，她的表情凝固了。女孩儿穿着简单的黑色百褶裙和浅褐色的粗呢大衣。夏都第一次见到黑色短发的她，这是她自己的头发。

三个人走近后，辉夜迅速看了一眼夏都和菅沼，然后紧张地看着智弥说：

"我以为只有你一个人！"

可是她很快收起了紧张的表情，微笑着说：

"算了，没关系！"

辉夜把右手拿着的粉色纸袋递给智弥，里面有一个同样用粉色包装纸包好的方盒子，大小和杯装炒面差不多，上面有一个小小的蓝色丝带蝴蝶结。

"这是什么？"

"今天是你的生日吧？"

"啊！"

是这样啊！

"抱歉，智弥，事情太多了，我忘记了！"夏都说道。

"没事，我也不在乎自己的生日！"

智弥接过辉夜递给他的纸袋，动作粗鲁地将纸袋的提手穿过手腕，然后把手插进工装外套的口袋里。

"那个，辉夜……"智弥面向辉夜，声音有些含糊，"菅沼老师好像知道了！"

辉夜的眼睛突然蒙上了一层雾气，仿佛在看非常遥远的地方。

"知道什么了？"

在她发问的同时，众人的头顶上响起航班到达的广播。

广播停止后，智弥说：

"知道了最重要的部分！"

辉夜看着智弥的胸口，抿紧嘴唇，仿佛永远失去了表情。机场又用英语播放了一遍航班到达的广播。有很多声音交织在一起，有日语，也有别的语言。一群年轻男女聚在一起，他们似乎在拍摄纪念照。

"把钱放在室井杏子小姐移动餐车里的人……"菅沼问辉夜，"是你吧？"

几秒后，辉夜看向菅沼：

"应该没有人看到我,而且我穿了姐姐的衣服,她为什么会知道?"

"不,杏子小姐没有发现,恐怕她现在也没有发现。"

这究竟是怎么回事?辉夜为什么要在杏子的移动餐车里放钱?

"那是买消息的钱吧?"

辉夜盯着菅沼的脸眨了眨眼睛,仿佛想看清对方的意图。过了一会儿,她终于点了点头,眼睛里露出深深的疲惫,就像放弃了某种不想放弃的东西。

"你想给她自己说出的金额。"

"菅沼老师,这是怎么回事?"夏都忍不住问出了口。

菅沼回答:

"那是买邮件的钱!"

"买邮件的钱?"

"你还记得辉夜在麦当劳二楼对杏子小姐说的话吗?"

夏都从脑海中挖出那天在麦当劳二楼,众人围在桌旁的记忆。

信息……买邮件的钱……

"啊……"

"我知道你在想什么!娱乐杂志应该会出高价买那些邮件!"

"当然,邮件里牵连的人有没有热度,也会影响到娱乐杂志的出价,我听说,有时候,这种邮件甚至能卖出三十万日元到四十万日元的高价!我姐姐现在正处于热度最高的时期……"

三十五万日元……那正好近似她当时说出的金额。

可是辉夜为什么要给杏子钱呢?

"一切都是反过来的,对吧?"

"不是等号左边的事先发生,而是等号右边的事先发生,对吧?"

"老师,你刚才说的右边……"

"就是现在!"菅沼回答道。

"现在?"

"十年前的邮件在网上传开了。"

这件事相当于在等号右边。现在这种情况是先发生的……

也就是说,这件事从一开始就是计划好的?

"是你把邮件照片放到网上的吧?"

面对菅沼的问题,辉夜毫不犹豫地点了点头。

"将那些照片放到网上之后,娱乐杂志就会主动追过来!"

"在离开医院摄影棚前,栋畠先生的妻子从手提包里拿出的是真手机,是你用模型机将其调包的!"

"没错!"

夏都想起来了,栋畠的妻子取出手机时,手机因没电而关机了。辉夜说自己有移动电源,所以接过了手机。她做出要把手机连在自己挎包里的移动电源上的动作,又说移动电源也没电了,然后把手机还给了栋畠。

"你一开始是想让室井杏子小姐把消息卖给娱乐杂志,对吧?因此,你以那种方式去见她,骗她说邮件能卖出高价!"

"没错,我骗了她,其实娱乐杂志不会出那么高的价格买消息。我也是娱乐圈的人,这种事还是知道的!可是我以为那样说的话,杏子小姐会把邮件卖给娱乐杂志。当然,如果她真的要卖,就会听到比我口中的金额低得多的金额。但杏子小姐一定不会因此决定不卖,因为她的生活很困难,最后应该还是会将其卖掉的!"

"可是见到室井杏子小姐后,她说已经听了寺田桃李子的话,把手机里的邮件删掉了。"

"对,很遗憾!"

"可是你知道了一个叫栋畠的人的手机上存了照片!"

辉夜点点头。

"当时,我从杏子小姐口中得知栋畠先生用的是某品牌最新款的手机,于是准备了一黑一白两台模型机。我本来想在去会所见栋畠先生的时候找机会将手机调包的……"

"结果他的妻子已经把手机调包了!"

辉夜微微地点头:

"我很惊讶!"

"准备好的模型机事先藏在会所里了吗?我记得你的包是在高见先生手里。"

对了,因为高见不愿意换下美少女 T 恤,所以辉夜把自己的手提包给他了。于是高见变成了一个故意穿着奇怪 T 恤的时尚人士,没有在会所门口被拦住。

"模型机被我放在胸口,我一开始就没打算带包。如果事后栋畠先生发现手机被调包了,现场有人带包,有人没带包,一般情况下,栋畠先生肯定会先怀疑带包的人!但是女性从一开始就不带包还是不自然,可能会给同为女性的夏都小姐留下深刻的印象,所以我在夏都小姐面前把包给了高见!"

这名少女竟然能用如此自然的态度做这么多事情!这让夏都大吃一惊!

"辉夜……你为什么要做这种事?"夏都弯着腰,视线与辉夜平齐,"你姐姐不想让人知道的事情,你为什么……"

辉夜直直地盯着夏都,仿佛要捍卫自己拥有的正当权利:

"因为我不想让她结婚!"

夏都先理解了这句话本身的意思,片刻后,才明白了这句话背后的意义。

"我讨厌姐姐结婚!"

从见到辉夜那天开始,夏都经历过的几件事情和辉夜刚才说出的话都极为不协调,满是别扭,夏都想在内心寻找能够接受它的地方,却找不出来。夏都保持视线和辉夜平齐的姿势,求助式地抬头看着菅沼。菅沼盯着辉夜的脸,缓缓地眨了一下眼睛,什么都没说。站在一旁的智弥面无表情地盯着地面,听了辉夜的话,他并没有表现出惊讶的样子。

不,不对!

"我说辉夜……"

智弥已经知道了。

"菅沼老师好像知道了。"

智弥究竟是什么时候知道的?

智弥被卷进这件事的时间应该几乎和夏都一样。后来,是辉夜在某个时候向智弥坦白了吗?

"智弥,你知道辉夜要做什么,却装作不知道吗?"夏都问道。

智弥看向夏都,目光中带着不可思议,仿佛他不明白问题本身的意思。

"对了,夏都不知道这件事!"

"什么?"

"我不是被卷进来的!"

不知道他在说什么!

"你就是被卷进来的吧!你是因为我才卷进来的!辉夜他们认错了人,把我绑架后,我想起你的房间里的照片,想让你看看辉夜本人,才把你带到小渊他们的公寓……"

"照片是我故意放进去的!"智弥打断了夏都的话,"因为我想只要我把卖掉游戏装备挣来的钱装进信封里并放在门口,你看到后一定会胡思乱想,拿着信封去我的房间!"

确实是这样!夏都以为是自己抱怨了电费问题,导致智弥卖掉了笔记本电脑,不知道该怎么办才好。她这才拿着装有现金的信封,走进了智弥的房间。

"我把辉夜的照片剪报放在书架上,故意让你发现。看到介绍移动餐车的杂志,你一定会将其拿出来,拿出杂志就能发现剪报!你发现剪报,就会误以为我是她的粉丝。如果你见到了她本人,以你的性格,你应该会带我去见她,以此来表达我卖掉装备给你钱的歉意!"

"你……"

"既然现在目的已经达到,我就全部说出来吧!"

智弥低头看看地板,然后微微地抬起头:

"绑架夏都不是弄错了人,我也不是辉夜的粉丝,我们很久以前就是朋友!"

说完,智弥看着夏都的眼睛。

"一切都是我和辉夜两个人计划好的!"

五

"就像刚才智弥说的,我们一直是朋友!"辉夜坐在大厅的椅子上说道。

智弥、辉夜、菅沼并排坐在三人座上,夏都站在他们三个人对面,想看着辉夜的脸,听她说话。

"不过我和智弥真正见面,还是在夏都小姐把他带来的时候!"

两个人是在同龄男女聚会的网站上认识的。

"我从小就很难和姐姐之外的人交心,上小学时也是,我在班上一个朋友都没有。小学六年级时,娱乐圈的工作忙了起来,我不去学校的日子越来越多,交朋友也越来越难了,所以我的朋友都是在网上交的。我藏起辉夜这个名字,把自己伪装成一个没有工作的普通女孩儿。"

刚开始,辉夜非常开心,沉迷其中。

工作的时候,她时常想着和朋友交流的内容。

可是,渐渐地,辉夜发现网站上几乎没有可信的人。

"网站上有很多伪装成女孩儿的男孩儿或男人,还有伪装成男孩儿的女孩儿。当然,因为大家都是匿名的,所以有的时候可能是我想太多,不过,至少我能在某种程度上感觉到确实有这样的事,于是我就谁都不相信了!"

"可是,智弥和其他人不一样,是吗?"

"是的,我不知道他究竟哪里和别人不一样,但是我们相处得很融洽,还交换了私人邮箱。我们在网站之外交流后,我知道了,我们年龄相仿,还是婴儿的时候就父母离异,因为家庭原因,经常搬家,我们的共同点非常多!"

"在知道这些前,两个人有什么共同点呢?"

"我跟智弥说,我姐姐是著名女演员。如果不说的话,我很难把家里的情况说清楚,但是说出这件事,对我来说,需要很大的勇气。以前,我把姐姐的职业告诉了网站上一个关系不错的女孩儿,她总是吵着让我告诉她姐姐的名字,我说会给姐姐添麻烦,拒绝了她,结果被她举报成了喜欢说谎的人,我只好换了一个账号!"

可是辉夜告诉智弥她姐姐的工作后,智弥只说自己不了解娱乐圈,没有追问其他的事。

这让辉夜放下心来。

"我告诉智弥我也在做艺人的工作时,智弥的反应完全一样,就连我说出'辉夜'这个名字后,他的反应也非常……"辉夜低着的头稍稍地抬起来一些,"冷淡!"

对,这才像智弥!在房间里书架的一角藏着自己喜欢的美少女艺人的剪报,这是智弥最不可能做的事情——不,正因为如此,夏都看到的时候才不禁松了一口气,完全相信了!

"那时,智弥告诉我,他的母亲还在国外工作,他还要和夏都小姐单独生活一段时间。因为智弥写的是'妈妈的妹妹',所以在第一次见面前,我一直不知道夏都小姐的名字。"

知道智弥对她工作上的事不感兴趣后,辉夜告诉了他自己在做的事情,还说了自己不能经常去学校,没办法和同学顺利交流。智弥也说了很多自己的事:父母离婚,他被母亲带去加纳和牙买加,以及他回日本以后的生活。听智弥说他在学校也没有朋友后,辉夜觉得和他更加亲近了。

"我觉得如果能变得像智弥一样,或许会很幸福!"

夏都不明白她的意思。

"为什么?"

辉夜毫不犹豫地说:

"智弥完全不在乎自己的家庭环境和学校里的同学,我也希望变成他那个样子!"

智弥的性格绝对不是初中生理想的性格,但辉夜在复杂的生活环境中长大,有着同龄少女少见的情感,夏都并非不能理解她羡慕智弥这样对所有事情毫不在乎的人的心情,更何况对方和她年龄相仿。

"可是,我没办法变成那样,所以……"辉夜的声音越来越小。她张着嘴,没再说话,脸上突然浮现出被抛弃在一片空旷的地方的孩子的表情。

夏都知道辉夜想说什么。她也许想说,因此,我才做了这种事,我无法接受姐姐结婚!可是夏都还是没办法和她共情。一种不适感像硬物一样堵在胸口,咽不下去,也吐不出来,只能使她感到痛苦。

"我和智弥说了,我不想让姐姐结婚,我想阻止一直和我单独生活的姐姐结婚!"

辉夜抬头拨了拨头发,这是辉夜第一次看着夏都的眼睛。她接着说:

"智弥说已经决定的事情没办法改变,我当时也觉得没办法了,做什么都无济于事!可是,过了不久,姐姐来找我,说了十年前的邮件的事情。我把事情告诉智弥的时候……"

辉夜看了一眼智弥的侧脸,好像在寻求他的同意。智弥没有说话,视线游移,可是拿出手机看了一眼时间后,他的脸上浮现出一丝焦虑。

"我说,如果能曝光邮件,或许可以阻止这桩婚事!"智弥说得很快,仿佛在节约时间,"辉夜说这种事情她做不到,可是与其说是为了姐姐,不如说是因为她过不了自己那一关,所以我提出了这次的计划!"

"这次的计划是什么?"

夏都明白自己必须冷静,可她控制不住自己,加重了语气。

"制造一个假的目的,说要扫除姐姐结婚的障碍,从辉夜的粉丝里召集伙伴,大家一起直接去找杏子小姐谈判,拜托她删掉邮件!"

怎么能让辉夜接受这个计划呢?

"总而言之,辉夜要一直做辉夜才行!因为真正的辉夜实在太软弱了,没办法雷厉风行地行动。更何况这件事是为了她自己,她更没办法拿出勇气去完成!"

辉夜抿紧嘴唇低下头,仿佛受到了斥责。

"所以我让辉夜把那四个人卷进来,只要是辉夜的粉丝,谁都可以!没有粉丝,辉夜就不存在,相反,只要有粉丝在,辉夜就可以成为辉夜,只要她身在人设(人物设定)中,就能保持强大!"

"智弥,那不叫强大!"

"就是强大!"

智弥突然直直地看着夏都。

夏都从来没有听他发出过这么大的声音。他那藏在眼镜片后面的双眼炯炯有神,黑眼珠微微地颤抖,具有攻击性的目光差点儿让夏都忘记接下来要说的话。智弥仿佛变了个人,不过没过多久,坐在那里的人又变成了面无表情的智弥。

"也就是说,计划是我先想出来的!"

外甥那种出现了不到五秒的陌生表情,还有夏都从没听到过的声音,这些都让夏都内心深处的信念摇摇欲坠。不知道为什么,夏都能够感觉到这种动摇不仅存在于自己心里,也存在于智弥心里。

"为什么要把我卷进来?"夏都终于问出了口。

智弥的回答云淡风轻,仿佛做出了一道简单的数学题:

"既然要和辉夜的粉丝一起行动,还是有一辆车比较方便!"

"只是因为这样?"

"因为我听辉夜说,室井杏子小姐在东京经营一辆移动餐车,我就想:能不能利用这份工作把夏都卷进来?如果杏子小姐做的是其他工作,我应该会顺势制订其他计划!"

智弥说完,又看了一眼手机,确认时间。

"因为移动餐车的关系,我想把夏都卷进来,所以我去了辉夜告诉我的西新宿停车场,看了杏子小姐的移动餐车,思考该如何把你卷进来。然后我在杏子小姐的移动餐车广告牌上看到了她每周的周二、周四、周六在那里经营移动餐车。于是我就想，如果夏都能在其他时间在这里经营移动餐车的话，我就可以将这件事设计成弄错人的绑架事件了！"

夏都感觉自己像被按在了冰上，耳朵里传来尖厉的响声。智弥看到她抬起僵硬的下巴想说些什么，抢先一步看着她说：

"查过后，我发现那里的车位不要钱，告诉你这件事，还能帮到你！"

夏都一时说不出话来，智弥没有放过这个机会，继续说：

"我想好好计划，不给你造成损失！比如，我为了让你看到我房间里有辉夜的剪报，不是卖掉游戏装备把钱放在门口了吗？你看到后会觉得对不起我，进入我的房间，但其实我可以用其他方法让你进入我的房间！我是带着诚意的！"

夏都还记得，那天夜里，她之所以对智弥谈起钱的事，就是因为智弥戴上了耳机。她以为智弥听不到，才说了平时绝对不会说的钱的事情，说起了笔记本电脑的电费不便宜。

"被卷进来后的事情都是夏都你自己决定的，所以不能怪到我头上。我们装作认错了人，带走了你。虽然你那天没做成生意，不过只是一天而已，卖装备的钱应该足够弥补，你不会亏！"

那时她确实没有亏！

"我们也没想到会发生后来那些事：去六本木的会所、在医院摄影棚被可怕的人追赶、你的餐车爆炸……"

菅沼口中"等号的右边"是寺田桃李子取消婚约,等号左边本来应该是更简单的内容。

"所以,你们尽可能不让我们报警!"一直沉默着倾听的菅沼开口说道。看他的表情,仿佛一切都与他无关,智弥只是在讲述书里或者电影中的故事。

"我可以问几个问题吗?"

菅沼站起来直了直身子,盯着辉夜的脸。

"在医院摄影棚里,你用了信号屏蔽器,对吧?"

辉夜点了点头,可是夏都不明白这句话的意思。

"老师,信号屏蔽器是……"

"让附近的手机都没有信号的机器,尺寸大概有这么大吧!"菅沼用手比画出市场上售卖的魔芋块的大小,然后继续问辉夜,"你们在六本木的会所里的那天,是你把智弥叫去的,对吧?"

辉夜点了点头:

"我知道栋畠先生的手机已经被换成了模型机时,不知道该如何是好,于是装醉去洗手间发邮件联系了智弥!"

夏都记得当时出现在贵宾房的智弥对栋畠说:

"她和我一样大!"

仔细想想,当时智弥应该不知道辉夜喝了酒。因为玻璃桌上的苹果酒、红酒的酒瓶和杯子已经收起来了,只放着一个孤零零的模型机。

"我还有一件事想问,"菅沼问出了夏都也想知道的事,"你姐姐结婚以后,你会怎么样?"

如果要继续一边上学一边在娱乐圈工作,就很难回到住在埼玉县的祖父母身边,或许事务所会在东京为她准备其他住处。夏都一边思考有哪些可能,一边等辉夜回答,结果她的答案是最出乎意料的一种。

"和姐姐、姐夫一起生活!"

在此之前,夏都勉强能够理解辉夜的话,到了这里,她彻底陷入了混乱!

"既然如此,你为什么要做这种事?"

既然姐姐结婚后不会离开,那为什么……

辉夜长长的睫毛悄悄地遮住眼睛,犹豫片刻后,那双重新望向夏都的眼睛里露出坚定的光,仿佛要保护某种重要的东西。

"就算我说了,你一定也不会懂!"

一个十人左右的旅行团不知道说着哪国的语言,叽叽喳喳地从他们的旁边走过。

"说出来听听!"

那群人中有四五岁的小女孩儿,也有老人。他们似乎刚到日本,指着大厅的几个地方,好几个人同时用疑问的口气在说话。大家都在提出问题,没有人回答。辉夜看了他们一会儿,重新望向夏都。

"我不看姐姐演的电视剧和电影!"

"嗯,你说过!"

因此,她没有发现那家医院是姐姐主演的电视剧的外景摄影棚。

"不过,其实我在小学一年级的时候看过一次。那是姐姐出演的第一部电视剧。那时她不是主角,不过她每一集都会出现,第一集、第二集、第三集……我都和姐姐一起坐在电视机前紧张地看。"

辉夜说出了那部电视剧的名字。夏都没有看过,不过她隐约记得那是一部以东京为背景的家庭题材的电视剧,她还记得扮演父亲的演员的名字。

"可是我的心态渐渐地发生了变化!"

故事每天都在继续,辉夜看得越来越投入,却越来越看不下去了!

"姐姐出演的是一名大学生,有爸爸和妈妈,还有一个妹妹!"辉夜的语气仿佛在朗读课文,"那个妹妹的年纪比我大很多,已经上初二了。她特别聪明,总是能帮助姐姐,给姐姐出主意。有一次,姐姐遇到了麻烦,她在上学前偷偷地往姐姐当天要穿的鞋子里塞了一封信。姐姐发现了信,看过信后,哭了起来!"

关于那部小学一年级看的电视剧,辉夜只讲到这里,除此之外,什么都没说。可是夏都看着她盯着自己的双眼,明白了她想说的话。

"我一直只有姐姐一个人!"

这句话中包含了辉夜想说的一切,她的声音没有颤抖,可是大大的眼睛里却扑簌簌地流下了眼泪。

"我只有阿姐!"

夏都还记得从辉夜口中听过同样的话。

那是在六本木那家会所的洗手间里,辉夜借了夏都的手帕,在洗脸台前说的。那是她第一次对夏都说出自己的身世,她看着镜子里的自己说:"我是不会放弃的!既然栋畠先生的手机被调包了,那么我一定要找到它!"然后,她说出了同样的话:"我只有阿姐!"

辉夜第一次说出这句话时,夏都不太理解其中之意,因为她的身份和这个说法总有些不相称,还是"姐姐"这个称呼更合适,实际上辉夜对其他家庭成员的称呼确实是"母亲""父亲""祖父母"。

现在,夏都明白了原因。

她轻轻地碰了碰不断流泪的辉夜的手臂。她隔着衣服也能感觉到,辉夜的手臂很纤细。

"你姐姐现在怎么样了?"

昨天晚上,夏都给杏子打电话,问她寺田桃李子有没有和她联系。寺田桃李子应该明白,网上曝光的邮件应该是来自杏子——这是夏都的想法,但电话另一头的杏子一直在啜泣,说桃李子完全没有和她联系。

"和之前一样正常工作!"辉夜的语气似乎在控诉,"她的生活没有任何变化,她完全不提网上邮件被曝光的事。她不可能不知道，但是她一句话也不说，只是正常生活。今天早上，我们一起吃过早饭后，她坐上来接她的车，出去工作了。出门的时候，她和以前一样冲我微笑！"

辉夜仿佛在倾诉毫无理由的痛苦，夏都什么话都说不出来！

她不知道今后会变成什么样子。可是夏都觉得，至少寺田桃李子的婚约不会取消。辉夜就是为了阻止姐姐结婚才做了这些事。"曝光十年前的邮件"在辉夜的等号右边，结果应该与下一个等式相连，那就是"姐姐的婚约取消"。可这不过是辉夜心中的等式，初二的少女和那个与夏都年纪相仿的女人，两个人的等式左右两边完全不同！

恐怕辉夜和智弥都不知道这件事。

"时间差不多了，"智弥站起身来，"我妈妈的航班已经落地了！"

"我不在比较好吧！"辉夜用手背擦干眼泪，在夏都思考该说什么的时候，她站起身来，"我还有工作，先告辞了！"

夏都找不到挽留她的理由。

这是夏都最后一次见到辉夜，离开时，辉夜直直地看着智弥，可是当她发现智弥没有注意到自己时，她放弃似的微微地抬起头，用温柔的声音轻轻地说：

"我明白的。"

智弥抬起头，与辉夜四目相对。辉夜似乎微微地点了点头，然后果断地转身离开了航站楼,没有再对任何人说话。她纤细的背影清晰地占据着夏都的视野,在很长一段时间里固定不动,仿佛不是她在走远,而是左右两边的风景在向夏都移动。夏都想起他们到达机场时,她拿着的装有生日礼物的纸袋,以及她看到智弥时脸上露出的微笑。现在想想,那是她第一次见到辉夜发自内心的笑容。辉夜说自己从小学开始就没有一个朋友,说不定智弥对她来说,是一个在见面时能够露出微笑的朋友,是唯一一个她愿意对其展现自己真实的黑发的朋友。

然而,智弥没有再看离开的辉夜。

辉夜的身影已经消失在下行电梯的另一端。

一对年轻男女拖着行李箱,十指相扣地向这边走来。女人在男人耳边说着什么,男人歪着头微笑。

"要去出站口了!"智弥双手插在工装外套的口袋里转身看向出站口,夏都不知道该说什么好。辉夜和智弥做了无法挽回的事情,辉夜一定明白事情的严重性。尽管明白,她依然做了,因为她无论如何都无法控制自己的情绪。可是智弥不同,他是只想帮助辉夜,还是带着参与某种真人游戏的心态去做那些事的呢?

这种事只要问问他就知道了,只要夏都让他解释就知道了。可是夏都做不到,两个人共同生活了将近七个月,夏都代替了智弥的母亲,可是他的亲生母亲马上就要回来了!

"智弥,刚才的事……"

夏都终于张开了口,智弥头都没回,只是说:

"你想告诉我母亲就说吧!一切由你决定!"

智弥一边说,一边走向空无一人的出站口。门的另一边是取行李的地方,刚才还空空如也的传送带,不知什么时候开始传送行李了。

这时,菅沼从夏都旁边擦身而过。

"智弥!"

菅沼拉住了智弥的胳膊,可智弥转过身时并没有露出惊讶的表情,不,他的脸上没有任何表情。眼镜片后面的双眼空洞,仿佛在抗拒自己心中该有的所有情绪。智弥就用那样的目光目不转睛地看着个子比自己高很多的菅沼。

"智弥,你不说吗?"菅沼拉着智弥的胳膊轻轻地说道,声音仿佛是从喉咙里挤出来的。

"说什么?"

"你为什么要帮辉夜?"

智弥沉默片刻,他的胳膊一直被菅沼抓在手里。

"因为她很可怜!"

"只是这样?"

"只是这样!"

"你忘了什么东西?"

"什么?"

"你离开医院摄影棚往餐车方向走的时候,曾经在坡道上停下脚步,回头看了看大楼,我问你是否忘带什么东西了,你点头了。"

菅沼在等智弥的回答。

"我不记得了!"

两个人四目相对,谁都没有动。

终于,菅沼放开了智弥的胳膊。智弥装作在看胳膊上被抓过的地方,移开了视线。

广播的声音从他们的头顶上方传来,与此同时,菅沼开口说了一句话,夏都没有听见他说了什么,智弥低头看着刚才被抓过的胳膊,轻轻地缩了缩下巴。菅沼再次开口,几秒钟后,智弥安静地抬起头。航站楼里的广播停了,四周的喧闹声像泡沫一样涌来。

"就是现在!"夏都听到智弥说。

他的声音中充满自信,仿佛做好了某种准备。夏都能看到智弥空洞的表情后面的东西——与空洞完全相反的东西!

"夏都,走吧!"

智弥短暂地回了一下头,然后向出站口走去,菅沼沉默地目送着他的背影。下飞机的乘客数量越来越多,其中的一个人看见智弥后加快了脚步。智弥的脚步没有改变。

"智弥!"

母亲愉快地喊了一声,智弥举起一只手作为回应。

终章

我的家人

挂川智弥

　　我妈妈的工作是帮助孩子们。以前,她在加纳和牙买加这两个医疗设施不太完善的地方的医院当护士,帮助了很多孩子。现在她在日本的医院为孩子们工作,不久后,她还会出国。她总是很忙,几乎没有自己的时间,我很尊敬帮助很多孩子的妈妈!

　　我和妈妈一起度过的时间很少,可是妈妈总是为我着想,一定会和我一起过生日。妈妈每年都会给我准备礼物,但我认为,和妈妈一起度过的时间就是礼物!将来,我也想做能帮助全世界的孩子的工作!

一

第二天一早,智弥去上学了。

第三学期的课程从今天开始。

"上次的事……对不起了!"两个人一起洗完早餐用过的碗筷,坐在餐厅里喝茶时,冬花向夏都道歉。

她说的是夏都打国际长途,告诉她自己把智弥卷入危险中时的事。

"我拜托你照顾他……结果却那样跟你说话!"

因为夏都没有回答,所以冬花又说了一句"对不起",然后看向放在桌旁的相册的封面。那是昨天晚上冬花送给智弥的生日礼物。

冬花为智弥准备了两份生日礼物,一份是巴布亚新几内亚著名的民间工艺品——柠檬形的大木雕盘子,还有一个是这本动物相册,是古氏树袋鼠[①]的相册。

智弥把木雕盘子放在桌上做装饰,说以后有了重要的东西就放进去。因为笔记本电脑没了,所以三十厘米长、二十厘米宽的盘子放在那里也不会碍事。古氏树袋鼠的鼻子向前伸出,可爱程度不亚于小熊和考拉。智弥翻相册时感慨,虽然在网上看过它们的图片,但那些图片和相册里的照片效果还是不一样。

---

① 古氏树袋鼠,一种小型有袋类动物,分布于巴布亚新几内亚东部和中部一带。

夏都在一旁扫了一眼,看到一只古氏树袋鼠宝宝从妈妈肚子上的袋子里探出头,睁着黑豆一样的眼睛,好奇地眺望草原。

"我买相册的时候发现,如果不是因为这次的事回国,就不能和那孩子一起过生日了!说不定这会是生下他之后第一次不能陪他过生日!那边的医院人手严重不足,想休长假真的很难……啊,这都是借口!"

"是借口!"冬花笑着重复了一遍,鼻子都皱了起来,这个动作她小时候就经常做,一直没有变过!

"不过,那孩子大概觉得,初二的学生已经不需要和妈妈一起过生日了!"

夏都还没有告诉冬花,她在电话里说到的那件事背后另有隐情。

这既是夏都自己决定的,也是菅沼的建议。

"他们两个人好久没见,先让他们过一段宝贵的亲子时光比较好!"昨天晚上,电话另一头的菅沼这样说。

电话是夏都打过去的,当时智弥已经睡下了,冬花在洗澡。

"至少……过几天吧!"

夏都的想法和他一样。

冬花会在日本住六天,然后搭乘下周日的航班离开。

夏都打算在这段时间里好好思考。当然,她明白必须要告诉冬花事实,她之所以犹豫,不是因为怕吓到作为智弥母亲的冬花,也不是因为想掩饰智弥犯下的错。

因为她觉得,有些事,她还不知道!

"老师,请告诉我一件事!"

夏都在电话里说出了准备好的话。

"在机场,老师问了智弥什么?智弥为什么要回答'就是现在'。"

过了一会儿,夏都才听到回答。

"我问他,母亲的航班什么时候到。"

因为他的话中间有停顿,所以夏都猜测菅沼在说谎,而且她实际听到的答案还是那么容易看穿的谎言。

"真的吗?"

菅沼嘟囔了一句:

"是真的。"

可是他这句话说得很不坚定。

夏都没有追问,她挂断了电话。

二

因为智弥在补习班请了三天假,夏都也没有工作,所以智弥放学后,智弥、冬花和夏都会去各种地方玩。阳光海洋馆、东京天空树,还有张灯结彩的丸之内商业街。可是无论去哪里,无论做什么,夏都觉得都像是在看播放的影像,完全没有现实感!

除了在丸之内商业街吃意大利餐的那个晚上,其他时间,夏都都会和冬花一起在家做晚饭。白天,两个人趁着智弥上学时准备好食材,晚上智弥回家后,她们迅速将饭菜做好,端上餐桌。冬花切萝卜的时候会铺好厨房纸,以免案板粘上萝卜的味道;夏都把手伸进青椒里一下子取出青椒籽时,冬花惊讶地说自己不知道这个方法,一直在夸夏都真厉害。这和很久以前,年幼的姐妹俩一起站在厨房做饭时的情形完全相反!

冬花启程前的最后一晚,三个人没有出门,早早地开始做寿司卷。

夏都没想到那是智弥第一次做寿司卷。

"以前住在日本的时候,因为是我和智弥两个人住,我也不会专门做寿司卷!"冬花说着,笑了起来,一边笑一边卷起自己的寿司,因为醋饭放多了,寿司显得很难看。

"也是,我和智弥在这里也一次都没做过!"夏都笑着回答道,虽然不是故意的,不过听起来像是在和冬花比赛,看谁和智弥一起度过的时间更长。夏都看着姐姐的脸,但是冬花似乎并没有发现。

吃完饭后,冬花趁智弥去洗澡了,从智弥房间里拿出了一本大开本的相册。

"这是什么?"

"是那孩子的毕业相册,小学的。"

夏都从来没有见过这本相册。

"你随便进他的房间,他不会生气吗?"

"他不在意这种事。"

冬花把相册放在桌上,翻开厚厚的封面。

"虽然他只在日本上了五年级和六年级那两年小学,但是照片倒是有不少,让做相册的人费心了!"

两个人一起看照片,发现确实有不少照片拍到了智弥。不过每一张照片上的智弥都呆呆的,面无表情,抓拍的照片和纪念照的区别大概只有视线方向不同。

"不要随便拿出来啊!"

两个人正翻看照片,被刚洗完澡的智弥发现了。

"有什么不好?我很怀念那时候的日子啊!"

"就是不好!"

"你的样子一直都没变!"

冬花支起上半身,仿佛要更仔细地看看自己的儿子。

"只有个子长高了些。"

"你多高了?"

"看着就大概知道了吧!"

"你站起来!"

两个人背靠着墙比了比个子。冬花和夏都一样,在女性中属于中等身高,但是智弥只到她的肩膀。冬花拿身高开玩笑,智弥反驳说,学校和补习班里都有比他更矮的人。母子俩在一旁聊天儿,夏都的视线回到了毕业相册上。班级合照、抓拍照片、每个人的纪念照,所有班级的照片都有,相册最后是文集。

在文集中,每个人都以"未来的梦想"为主题写了作文。有的学生直接以"未来的梦想"为作文标题,也有的学生以别的内容为作文标题。

夏都找了找智弥的作文,很快就按名字的首字母顺序找到了。他那时的字比现在的更难看,不过作文中的汉字很多,不像小学六年级的学生能写出来的。

夏都看了那篇作文,看到最后,又回到开头继续看。

她的视线在中途停下了两次,放在相册旁边的茶杯和自己的手指似乎消失在视线中,智弥写的字仿佛在抬头看着她,窃窃私语。

可能有人叫了夏都一两次,她都没有注意。

"夏都!"对就在身边的人来说,智弥的声音很大,"机会难得,你也来嘛!"

"做什么?"

"比身高,到这里来!"

智弥在笑,眼睛反射出荧光灯的光。夏都看不清他的双眼。

三

夏都三个月前送的蓝白条手帕被叠得整整齐齐,放在放倒的空盒子上。

见到辉夜他们的那天夜里,夏都来到这里时,菅沼动作生硬,像一个关节能向所有方向旋转的机器人。他给夏都泡了咖啡。可是今天晚上,虽然夏都依然是突然来访,但菅沼的动作已经非常流畅了,没有任何多余的动作,简直就像能够完美重现人类动作的机器人。

"请!"

把被炉上的书移到榻榻米上之后,菅沼放下了两杯咖啡。那两只杯子是一对。菅沼的那只杯子的把手断过一次,能看到把手处有胶水的痕迹。他上次拿出来的应该就是这一对杯子,不过当时夏都并没有注意到把手,这大概是因为她今天更加冷静吧。夏都尝试评估自己的心态。

两只杯子里的咖啡颜色相同。

"不兑水了吗?"

"嗯。"

"不会睡不着觉吗?"

"反正我觉得已经睡不着了!"

夏都觉得这句话像是一个暗号,现在他们可以交换心事了。

"我今天看了智弥写的毕业作文,"夏都没有说多余的话,开门见山,"是关于未来的梦想的作文!"

"他写了什么?"

"写了姐姐。"夏都回答后,又改了口,"写了他的妈妈。"

夏都将文集中作文的内容告诉了菅沼。菅沼几乎没有随声附和,只是在听夏都说,咖啡的热气飘在他的鼻尖前。说着说着,夏都觉得自己仿佛在跟咖啡说话。

说完后,菅沼嘟囔了一句"原来如此"。

仅此而已,然后他就沉默地盯着咖啡杯,等夏都继续说。

"老师,假设一下……"

"好!"

"那天晚上餐车里的甲烷气体爆炸了,有没有可能是某个人做的?可以做到吗?"

菅沼犹豫了一会儿之后回答:

"应该做不到吧!"

"消防员说了,甲烷气体以一定比例与空气混合后,只要有一点儿静电就会马上着火!"

菅沼默默地点了点头。

"那么如果剪断某个机器的电线,让电线冒出一点儿火花,而炉子慢慢泄漏出的甲烷气体与空气混合,到达一定浓度后就会发生爆炸。"

"这辆车有电源插口,能插笔记本的电源线,真好!"

"夏都小姐,你的餐车可以不熄火吗?万一有什么事,我们可以马上逃走!"

"智弥,你为什么要拿着菜刀?"

"啊,我觉得和敌人战斗时需要有装备!"

311

"敌人会出现吗?"

"这种可能性还是有的吧!"

"这可不是打游戏,别说傻话!赶快把刀放回去,那可是把好刀!"

夏都想起了以上这些对话。

"姐姐要不是因为这件事回日本,就不能和智弥一起过生日了!"

"因为她在遥远的国家工作吧!"

"我在机场听说这次的事是智弥和辉夜两个人计划的,可是……"这是夏都今天第一次直视菅沼的脸,"有没有可能,其中一个人从一开始就另有目的,而另一个人并不知情?"

过了几秒后,菅沼也看着夏都的脸:

"一切事情的可能性都不为零!"

"我说,如果能曝光邮件,或许可以阻止这桩婚事!"

"所以我提出了这次的计划!"

"下面我要说说自己的事!"

尽管面前只有菅沼一个人,夏都却觉得心里很冷,喘不上气,很难说出话来,仿佛眼前有一大群人,而且是一大群对自己抱有敌意的人。

"我离过婚,独自一人做着原本应该和前夫两个人做的生意。就在这么困难的时候,姐姐把智弥托付给我照顾。我不想认输!这种信念支撑着我,能支撑我的大概只有这种信念了!

就算智弥出了什么问题,和姐姐联系也会让我很不甘心,所以我从来没有主动给姐姐打电话、发邮件说过智弥的事,一次都没有! 就连我误以为智弥为了我卖掉笔记本电脑的时候,我也没有和姐姐说!"

菅沼安静地缩了缩脖子。

"姐姐找到了自己真正想做的工作并投入其中。她拯救孩子们的生命,为孩子们治病,而且还做过我没经历过的育儿这份重要工作,我却总觉得我成了牺牲品……啊,虽然事实上没有这回事儿……总而言之,我觉得自己受到了不公平的对待! 一直如此!"

这是夏都以前连自己都隐瞒着的想法。冬花回国后,她看着智弥和冬花的相处,这种想法一点点地从心中涌出,弥漫在她的周围,终于,她没办法继续无视它。

"我现在依然这样想……"

小学三年级的时候,夏都和冬花聊过梦想,激动地说两个人将来要开一家餐厅。几年过去后,冬花已经彻底忘记了开餐厅的事了,夏都提起,她只是一笑而过。当时夏都非常伤心,也非常羡慕。她为冬花忘记两个人的梦想而伤心,又羡慕姐姐能够潇洒地忘掉许多事。可是二十多年过去了,夏都心想:真的是这样吗? 让她感到伤心、感到羡慕的真的是那些事情吗? 她伤心的,难道不是在姐姐的兴趣从做饭转移到其他事上并过着崭新充实的每一天时,自己却始终抱着没有意义的梦想吗? 她羡慕的，难道不是姐姐能够不考虑别人的想法，按照自己的心意去做事吗？

当夏都正视自己的想法时，才第一次意识到这些。

或许智弥心里也有着同样的想法。

不，或许智弥的情绪比她强烈好多倍！

"还有一个假设……"

智弥是不是一直有一个挥之不去的想法，认为在母亲过着充实的人生并让素不相识的孩子们露出笑容的时候，自己成了牺牲品呢？他是不是希望母亲注意到自己的情绪，他一直在渴求，却无论如何也说不出口呢？

"下面是一个非常脱离现实的假设……"

夏都努力忍住突然涌起的泪水。

"如果一个孩子希望远在他国的母亲能和自己一起过生日，可是母亲因为工作太忙而无法请假，而且回国需要花很多钱，所以孩子什么话都说不出口，只感到伤心……"夏都没有停下，继续倾诉，"于是他开始思考如何才能让母亲回来见自己，是不是可以做一件让母亲不得不回国的事情，可是和那孩子一起生活的小姨不会因为普通的事联系他的母亲，所以他想干一件大事，一件很大很大……"

夏都不知道该怎么说。

她无法表达出自己全部的想法。

"孩子觉得如果出了什么重大事故，小姨就会联系母亲，母亲就会回来。"菅沼接过了夏都的话题,"可是他不希望有人在事故中受伤,还希望有人能承担所有损失,不想亏本!"

"那辆餐车是夏都的全部!"

"我会承担全部费用!"

"所以孩子和有可能承担事故损失的朋友一起实施了某项计划。朋友没有发现孩子的想法,相信孩子只是想帮助自己。在计划实施的过程中,出了各种各样的意外,而孩子一直在等待机会达到自己的目的!"

于是,当餐车停在医院摄影棚的旁边时,机会来了!

那附近荒无人烟,而且在很长一段时间里,没有人回到车上。餐车里有甲烷气体,有带电源线的笔记本电脑,还有能划破电线的菜刀。智弥打开炉子,以便让甲烷气体和空气混合到合适的浓度。可是爆炸的时间比智弥预想中晚,夏都等人准备回到车上时,依然什么都没有发生,所以智弥当时在坡道上装作忘了东西要返回医院摄影棚,拦住了所有人!

如果这是真的……

夏都看着菅沼,咖啡的热气让菅沼的眼镜片蒙上了一层雾,菅沼没有抬头。

"被炉热吗?"

面对突如其来的问题,夏都摇了摇头。或许这个问题只是菅沼在为自己制造抬头的机会。

"我也说说自己的故事!"

菅沼眼镜片上的雾气渐渐地散去,眼镜片后面的双眼直直地盯着夏都。

"我的母亲是补习班的老师。"

菅沼娓娓道来,仿佛在斟酌要说出的每一个词语。

"她和现在的我一样,教初中数学。我家住在新潟市的市中心,那里有很多中学,妈妈每天都忙得不可开交。我父亲是农业研究员,当时,他一个人在神奈川的一所大学工作,所以妈妈既要管家里所有的事,每天晚上还要在补习班教初中生,忙到很晚。和智弥不同,我和妈妈生活在一起,可是并非和妈妈住在一起就不会感到寂寞。因为妈妈要在初中生放学后以及周六、周日在补习班上课,所以我在家的时候,妈妈基本都不在家。这是当然的!"菅沼微笑着望向被炉的一角。

夏都想起第一次去见室井杏子那天,菅沼在车里说过的话:

"虽然和母亲分开住,但是智弥很坚强啊!"

"菅沼老师是害怕寂寞的人吗?"

"我吗?怎么会呢?"菅沼露出目瞪口呆的表情,笑着耸了耸肩,动作很夸张。

"但是您刚才的语气……"

"我有个学弟和你一样!"

"猪排店的那个?"

"正是!"

"我上初一时,数学很不好。"

"真的吗？"

"是真的。"菅沼笑得弯起了眼睛，"中学数学……至少学校教的数学有许多要求背诵的公式，可我就是背不下来！怎么说呢？妈妈是数学老师，因此经常不在家……可能我希望其中会有什么更深层的理由吧。背公式，将数字套用到公式里，我当时完全不明白这种事情的重要性，所以总觉得妈妈不该为了这些东西离开家，可能就是受到这个念头的影响，我没办法老老实实地接受老师教的知识。这些事是我后来才意识到的！"

菅沼又望向了咖啡杯，咖啡杯已经不再冒热气了。

"明明让妈妈告诉我数学的有趣之处就行了，可我就是做不到，我不甘心，无论如何都做不到！我觉得妈妈只需要教补习班里那些学生数学的有趣之处和学习方法就行了！"

这和智弥看到冬花照顾国外的孩子们时的心情很相似，和夏都无法找姐姐商量智弥的事时的心情也很相似。

"但是后来，我改变了想法。妈妈离开家，教那些孩子们数学，一定是有意义的！我想知道意义是什么。可能那时的我只是在闹别扭，不知道该如何排解寂寞吧！因此，我开始自己学习，现在想想，当时的我确实很用功。我从图书馆里借了好几本和数学相关的书，认真阅读……学着学着，我从初二开始理解了数学的意义和有趣之处。于是，我渐渐理解了学校老师教的内容。现在想想，觉得有些讽刺，当时我还觉得课堂上的知识不够，瞒着妈妈从旧书店买来高中数学教科书，自己偷偷地解题。"

菅沼看向在墙上挂着的写满数学公式的黑板。

"等回过神儿来,我已经爱上了数学!我真的很开心!虽然我和妈妈一起度过的时间不多,但是我感受到了那一种隐秘的快乐,仿佛我们两个人在喂养同一种动物!"

"你妈妈是不是也很开心?她自己的儿子变得和她一样?"

"不,"菅沼微微地摇了摇头,"妈妈还是觉得我数学不好!"

"为什么?"

"因为我故意在学校的考试中得低分。我全都记得,我最高只考过五十三分,接下来就是四十七分,还有十一分、二十三分、二十九分、三十七分!"

"是因为不甘心吗?"

菅沼点了点头。

"虽然我为喜欢上数学感到开心,可是不甘心的感觉并没有因此消失,这让我很困扰!我故意考出素数的成绩,想做成给妈妈的暗号……可是就算在这些没用的事上动脑筋,也没办法消除不甘心的感觉!"

智弥的毕业相册文集中的作文或许也是给妈妈传递的信息。或许那是给妈妈的一封信,无论妈妈多忙,无论母子俩相隔多远,他只有一个请求,希望妈妈能够听到自己的心声。智弥在写那篇作文时,是不是怀抱着一丝淡淡的不安和希望——压抑着会被同班同学看到的羞耻感,一字一句写在方格纸上的呢?他的作文题目不是《我的妈妈》,而是《我的家人》。智弥是独生子,没有父亲,他是不是希望妈妈明白,自己的家人只有她了呢？学校发文集的时候,冬花应该看过那篇作文。当时她是怎么想的呢？是不是为作文里的可爱之处发笑,却像忘记开餐厅的约定一样,在处理眼前工作的过程中逐渐忘记那些重要的事了呢？夏都没法儿想象姐姐的心情。明明她们一起度过了童年时光,长大后也聊过很多事,彼此相伴那么久,她却猜不到姐姐的想法。夏都为自己的迟钝而焦急。

"妈妈也问过我,要不要去她的补习班上课,我不知道她是真的担心我的数学成绩不好,还是考虑到我独自在家太寂寞,又或者是两方面原因都有！"

"你是怎么说的？"

"我当然拒绝了,因为妈妈的补习班对我来说就是敌人的巢穴！就算能看到妈妈,一想到要在那种地方和素不相识的初中生坐在一起,我就不开心！我绝对不去！最重要的是,妈妈对我会像对其他人一样……"

菅沼摘下眼镜,用掌心下方搓了搓额头。

"我在学校的数学成绩一直很差。初二寒假前的三方面谈时,我的数学老师跟母亲抱怨了一番,问她：你是不是在家里不教孩子？"

由于搓得太用力,菅沼的额头变红了,他又戴上了眼镜。

"妈妈受伤很深。因为只有我们两个人一起住,所以只要看着妈妈的表情,我就知道她有多伤心！妈妈之所以会听到那些让她受伤的话,不是因为别人,正是因为我!从那以后,我每天都会想起妈妈那天的表情,但这种话只有现在能说出口,当时我并没有这样想,而是……"

菅沼又叹了一口气。

"想要伤她更深!"

他是带着复仇的心理,想让妈妈觉得寂寞吗?

"进入第三学期,老师和学生都要开始思考具体的应试策略了,妈妈在半夜给爸爸打了电话,因为时间很晚,所以我已经睡了,但妈妈的声音吵醒了我……"

我听见妈妈说,如果儿子的数学成绩再没有进步,她就要辞掉工作,在家里陪着儿子学习。

"当时,妈妈的声音真的很虚弱,带着我从来没有听到过的悲伤。可是你知道我听到那番话后是怎么做的吗?"

夏都沉默地摇了摇头,只是看着他的眼睛,她觉得自己知道了答案。

"我在考试中考出了更差的成绩。听到妈妈那么悲伤的声音,我却只想到一种做法!"

夏都想起菅沼以前说过的食物中毒的事。有一次他的手上受了一点儿小伤,捏饭团时因细菌繁殖而产生了不可逆的毒素,等他发现时,已经无法挽回了。

回想起来,智弥对姐姐那种理不清的情绪,一开始也只是一点儿小小的毒素。不知从什么时候开始,毒素膨胀到不可逆的程度,发展成了这么大的事情。

"妈妈辞去了补习班老师的工作。我不知道是因为没有停职的制度,还是因为妈妈的性格太直。妈妈辞职后留在家里,我的饭菜变得精致,开始和妈妈说很多话,大门口也摆着一个玻璃花瓶,里面插着应季的漂亮花草。妈妈教我数学,我装作理解,考试分数飞速提升,成了年级第一。可是从那以后,妈妈再也没有出门工作过。"

菅沼说,现在妈妈依然在家。

"我去东京上大学后,爸爸就回家了,所以妈妈一直在做家庭主妇。当然,我不是说在外工作比做家庭主妇更好,但是至少我改变了妈妈的人生,而且是故意改变的!妈妈现在还不知道这件事,她打电话问我的工作时,偶尔还会说自己当时做了正确的选择!"

菅沼缓缓垂下眼皮,夏都几乎看不见他的眼睛了。可是夏都能从他的声音听出来,泪水几乎要从他的眼睛里溢出来了。

"我现在依然清晰地记得那个瞬间,妈妈说要辞职的瞬间——我改变妈妈的人生的瞬间!我还记得自己当时的感受!"

"那是什么样的感受?"

菅沼叹了口气,精疲力竭,仿佛放开了双手牢牢抓住的某种东西。

"我觉得自己成功了!"

夏都低下头,没有看菅沼的脸。被炉暗淡的板子上浮现出智弥的脸、冬花的脸、辉夜的脸和寺田桃李子的脸,还有夏都没见过的少年时代菅沼的脸和他母亲的脸,一张张脸重叠在一起。每一张脸上都仿佛涂了一层薄薄的墨水,看不清其表情。

"所以,我大概明白……"

菅沼的语气仿佛在说发生在更遥远的过去的事情。

"几天前在机场的航站楼大厅里,智弥母亲搭乘的航班到达时,智弥回头看了一眼出站口。当时我看到他的表情,想到了我听妈妈说她要辞职的瞬间,我不知道为什么会想起来,但就是很清晰地回忆起来!"

菅沼回过神儿来时,已经抓住了智弥的手臂。

"我觉得我抓住了自己的手臂。在那之前,我完全没想过智弥在这件事里有自己的目的!可是在碰到他的手臂时,以前发生的事看起来完全不一样了!那是我在很久以前见过的样子!"

"菅沼老师……"

以前在电话里没能得到坦率回答的那个问题,夏都又问了一遍。

"你在机场对智弥说了什么?"

这一次,菅沼给出了真实的答案。

"我问他有没有达到自己的目的。"

当时,智弥点了点头。

"还有一个问题,我问他目的是什么时候达到的?"

"就是现在!"

"智弥的眼睛里充满自信,我在那双眼睛里看到了自己!"

看来,夏都的猜想是正确的!

为什么会变成这样?为什么要让智弥做出这种事情?不,夏都知道原因,因为她没有发现智弥的寂寞,因为她固执地不为智弥的事和冬花联系,如果她能够经常和姐姐坦率地交流智弥的事,一定什么事都不会发生!就连现在,夏都依然没有和冬花商量智弥的事,而是找菅沼倾诉!

现在想想,智弥在决定要和夏都一起生活时,她就发现了一件事。冬花决定去巴布亚新几内亚时,智弥说要留在日本。原本他要去长崎和祖父母一起生活,但是因为乡下没有光纤网络,智弥坚决不同意,所以他才和夏都一起生活。可当时智弥一定是想和母亲一起在日本生活的!他是不是认为,如果自己不去巴布亚新几内亚,母亲就会改变主意呢?他相信母亲会说自己也不去吗?他这样做,或许是怀着一丝期待,希望母亲可以因此留下来。

"我该怎么做才好呢?"

世界上的所有人看着她的目光都无比冷酷,那目光会刺痛她的心灵。夏都只能不停地问。

"我该对智弥说些什么才好呢?"

菅沼在眼镜片后面眨了几下眼睛。

"夏都,你还记得公式吗?"

这是菅沼第一次直接叫出夏都的名字。夏都听到墙里传来水流的声音,大概是邻居打开了水龙头。

"公式……"

"有一次,在车里,我对辉夜说,公式是被发现的!"

夏都还记得菅沼说,历史上,没有任何一名数学家发明过数学公式。他们只是发现了原本就存在于大自然中的规律。

"我知道自己过去烂熟于心的公式,却无法让它派上用场。我对智弥感到抱歉,发现公式明明就是为了以后能让它派上用场!"

这一点,夏都也一样。直到几天前,她都没有看清自己对姐姐的感情,所以也没能发现智弥的想法!

"明天,姐姐就要离开日本了!"

现在,她究竟应该为未来做些什么呢?

"我不知道该如何是好!"

四

第二天早晨,夏都、冬花和智弥一起来到成田国际机场。

在二层候机厅逛完特产店后,三个人并排站在能看见飞机跑道的大窗户前,眺望远方的景色。今天天气晴朗,远处林立的大楼的轮廓清晰可见,他们仿佛在近距离观察微缩模型,天空像刷了油漆一样湛蓝。

"我以为一周时间会转瞬即逝,其实过得也没那么快啊!"

三个人离开窗边,向登机厅走去。

冬花只拿了一个登机挎包,夏都拉着行李箱。夏都半开玩笑地说,长途旅行前要保存体力。冬花道谢后,夏都把行李交给了她。

"日本发展得这么快,可坐飞机还是不能像坐车那样,快速完成登机手续就坐上去啊!"

夏都不知道怎么回答,只是抬起了头。周围的声音和风景都不真实,她就像刚刚被闹钟吵醒一样。智弥走在夏都的前面,跟在冬花身后。他既没有刻意低头,也没有刻意抬头,而是像平时一样走着。

没错,智弥完全没有变化。

冬花回国前,和冬花一起住的六天,分别即将到来之际,他完全没有变化。

"在那边的医院里一起工作的护士里有个美国人,她说,她小时候第一次和父母一起坐飞机是在晚上,穿过云层时,她觉得自己要飞向外太空了!"

出发航班的通知广播盖过了姐姐开朗的笑声,广播提到的不是冬花的航班。广播带着回声,在呼叫尚未登机的旅客的名字。

夏都心中回响着昨天晚上和菅沼分别时的对话。

"智弥为什么能做出那种事呢?"

夏都一边问,一边从各种角度审视自己记忆中的智弥,仿佛在探寻一种未知生物的真正模样。她不断回忆智弥的一言一行,每一个动作和表情,可是她完全找不到线索!

"辉夜和她姐姐也回不到过去了!这或许与智弥没有直接关系,不过,这次的事情确实改变了两个人的人生!"

而且,这是不可逆的变化,或许今后还会继续变化,可是一切绝对无法回到事情发生前的状态。

"智弥明白吗?他改变的是和自己一样活生生的人的人生!"

菅沼沉默地盯着已经变冷的咖啡,很长时间没有说话。他一定明白含糊的回答和不负责任的明确答案都没有意义。夏都正想着,菅沼突然抬起头,清晰地说出了一句出人意料的话。

"我想他明白!"

"你为什么这么想?"

夏都提问的语气中带着求助,但是菅沼明明刚才还主动做出了明确的回答,现在却只是含糊地摇了摇头。

离开菅沼的公寓时,夏都并没有得出结论。

"我去办手续了!夏都,谢谢你帮我拿箱子!"

冬花办理登机手续时,夏都一直坐在大厅的长椅上等待。

智弥双手插在工装外套的口袋里,看着稍远处走过的一群西方人。夏都明明和智弥并排坐着,却觉得他离自己很远,仿佛隔着电视机的屏幕。

她思考了一整晚。

她要怎么做才好？应该怎么做？可是无论她怎么想，都想不出答案，只能一次次地后悔，问自己该如何是好。

"昨天晚上，你那么晚出门……"智弥看着大厅，突然开口，"你是去见菅沼老师了吧？"

夏都没有回答。智弥继续问：

"你们说了些什么？"

"我们说了关于你的事！"夏都从喉咙里挤出了声音。

"是啊，"智弥短促地笑了一声，"我是不会问你们说了些什么的！"

登机厅人来人往。夏都想起几天前，辉夜刚看到智弥时露出的笑容。

"智弥，"夏都看着智弥的耳朵说道，"辉夜送了什么给你？"

"什么？"

"生日礼物，之前在机场这里送的。"

"电子相册，"智弥不带感情地说道，"可以导入用数码相机和手机拍的照片，每隔几秒换一张照片。不过内存卡里一开始就放了一张照片。"

"什么照片？"

"辉夜的照片。"

智弥扬起嘴角笑了笑，什么都没有多说。

想到辉夜在机场，背对智弥转身离开时的心情，夏都忍不住问出了口。

"头发……是什么样子的?"

"什么样子?"

在夏都重新问出口之前,智弥点了点头:

"啊,好像是黑色的。"

"你看到照片怎么想?"

"怎么想?电子相册能放五百张高清照片,一开始就放了一张也没什么关系!"

夏都等了等,智弥却没再说话。

"只是这样?"

思考了一下,智弥点了点头:

"只是这样。"

看着那张依然面无表情的脸,夏都下定了决心。

"昨天晚上我和营沼老师见面,说了智弥的事。"

夏都正打算继续说,智弥却打断她,说了一句"真少见啊"。

"平时只有我们两个人的时候,你都不会直呼我的名字,而是会说'你'。"智弥双眼炯炯有神地望向夏都,"我全都暴露了吧?"

智弥微微地侧了侧头,嘴角浮现出一丝笑容。他在夏都说话前移开目光,望向登机厅,双腿轻轻地跳起来。两只运动鞋的鞋跟微微地错开,与地板相撞。

"自从和夏都小姐一起生活后,我就一直在想让妈妈回来的方法,可总是想不到!只要不受伤,让我做什么都行!"

智弥的话像冰水一样灌进夏都的耳朵里。

"就在这时,辉夜来找我商量她姐姐的事情,我觉得她来得正好!我想过为了让妈妈回来,制造一点儿事故或者火灾,可是夏都小姐的生活挺不容易的,我又不能让你有金钱上的损失。辉夜是名人,有不少钱,大家都不知道,其实她的自尊心很强,如果是因为她造成了什么事故,我想她一定会付钱的!"

夏都有很多话想说——有很多话不得不说,可是那些话就像石头一样,堵在喉咙里说不出来,胸口被一堆石头重重地压着。

"不过,我没想到在等待机会的时候出了那么多事情!"

"智弥……"

"我没想到会被菅沼老师看透!"

"智弥……"

"老师是怎么发现的呢?"

"智弥!"

在夏都的耳朵里,第三声呼唤是那样尖厉,仿佛有一声巨响朝她袭来,夏都的表情冰冷,仿佛身体中的血液都向外逃跑了。

"原来夏都小姐也能发出这样的声音啊!"智弥看着空无一物的地方小声嘟囔道。

"智弥,你听我说!"夏都觉得,只有自己能说出这样的话了,"辉夜和她的姐姐已经回不到从前了!我的餐车不仅仅是一个物件,不是换成新的就可以了!你可能不懂,那辆餐车里承载了很多肉眼看不见的东西,它不仅仅是用来驾驶、用来卖午餐的餐车。不是这样的!人不是你口中轻飘飘的生物,每个人都有自己的人生,都在拼命生活……"

"……的啊。"

尽管夏都没有听清智弥口中嘟囔的内容,但是她从他的语气中可以听出,智弥在否定自己刚才说的一切!夏都想要继续说,可是对方反应更快!智弥突然转过脸,又说了一遍刚才嘴里嘟囔的内容:

"我也是这样的啊!"

智弥张开的嘴唇微微地颤抖。

颤抖的幅度越来越大,夏都仿佛看到了某种巨大的物体逐渐逼近,睁大了双眼。她的视野中只剩下了智弥的脸,周围的景物变得扁平,嘈杂声逐渐远去,尖厉的耳鸣刺穿了鼓膜。

现在,夏都明白了昨晚菅沼的话是正确的!

智弥知道,他比任何人都清楚!

"为什么不为我想一想?为什么大家都觉得我没问题?因为我看起来很平静?因为我看起来对人的感情完全没有兴趣,只会摆弄电脑?为什么你们到现在才发现?夏都小姐,这是当然的啊!大家都活着,没有人仅仅是一个物件,我明白啊!"

不明白的人是夏都!

"和夏都小姐的车一起被炸掉的笔记本电脑里,也存着很多我和妈妈一起生活时的照片啊！还有好几张我已经不记得的父亲的照片,是我从妈妈的相册里偷偷扫描的！我都想留下啊！不想让它们被毁掉啊！可是这种事情想也没用,不能那么重视回忆！就算计划成功,妈妈回来了,我也不能表现得特别开心！我必须像玩游戏一样,不把人当成人,把物件只当成物件才行！"

"为什么……"

"为什么？因为如果我不这样做,每天早上起床去学校学习,不和同学交流就回家,看着手机也找不到妈妈发来的邮件和信息,这样一天天地重复下去,我总有一天会疯的！我不要这样！夏都小姐对我很温柔,我明明不是你的孩子,你却很照顾我,我绝对不要变成每天在自己的房间里默默哭泣的人！我不要这样！"

智弥对夏都说出了最后一句话,仿佛把身体里所有的空气全都吐了出来：

"我受不了了啊！"

五天前,智弥曾说,辉夜只要身在人设中就能保持强大。

"智弥,那不叫强大。"

"就是强大！"

夏都从来没有听他发出过这么大的声音！

而辉夜却说,如果能变成智弥那样,就会变得幸福！她想如智弥那样,无论发生什么,都能坚定地做自己想做的事！

然而,两个人是一样的！

每个人都在树立自己的人设,都通过人设让内心变得强大,都以为那就是真正的强大,否则,他们将无法保护自己!

冬花回国前,和冬花住在一起的六天,分别即将到来之际,智弥完全没有变化,这是夏都的想法。可是智弥一定在拼命努力,不让自己的情绪失控!

夏都想起她去补习班接智弥,回来的路上,他们边走边说的话。

"下个月,你要过生日了吧?"

"是啊。"

"你想要什么礼物?"

"没什么想要的。"

当时,她有没有仔细看智弥的表情?有没有关注他表情深处的情绪?她只是听了他的话,自认为他没有变。当时,辉夜和智弥已经在按照他们的计划行动了!夏都明明有机会阻止他们的,夏都明明一直都有机会阻止的!

现在想来,或许辉夜已经发现了!

可能辉夜并不清楚,但她或许察觉到智弥有别的目的,所以五天前离开机场时,辉夜温柔地笑着说:

"我明白的。"

只有一次,夏都看到了智弥情绪的碎片。那一天,他们第一次去见杏子,在柳牛十兵卫号里。

"智弥,今天的事不要告诉姐姐!"

"我不会说的！"

她想起在狭窄的车里,智弥和辉夜紧紧地贴在一起,看着笔记本电脑上的游戏画面。

"我本来就不会经常和妈妈联系,妈妈也没时间问我的事!她必须在落后的国家帮助那些像天使一样的孩子!"

她当时为什么没有发现呢?人们为什么总是在事后才注意到重要的事情呢?她明明已经活了三十多年,明明在做需要与人打交道的生意,明明经历了这次的事情,她为什么没有想到,人并不像外表看到的那样单纯呢?现在回想起来,智弥总是露出一副活在自己的世界中的样子,却能在夏都感到疲惫的日子里听她说话,在夏都征求意见时给出回答。他明明摆出一副不关心夏都的样子,可是在夏都告诉他手机的密码是自己的生日时,可以不用问就打出自己的生日。

"你告诉我妈妈了吗?"智弥没有看夏都,安静地问道。

"可以说的!"他说这句话的时候,依然没有看夏都,"说不定听了所有的故事,妈妈会担心我的未来,不再出远门了!"

冬花对智弥做过的事一无所知。就算告诉她,她一开始一定会一笑而过,不相信智弥会做出这样的事情。可是当冬花知道一切都不是在开玩笑时,会露出什么样的表情,会想些什么,说些什么呢?她会多么吃惊,带着多大的悔意度过这一生呢?

"你想和妈妈一起生活……"夏都努力让语言冲破喉咙的阻碍,"你告诉她不就行了吗?告诉她你想和她一起生活!"

她下面的话一股脑儿地冲了出来。

"告诉她让她回来不就行了吗？告诉她你很寂寞不就行了吗？"

智弥精疲力尽地摇了摇头：

"我做不到啊！"

"为什么？"

智弥的头慢慢地低下，下巴慢慢地靠近胸口，就像枯萎的植物一样。

"我做不到啊，夏都小姐！"

"智弥……"冬花在远处呼喊。

"夏都小姐！"

冬花似乎在旁边的特产店里看到了什么东西，向智弥招手。

"夏都小姐，我想让你帮助我！"

"智弥……"

作文里出现了许多次"帮助"——上六年级时，智弥反复地在作文里写着这个词，一定是为了让自己接受，现在他终于第一次说出了口，和夏都一起生活了半年，他第一次说出了口。

"不该是这样的！我以为我只是有一点点寂寞，有一点点伤心而已！我一开始只是想让妈妈感到一点点为难！可是等我回过神儿来——每次当我回过神儿来……"

"智弥？"

智弥起身向妈妈走去，却在中途停下脚步，转身看了看夏都,就像被抛弃在陌生的地方的孩子一样。垂在身体两边的手渐渐地握紧,他的身体僵硬,仿佛在忍受巨大的痛苦。听不见的声音从智弥的全身喷涌而出,在此之前,恐怕连智弥自己都没有听到过那么悲痛的声音,现在那声音传到了夏都的耳朵里。

　　智弥低下头,仿佛切断了连接自己身体的线。

　　他再次向母亲走去,他的背影与几天前的辉夜一样。四周的风景仿佛都在向后流动,智弥的身影清晰地固定在夏都的视野中心。心在痛,这份疼痛让夏都从长椅上站起身来。混杂在一起的话语纷纷涌上喉咙,夏都向前走去。她想要相信自己和智弥一起度过的时光,相信冬花和智弥一起度过的亲子时光,相信人与人之间的爱。